Los Crímenes del Misteri

Pablo Poveda

Copyright © 2017 Pablo Poveda

All rights reserved.

ISBN-13: 978-1974366071
ISBN-10: 1974366073

A mis padres, a mi hermano y a ti.
Vosotros, quienes me leéis, apoyáis y hacéis esto posible.

Gracias.

1

Las autopistas francesas formaban auténticos coladeros de coches franceses que se dirigían al sur cargados de equipaje. El termómetro de mi Porsche descapotable marcaba los treinta y cinco grados y sobre el salpicadero era posible hasta freír un huevo. Junto a mí, una chica de pelo largo y castaño con mechas californianas se agarraba al asiento a causa de la alta velocidad. Ella era Jacqueline, una reportera francesa recién salida de la Facultad de Periodismo que ya había dado sus primeros pasos en la televisión de Marsella. Era joven, de ojos chocolate y mirada sensual, como las que guardaban las actrices que aparecían en las películas de Truffaut. Jacqueline tenía un lunar en el pómulo, junto a la nariz, que le hacía resultar todavía más sexy. Apreté el acelerador saltándome los límites de velocidad y espantando a los vehículos que se ponían en mi camino. Aquel caluroso verano no había hecho más que empezar y ya comenzaba a estar harto de él. El aire se pegaba a mi rostro como una gelatina caliente. Como en otras muchas ocasiones, no se me había ocurrido una idea peor que la de viajar hasta Francia en coche para participar en un reportaje que estaban haciendo sobre mi última novela. La idea me cautivó y, puesto que llevaba unos meses sin teclear palabra, tomé la carretera para sumergirme en un viaje en busca de experiencias. Sin embargo, lo que yo había imaginado en un principio estaba más lejos de la realidad. Francia, al igual que España, se convertía en una olla a presión con turismo de chanclas y sombrillas, de familias en busca de sol y descanso y, por supuesto, de atascos en las autopistas.

Sin demasiado éxito y todavía con la espina de Eme clavada en mis entrañas, no tardé en poner el ojo en la bella presentadora que se mordía el labio cuando recitaba sus preguntas en un español con acento foráneo. Las traducciones de mi última novela habían funcionado bien tanto en Italia como en Francia y la joven Jacqueline no tardó en reconocer que le había encantado mi historia. Con el ego cargado y el descaro que caracterizaba a mi personaje, contesté a cada una de sus preguntas con la mejor selección de mis palabras. La entrevista concluyó con una invitación directa para tomar una copa en el bar del hotel en el que me hospedaba, pero la chica declinó mi oferta. Sus recién cumplidos veintidós años todavía le advertían de lo que suponía tomar una copa conmigo. A la mañana siguiente, Jacqueline me acompañó en un desayuno en el que obvié el café y fui directo al champán. Tras dos botellas de espumoso y varios momentos de complicidad, no fue necesario insistir para que me acompañara a la habitación y surgiera la magia. Quién me iba a decir a mí que, después de lo sucedido con Eme, terminaría reconciliándome conmigo mismo y con las aventuras sentimentales. Para mi fortuna, Jacqueline era un ángel caído del cielo con cierto parecido a los de Victoria Secret. Además del sexo, el romance inesperado nos llevó a pasar tiempo entre sábanas, alargar mi estancia en el hotel francés y fundirnos en profundas conversaciones sobre la vida, el amor y las relaciones. Pese a su edad, la joven francesa ya había pisado un altar, aunque jamás hubiera terminado colocando la alianza en su dedo. Para mí, los minutos que pasaba con la cabeza sobre sus pechos desnudos formaban parte de un denso ejercicio de reflexión. En muy poco tiempo, demasiadas mujeres habían pasado por mi vera. Algunas de ellas, habían logrado marcarme para siempre. Las personas jamás volvíamos a ser las mismas tras terminar una relación. Como una bola de papel, nos arrugamos lentamente hasta deteriorarnos por completo. Escuchar a Jacqueline me ayudó a entender que no era del todo sano entrar y salir emocionalmente de la vida de otras personas, aunque no pudiésemos hacer nada al respecto. El amor como un ejercicio de dilatación hacia el compañerismo. En ocasiones, el ser humano es capaz de buscar al mismo perfil de persona, a sabiendas de que habrá un desastroso final. Estamos acostumbrados a cargar con tanta mierda emocional sobre la espalda, que las relaciones terminan siendo un reflejo de nuestros pasos circulares. En mi caso, era un especialista en hartarme de todo, incluso de mí mismo. Resultaba muy fácil ser un tipo duro de día. Por las noches, era otro cantar.

Así que, cumpliendo con mi palabra y aprovechándome del falso halo de misterio que me proporcionaba ser un escritor conocido, le robé las mariposas del estómago a la bella Jacqueline y la arrastré conmigo hacia un fin de semana de ensueño. La Costa Brava era nuestro destino y qué mejor que visitar Barcelona para que terminara encantada.

Al volante y durante el día, era capaz de olvidarme de las cosas que realmente me importaban. Al llegar la noche, todo se volvía oscuro y las estrellas dejaban de brillar como lo habían hecho antes. Llevaba casi un año huyendo de mí mismo, de mi escritorio, de las letras y de las historias que nadie se atrevía a contar. Vagaba entre platós de televisión, emisoras de radio y publicaciones de grandes tiradas. Había pasado de responder siempre a las mismas baterías de preguntas que hacían los periodistas cuando no les interesaba mi obra, a terminar siendo yo el que formulara las cuestiones a otros, como tertuliano. Pequeñas

colaboraciones que hacían crecer mi cuenta corriente para terminar en locales de moda bebiendo ginebra con concursantes de televisión. De nuevo, había cometido el error de crear una caricatura de mí mismo y estaba comenzando a creérmela. Encontré en Jacqueline ese aura que ninguna otra persona podía ofrecerme entre los límites de la Península, el aura de la eterna juventud, un elixir que todos buscamos, de un modo u otro, y que tan difícil resulta de encontrar.
Cuando llegamos a Barcelona, conduje embalado por la avenida Diagonal hacia abajo hasta la puerta del hotel NH Hesperia Presidente. Había estado allí antes y me hacía sentir bien. Tal vez, fuera culpa de Eme mi reciente gusto por el lujo y las comodidades de cuatro y cinco estrellas. Era consciente de que, en algún momento de la vida, todo terminaría así como lo habían hecho los imperios de las viejas civilizaciones.

—Me encanta Barcelona —dijo Jacqueline relajada, asombrada por el paisaje tras sus gafas de concha. Y no le faltaba razón. Era una ciudad mágica, hecha para el disfrute femenino. No había más que dar un vistazo para darse cuenta de que la mayoría de las personas que caminaban eran mujeres. A diferencia de otras localidades, Barcelona tenía algo que les cautivaba más que a los hombres. Puede que fuera la arquitectura o simplemente la comodidad de poder vivir en una gran ciudad junto al mar. Fuera lo que fuese, la avenida Diagonal era un desfile de chicos fuertes y bellas mujeres con cuerpos bronceados por el verano, algunas subidas en bicicleta y otras vestidas con prendas imposibles. Podía quedarme allí, para siempre, en ese instante, junto a la francesa en el asiento de mi deportivo, pero algo no encajaba en todo aquel rompecabezas emocional. A pesar de que todo iba a pedir de boca y estaba teniendo un paréntesis dulce en mi vida, sentí que se avecinaban cambios.

El cansancio del viaje no sirvió de excusa para que la bella presentadora se colara en la ducha mientras me encontraba en ella. Hicimos el amor enjabonados como dos adolescentes, descargamos la tensión muscular acumulada en el viaje y nos vestimos dispuestos a saciar el hambre que nos habíamos provocado. Enfundado en una camisa blanca, vaqueros y zapatos Castellanos de color burdeos, le dije que la esperaría junto al hotel tomando una cerveza en el bar que había frente a la entrada.
Sentado en la terraza del bar Berlín y con una Moritz sobre la mesa, saqué el teléfono y observé el historial de llamadas. La nostalgia me atacaba desde lo más profundo de mi subconsciente. No sabía muy bien por qué, pero esperaba que alguien marcara mi número. Siempre era así, siempre había sido así, pero debía aceptar que nada era para siempre. Cuanto antes lo hiciera, antes dejaría de sufrir. Pensé en Rojo, en Blanca Desastres, en Eme y en todos los personajes que me habían acompañado cada uno de los últimos veranos. Mi organismo se había acostumbrado a tales cantidades de acción, que se estaba convirtiendo en una pesadilla vivir sin preocupaciones. Mientras cavilaba perdido en un fondo marino de inseguridades, vi a una sirena con vestido negro y brazos finos. La melena castaña, del mismo color que una mesa de roble, caía sobre sus hombros. Dejé el botellín de cerveza sobre la mesa y me froté los ojos. Jacqueline estaba hermosa, como posiblemente lo habría estado todo ese tiempo a mi lado. La mayoría de veces, debemos observar desde la distancia para ver aquello que de cerca somos incapaces. La francesita despertó el interés de los que caminaban por la calle o se sentaban alrededor, sin importar que estuvieran con sus parejas.

—Comment ça va, Gabriel? —Dijo ella y me volví a fijar en ese lunar tan especial de su rostro.

—Tout va bien… —respondí en su idioma con un acento horroroso—. Tu as faim?

Jacqueline rió sorprendida por soltura.

—Oui… —dijo—. ¿A dónde me vas a llevar?

Porque si la había llevado hasta allí, la chica se esperaba que la condujera hasta un sitio mágico. Sabía a dónde llevarla, pues no existe peor cosa que la incertidumbre en esta vida y más todavía cuando se refiere a los restaurantes. Durante el frenesí de entrevistas y viajes que habían causado mis novelas, había aprendido lo importante que era conocer un buen lugar en el que comer. Los restaurantes jamás nos harían sentir como en casa, sino más bien como ese apartamento vacacional en el que uno es capaz de olvidarse de todo. Viajar a otra ciudad y comer cualquier cosa, sin pena ni gloria, no hacía más que empañar un recuerdo que podría haber sido ideal. La memoria no es más que un instrumento imperfecto que siempre juega a su favor, borrando lo innecesario y distorsionando los recuerdos a su gusto. Y lo mismo sucedía con los restaurantes. Después de tantos viajes, era incapaz de recordar qué, cuándo y dónde había comido, pues la editorial no hacía más que llevarme a comedores de hoteles y restaurantes de guía turística.

Por tanto, la llevé al Miguelitos, un restaurante de comida tradicional, buenos cavas y trato excelente que no se encontraba muy lejos de allí. Ambos sabíamos que pronto aquella historia terminaría como las estaciones del año. La cuerda que separaba nuestras vidas comenzaba a tensarse. No había más que detenerse a pensar qué estábamos haciendo con ellas, para lanzarlo todo por la borda. Pero ninguno de los dos queríamos hacerlo. Pensar, estaba de más. Deseábamos llegar al final de esa aventura, dejar un bonito recuerdo y darnos cuenta pronto de que, la joie de vivre que la joven veía en mí, se marchitaría si esperaba demasiado. Consciente de ello y de los años que nos separaban, me quedé en el presente y disfruté del momento, de su compañía y de esos ojos marrones que me hacían temblar.

Caminamos entre románticos silencios en los que mis dedos entraban en contacto con la fina piel de sus brazos.

Entramos en el restaurante y un camarero entrado en años nos llevó hasta una mesa libre que, por casualidad, se había quedado sin reserva.

Brindamos con cava, pedí calamar a la plancha, jamón ibérico, quesos curados y le inculqué a mi acompañante el gusto por la tortilla española a medio hacer. Su mirada parecía un espectáculo de fuegos artificiales de placer. Ella disfrutaba de la cocina y yo me sentía bien de que así lo hiciera. Hasta entonces, no había sido consciente de lo mucho que mis acompañantes me habían dado sin pedir nada a cambio. Rellené las copas de espumoso y brindé de nuevo con ella.

—Por ti, guapa —dije alzando la copa y ella me siguió.

Bebimos y sonreímos.

—Gabriel... —dijo mientras cortaba un espárrago en su plato—. Si pudieras... ¿Vivirías en otra época?

—No, no lo creo —contesté—. Jamás me había planteado tal cosa.

—No sé, tal vez en París, en los años treinta... —prosiguió—. Habrías tenido la oportunidad de conocer a Hemingway o a Joyce, por ejemplo.

—Me quedo con el presente —dije mirando a mi copa—. De lo contrario, jamás te habría conocido.

Mis palabras sonaron como un balazo directo a su corazón. La joven suspiró con tanta pasión que hasta el camarero se dio cuenta de ello. Pedí café, una crema catalana para ella y más tarde la cuenta.

—Gracias por la cena —añadió desplazando su mano para ponerla sobre la mía. Me gustaba la suavidad de sus dedos. Había echado de menos esa sensación—. Estaba deliciosa.

—Entre todos, tratamos de hacerte sentir bien —bromeé—. Yo, trayéndote aquí, el cocinero... haciendo su trabajo...

—¿Les puedo invitar a un orujo de hierbas? —Preguntó el

camarero con una sonrisa fraternal—. Si lo va a probar todo, que lo haga bien.

Y así hicimos. Avivados por aquellos chupitos de alta graduación, regresamos al exterior para tomar un taxi que nos llevara al mercado del Borne. En el Guzzo, un bar que siempre se encontraba hasta la bandera, tomaríamos la última copa antes de regresar al hotel. Los años no pasaban en balde y las resacas cada vez se hacían más insoportables. Jacqueline seguía mi ritmo, curiosa y precavida. Convenía no abusar de la noche ni de sus excesos y terminar con aquello antes de que acabara con nosotros. Pedí dos ginebras con tónica cuando ella se fue a los baños. De pronto, sentí una vibración en el bolsillo de mi pantalón que ignoré en un primer momento. Me encontraba algo borracho y mirar la pantalla y no encontrar nada, no haría más que deprimirme. Di un sorbo a mi copa y sentí la amargura recorrer mi garganta. De nuevo, la vibración se hizo más larga. No podía ser producto de mi imaginación. Alguien estaba llamándome, algo inusual a esas horas.

—¿Estás bien? —Preguntó la chica cuando regresó. Le entregué su vaso alargado y brindamos de nuevo. Después me acerqué a ella y la besé. No lo había hecho desde la salida del hotel. Su piel se erizó como la de un pollo.

—No podría estar mejor —respondí con una mueca cansada y fingida que la chica prefirió no comentar. Era incapaz de disfrutar el momento en el que me encontraba sin preguntarme por qué me sentía así. Eme me había robado un trocito de mi alma y yo buscaba la forma de completar aquel vacío.

Aproveché para mirar el teléfono y encontré un número familiar aunque desconocido. No podía creerlo, debía ser cosa de la embriaguez.

—¿Qué sucede? —Preguntó la chica ya harta de tanto silencio.

—¿Puedes leer este número en voz alta? —Pregunté mostrándole la pantalla de mi dispositivo. Ella me observó extrañada como quien mira a un lunático—. Por favor, es

importante.
—Sí, claro... —dijo y procedió absorbida por la duda—. Nueve... Seis... Seis...
Y antes de que terminara, guardé el teléfono en el bolsillo, agarré sus mejillas con las dos manos y la besé con pasión como si me fuera la vida en ello. Después bailamos, bebimos, nos besamos de nuevo y continuamos bebiendo y meneando los esqueletos a ritmo de jazz, soul y rock hasta que el alcohol inundó nuestra sangre y no existió ente humano que nos parara.

A la mañana siguiente, los rayos del sol calentaban mi rostro. Desperté sobre la cama del hotel, abrumado por no saber cómo había llegado hasta allí. Por fortuna, no sentí la presencia de ningún martillo hidráulico que me atravesara la cabeza a causa de los excesos de la noche previa. Todavía llevaba la camisa puesta, por lo que deduje que había dormido con ella. Levanté la mirada y busqué a Jacqueline, pero no encontré más que unas braguitas de color morado de camino al cuarto de baño. La noche anterior no habíamos hecho el amor, y era una pena porque hubiese sido la última vez. Escuché el agua salir de la ducha y alargué el brazo hasta alcanzar el teléfono móvil. Comprobé el historial de llamadas. El número que me había llamado pertenecía a la provincia de Alicante. Tenía un presentimiento agridulce sobre aquello. La euforia de la noche anterior se esfumó dejándome un poso de somnolencia causado por el cansancio y las copas. La amargura de la ginebra, el ardor de una vejez anticipada.

A decir verdad, nunca llegué a regresar del todo a Alicante. Tras lo sucedido con Eme, Rojo y yo abandonamos la ciudad una semana después para viajar hasta Cracovia, la fría ciudad polaca en la que se había visto por última vez a la innombrable. Sin embargo, nuestra búsqueda terminó siendo un desastre y nadie nos dijo que Cracovia en verano era un nido de turistas con cámaras de fotos. Desanimados, tuve que abandonar al oficial a su suerte para que siguiera su camino y así regresar a Madrid por motivos editoriales. Mi agente insistía en la importancia de participar en todo lo que nos ofrecieran, ya fuesen programas de televisión o tertulias radiofónicas. Aunque no me disgustaba aparecer tras la pantalla, debo reconocer que terminaba hastiándome hasta dejarme seco. Nada en exceso merece la pena. Por otra parte, la historia de Eme estaba tan reciente que no me atrevía a escribir sobre ella.

Jamás debía ejercer la escritura desde el recelo. Digerir las experiencias de la vida llevaba tiempo, así como escoger las palabras adecuadas para convertirlas en buenas historias. No obstante, lo que yo pensara sobre la vida no le importaba lo más mínimo ni a mi agente ni a la editorial que me respaldaba. Tenía un contrato que cumplir y, si deseaba seguir sobre el colchón de bienestar que me había formado, debía cumplir con sus exigencias. Punto. Así era la vida cuando se pactaba con el mismísimo Satanás. El verano terminaría y sólo regresé a Alicante para llevarme el coche a Madrid. Los meses venideros los pasaría en habitaciones de hoteles entre capitales de provincia, estudios de televisión y reuniones para convertir mi historia en una serie de televisión por internet. Podía darme con un canto en los dientes y estar agradecido por todo lo que la vida me regalaba, pero era un inconformista de nacimiento. Cuando me encontraba con otros escritores que llevaban más años que yo en el mundo de las letras, no escuchaba más que penurias y lamentos al ver que sus carreras comenzaban a ser más cortas que las de un futbolista de Tercera División. Todos buscaban a alguien a quien culpar: las editoriales, los autores y los agentes. La revolución tecnológica ya se había quedado obsoleta como excusa, pues no quedaba más remedio que apuntar a las nuevas promesas emergentes que desbancaban sus libros de las estanterías.

Tras dejar mi halo de odio y amor a partes iguales por las tertulias matinales, huí hasta Florencia con la excusa siempre de promocionar algún libro en el extranjero. La industria editorial devoraba el territorio mediterráneo exprimiendo un producto hasta la última gota. Mientras tanto, me refugié en los bares florentinos, terminé con las existencias de Prosecco y vagué hasta el país vecino donde encontraría a Jacqueline. Me dejé llevar, lo reconozco, aunque siempre supe que terminaría descarrilando en algún momento. Supongo que uno de los misterios más bellos de la vida era desconocer cuándo.

Jaqueline salió de la ducha con una toalla de color blanco que protegía su cuerpo húmedo y desnudo. Con su eterna sonrisa, caminó hasta la cama y se sentó a mi lado. Sin mencionar palabra, me acarició el cabello con los dedos y se quedó un rato mirándome a los ojos.

—Bonjour —le dije.

Ella se inclinó hacia mí y me besó en los labios. Sentí el frescor mentolado de su boca que hacía estragos mi aliento pastoso de la noche anterior.

—Creo que es hora de marcharme, Gabriel —respondió insegura de sus palabras.

De algún modo, esperaba que dijera eso.

—¿A dónde vas a ir?

—No importa a dónde, mignon —contestó con voz dulce—. Mejor así, antes de que termine con nosotros...

—Esa frase es mía —repliqué. No era cierto. Se la había robado a Eme—. Te demandaré si la usas en tus programas.

Jacqueline se rió como una niña traviesa.

—Eres un hombre maravilloso... —añadió y volvió a revolotear mi cabello con sus dedos—. Sin embargo, presiento que esto no nos llevará a ningún lugar más allá del abismo.

No le faltaba razón.

—Echaré de menos tu intelecto, Jacqueline... —dije con melancolía—. ¿Podré visitarte?

—Si por mí fuera, Gabriel... —respondió en contra de sus deseos—. Pero mejor dejar una bonita postal de todo esto. Has estado a la altura de mis expectativas. No vayas a meter la pata ahora...

—¿Como hombre?

—Como fantasía.

Suspiré y me reí. Con sus veinti, más bien pocos, años de edad, ya era más madura que yo.

—Gracias a ti —disparé descargando la última bala de plomo en el aire—, llevaré siempre a Francia dentro de mí.

—Y yo a España.

Unas horas más tarde, frente a la terminal del aeropuerto del Prat, Jacqueline me daba un último beso con sabor a carmín y abandonaba para siempre el Porsche Boxter rojo que la había llevado hasta allí. Caminó en línea recta y me quedé observándola desde el asiento del conductor. No se giró una vez, sino dos y finalmente me dijo adiós con un movimiento delicado de mano y una sonrisa inmortal. Podríamos haberlo sido todo, ella y yo juntos, unidos hasta llegar al horizonte que se veía al fondo del paisaje. Antes de cometer otra estupidez, puse primera y salí acelerado de vuelta a la ciudad cuando el teléfono volvió a sonar.
—¿Sí? —Dije en voz alta asegurándome de que el manos libres recogía mi voz—. ¿Quién llama?
—¿Gabriel Caballero? —Preguntó una voz masculina al otro lado. Cerré la capota del coche para poder escuchar bien la llamada—. ¡Por Dios! Creí que jamás le localizaría...
—Si llama para una entrevista, mejor contacte con mi agente —expliqué—. Él es quien lleva esas cosas...
—No exactamente... —respondió el desconocido—. Mi nombre es Fernando Sempere y me gustaría que colaborara conmigo en un proyecto que estoy organizando...
—Espero que no sea una gala benéfica...
—En absoluto —respondió firme en su palabra—. Más bien, es un documental en la ciudad de Elche. Sabemos que tiene algunos lazos de sangre con esta ciudad...
—Vaya... —respondí algo desilusionado—. Esperaba algo más crudo, no me malinterprete.
—No va mal encaminado —replicó algo ofendido—. Sé a lo que se refiere, pero el documental no es acerca de la ciudad, ni tampoco me interesa su opinión sobre ella...
—Entonces... ¿Qué quiere de mí?
—Verá, señor Caballero —explicó tras un ligero suspiro—. El documental es sobre la novela negra, el historial homicida que guarda nuestra ciudad y el paralelismo de las historias ficticias con las reales. Creo que usted podría ser

un buen candidato para aportar una visión extendida del asunto… Lamentablemente, no disponemos de demasiado tiempo, así que si no le interesa…
Sonaba bien. Había escrito alguna vez en el pasado sobre ciertos crímenes en la ciudad de las palmeras. Aquel hombre sabía de lo que hablaba.
—Espere un momento —dije evitando que me diese carpetazo—. ¿Por qué cree que soy la persona que busca?
—Venga, hombre… —dijo algo desesperado—. No se haga el modesto ahora, ¿quiere? Acérquese a la ciudad y reúnase conmigo. Además, le aseguro que no le decepcionará la idea, al mismo tiempo que le mantendrá alejado de las tertulias insulsas en las que aparece a diario…
Sus últimas palabras hirieron mi ego, que bramaba como una furia insana.
Era una forma más de ganarme la vida.
—Debería consultarlo con mi agente —respondí con desdén—. Él es quien lleva los asuntos legales…
—Ya me he encargado de ello y me ha remitido personalmente a usted… —explicó una vez más—. No soy un hombre de súplicas ni de adulaciones gratuitas, más bien creo en el destino y en las personas que van de frente, así que haga el favor y decídase.
Guardé silencio por un instante. Frente a mí, el cartel azul de la autopista marcaba los diferentes destinos. La intuición me decía que siguiera la voz de ese hombre, pero el miedo me cohibía lo suficiente como para frenarme y continuar con una vida desgastada y aburrida.
No temía a nadie más que a mí mismo.
A pesar de lo gris que pudiera resultar, lleva una vida monótona me hacía sentir seguro, libre de riesgos y preocupaciones aunque, por otro lado, me estaba matando lentamente por dentro. Volví a mirar las indicaciones de la carretera y pisé el acelerador.
—¿Sigue ahí? —Pregunté.
—Aquí sigo —respondió con tono sereno—. ¿Se ha

tomado su tiempo?

—Envíeme la dirección en un mensaje a este teléfono —respondí—. El lunes mismo podremos empezar.

Luego tomé el desvío, aceleré de nuevo y me perdí por el carril libre a toda velocidad.

Era el momento perfecto para enfrentarme de nuevo a la vida.

2

Apoyado en una barra contemplaba el paisaje árido, desierto y plagado de secarrales del interior de Castellón. Mientras degustaba un pincho de tortilla de patatas y un café solo en una estación de servicio, el recuerdo de Jacqueline se marchitaba en mi memoria. Posiblemente, sus palabras hubiesen sido honestas cuando salían de su boca. Desafortunadamente, la vida era otra cosa y ella se encontraría viviendo su propia historia de Woody Allen. Pero la francesa no era quien ocupaba mis pensamientos. La llamada de aquel hombre, producto del azar o de lo divino, me había acelerado el ritmo cardíaco. Al parecer, uno nunca abandonaba sus raíces y en mi caso, por mucho que hiciera, siempre terminaba regresando en verano a ellas, año tras año. La propuesta de Sempere no era la más fresca que había escuchado en los últimos meses, aunque tendría una excusa para cambiar de aires, encontrarme cerca de casa y meter el hocico donde realmente me interesaba. Además de esto, guardaba el presentimiento de que, cerca de mi tierra, sería más fácil dar rienda suelta a las palabras.

La ciudad de Elche, en concreto, era un paraje digno de estudio, tanto de sus calles como de su gente. Un lugar histórico por el que habían pasado diferentes civilizaciones dejando un rico patrimonio cultural que la ciudad trataba de conservar. Mis padres habían nacido, crecido y vivido allí hasta que se mudaron a Alicante, la ciudad vecina y rival que se encontraba a una veintena de kilómetros. Por tanto, mi corazón se dividía entre dos ciudades que, en un futuro no muy lejano, terminarían uniéndose por el crecimiento. Quizá por esa razón, me resultaba tan difícil comprender el enfrentamiento de personas que, en ocasiones, ni siquiera estaban arraigadas a su historia. A simple vista, no existía diferencia alguna entre los habitantes de una ciudad u otra: altivos, chauvinistas y orgullosos de su fútbol, sus playas y sus arroces. Rasgos que no se diferenciaban demasiado con los valencianos de la capital, aunque sí se podía distinguir en el acento. Dos lenguas que cohabitaban de un modo u otro, creando un dialecto propio del castellano y una forma de hablar que se acentuaba cuando el hablante salía de su frontera. Por otro lado, existían las riñas, los roces y las excusas para desligarse del territorio. La capital de provincia contra la ciudad pueblerina. El oasis de palmeras contra la ciudad portuaria y contaminada. Eran innumerables las absurdas rivalidades que, a lo largo de la historia, los habitantes de ambas ciudades se habían esmerado en inventar. Un síntoma producto de la vida en la calle, la falta de problemas graves y el aburrimiento generacional que, por fortuna, cada vez se reducía más y más. Un tema tan irrelevante que resultaba estúpido hablar de ello.

Elche, además de sus huertos de palmeras y un equipo de fútbol que rivalizaba con el Hércules C.F., era una ciudad conocida por su representación del Misterio de Elche o *Misteri d'Elx*, como todos conocían. Un drama lírico del siglo XV, de carácter religioso y que representaba, sin interrupciones, la Dormición, Asunción y Coronación de la Virgen María. Un espectáculo que, cada año, atraía a más y más turistas de diferentes partes del globo y los aglutinaba en el interior de la Basílica de Santa María, a treinta y cinco grados y sin aire acondicionado. Un espectáculo digno de ver sólo para comprobar si la mitad de los asistentes no se habían derretido tras el acto.

Pese a la proximidad y su rica historia, jamás había

mostrado demasiado interés en la localidad de mis padres. En el pasado, Alicante me había ofrecido todo lo que había necesitado y sólo acudía a las reuniones familiares cuando así tocaba. Tal vez, la razón por la que mi único interés por Elche naciese en mis primeros años de profesión. A pesar de que ambos municipios mantuvieran un aura de tranquilidad que se alejaba de la agitación de las grandes ciudades, los ilicitanos guardaban en la sombra un expediente negro digno de novela. Los escasos crímenes que alargaban su sombra eran de lo más macabro: homicidios pasionales, cuerpos que aparecían al amanecer y brutales palizas, eran algunos de los episodios que había leído en las noticias que lanzábamos desde la redacción. Por tanto, parecía un buen momento para reencontrarme con mis propias raíces familiares y periodísticas, ahondar más en los episodios lúgubres de los ilicitanos, dejarme enamorar por una ciudad vecina que apenas conocía y sumergirme en un tranquilo episodio de verano.

La idea germinó en mi cabeza hasta tal punto de sentirme ansioso por ponerle rostro a Fernando Sempere. El muy listo había sabido despertar mi curiosidad, y yo, como un pez hambriento por llenar su estómago, mordí el anzuelo a conciencia. También, cabe destacar que, por primera vez, alguien me había llamado para que diese mi opinión sobre lo que realmente me importaba: las historias y los crímenes. Aquello me hizo pensar en Rojo, en sus investigaciones y la reincorporación inmediata al cuerpo. Desde el viaje a Cracovia, nuestro contacto se había desvanecido. Me sentí mal por haberlo dejado allí, aunque supe que sabría cuidar de sí mismo y era lo mejor para ambos. No me encontraba en mi mejor momento, ni él tampoco en el suyo. Éramos un buen equipo, aunque una mala combinación cuando nos pasábamos demasiado tiempo juntos.

Dejé el teléfono sobre la superficie.

Terminé el tentempié en esa gasolinera perdida en un paisaje propio de película del oeste americano y di un

sorbo al café a la par que observaba a los transeúntes, en su mayoría camioneros, que buscaban refrigerios para combatir el calor infernal.
Después marqué su número.
—¿Sí? —Dijo el oficial al otro lado del aparato—. Rojo al habla...
—Soy yo, Gabriel —respondí molesto—. ¿Has borrado mi número?
—En absoluto... —contestó con una risa abdominal—. Sólo mantengo la esperanza de que algún día suene la voz de otra persona...
—Yo también me alegro de escuchar que estás bien —dije—. ¿Te pillo ocupado?
—¿Qué sucede, Caballero?
—¿Te suena de algo el nombre de Fernando Sempere?
—¿Debería?
—No, hasta donde yo sé... —respondí. El carácter del oficial se avinagraba con el paso de los años. Un verano no había sido suficiente para olvidar a Eme. Lo que para mí habría sido un gancho emocional, para Rojo supuso perder la oportunidad de atrapar a su obsesión. Después de lo ocurrido, nunca llegamos a hablar de ello. Era un tema muy delicado y temía que me echara la culpa de todos los errores cometidos que, una vez pasado el tiempo, fui capaz de reconocer—. Me han ofrecido participar en un documental en Elche...
—Interesante —respondió sin ápice de interés—. Me alegro por ti. Te vendrá bien alejarte de las tertulias mañaneras y de los programas basura.
—No me jodas, Rojo... ¿Tú también?
—¿Dónde te encuentras?
—Por Castellón, más o menos —contesté siguiendo el hilo de sus preguntas—. Terminando el almuerzo en una gasolinera.
—¿Qué cojones se te ha perdido por ahí?
—Es una larga historia.
—Entiendo... —dijo con tono paternal—. Tú y tus

historias. Me muero por escucharlas.

—¿Te ha sentado mal el carajillo o qué?

—¡Coño! No seas tan sensible... —dijo con una nueva risotada—. Anda, dame un toque cuando estés por aquí, siempre y cuando no sea para salvarte el cuello... Será agradable hablar con un viejo amigo.

—Cuenta con ello —dije y colgué. Al final de la conversación, Rojo logró sacarme una sonrisa y encenderme como a un toro de Miura. Sin saber muy bien por qué, tal vez porque le debía tantos favores que había perdido la cuenta, Rojo era la única persona a quien permitía que me diese la bofetada emocional de cuando en cuando, para devolverme a mis cabales y tocar el suelo con los pies. Era su forma de ser, siempre directo y contundente como un púgil. La fama era perniciosa e ilusoria y yo me dejaba llevar por ella. Era mi vía de escape, la única forma de sentirme querido a sabiendas de que no era más que una ilusión. Un terreno en el que resultaba muy fácil perder la orientación, creer ser lo que no es cierto y acabar en la más profunda de las miserias cuando todos te han olvidado. La amargura del policía era suficiente para poner las cosas en su sitio.

Con el tiempo y las experiencias, uno llega a entender que los aires de grandeza, la altivez y el afán por el reconocimiento, no son más que artimañas para evitar hacer frente a un panorama abrumador. Como cualquier ser humano, yo buscaba amor en otras personas, en el reconocimiento por mi trabajo, y comenzaba a sentirme un intruso cuando las palabras dejaban de florecer entre mis dedos. Reflexionando sobre ello con un mondadientes entre las muelas, regresaba a mi tierra por una sencilla razón: era el único lugar por el que podía caminar sin ser reconocido. A nadie le importaba un carajo los libros que hubiese escrito. A nadie, excepto a mí. Y si soñaba con aparecer algún día en la portada de los diarios locales, ya había cosechado suficientes enemigos como para que eso nunca llegara a suceder. Sin embargo, una nueva oportunidad se presentaba ante mí y eso hacía de todo un nuevo desafío. Si no era capaz de ganarme el beneplácito local, debía probar con la ciudad vecina.

Así que allá iba. Directo como una bala y dispuesto a mandar al carajo a todos: Elche, Sempere y un documental que me lanzaría de nuevo a la palestra.

No pude obviar las imágenes mentales que corrían a toda velocidad por mi cabeza al entrar a la ciudad por el paseo de la Explanada. De sobra era sabido para todos que España se paralizaba durante las primeras semanas de agosto. A diferencia de otros países, los españoles tomaban la primera quincena del mes para agotar sus vacaciones en la playa, bajo una sombrilla y junto a un bar de música machacona. Esto provocaba retenciones, accidentes en las carreteras y un bullicio en las calles que sólo se podía subsanar con cerveza helada y vinos blancos bien fríos. Alicante era el destino de miles de españoles que se juntaban con otros tantos miles de extranjeros que buscaban un poco de sol a cualquier precio. Atrás quedaban los días en los que la Costa Brava y Mallorca eran los únicos destinos turísticos. Las aerolíneas de bajo coste se habían aprovechado de las tarifas baratas para enviar hordas de visitantes pálidos como salchichas a las costas levantinas del país. Un fenómeno que cada año crecía más, subía los precios y llenaba las terrazas de tipos que apenas chapurreaban dos palabras en la lengua patria. Para los holgazanes como yo, esto abría la posibilidad de verse envuelto en un grupo de suecas despiadadas en busca de diversión y libertinaje. El paso de los años me advertía de los peligros del exceso y mis intereses comenzaban a tomar otro rumbo. A medida que cruzaba la ciudad en busca de la vía que me llevara a mi dulce hogar, las imágenes mentales se repetían, los recuerdos se mezclaban y era difícil diferenciar con quién de todas me había visto envuelto en ciertos lugares. Aparqué en el garaje y subí hasta el apartamento. Abrí la puerta, olía a cerrado y a polvo amontonado sobre los muebles. Había permanecido cerrado varias semanas. Primero, levanté las persianas del salón para dejar que la luz del exterior inundara el piso. Una de las cosas que me gustaba del Levante era su luz, tan diferente a la de otras ciudades. Me sentí privilegiado y agradecido.

Caminé hasta la cocina, abrí la nevera y sentí una gran desilusión al ver que se encontraba vacía de alimentos. Por el contrario, sí que había dejado algunas latas de cerveza Mahou para mi llegada, un detalle que agradecí a mi instinto más previsor. Me acerqué al estéreo y pulsé el botón de reproducción. Las primeras notas del *Blue Train* de Coltrane sonaban de nuevo en la habitación. Era una sensación agradable poder rememorar viejos tiempos, saber que el viejo Johnny siempre estaría a mi lado, pasara lo que pasase, tocando para mí.

Dispuesto a comenzar mi investigación y ganarle algo de ventaja a Sempere, encendí el ordenador portátil y lo conecté a la red inalámbrica. Antes de teclear su nombre en el buscador, entré en la página del diario Información para informarme de las últimas noticias de la provincia. Entre los titulares relacionados con la reducción de paro, las altas reservas hoteleras y los nuevos fichajes futbolísticos del mercado de verano, tan grande fue mi sorpresa al leer una de las noticias, que derramé un poco de cerveza sobre mi camisa.

GABRIEL CABALLERO SERÁ LA ESTRELLA DEL ELCHE NEGRO

El escritor alicantino participará en los próximos días en el rodaje del documental que abordará la historia negra de la ciudad y su relación con la novela negra. Caballero afirmó que explicaría el factor humano que llevó a cometer cada uno de los oscuros episodios. El rodaje del documental, organizado por el abogado Fernando Sempere, ligado al Museo de la Festa y con el apoyo del festival de cine Mostra d'Elx, coincidirá con la celebración anual del Misteri d'Elx, donde se espera la presencia de otras personalidades de renombre internacional.

La palabra internacional quedaba demasiado grande tanto

para el diario como para mí. Saqué un cigarrillo arrugado de un paquete y lo encendí dando una fuerte bocanada de placer. Sin duda, el verano volvía a tomar color y el misterio de la ciudad vecina comenzaba a resultar más interesante de lo que había pensado nunca. Brillo. Esa era la definición. Estaba preparado para acoger con mis brazos cada una de las sorpresas que los ilicitanos estaban a punto de brindarme.

3

La mañana del 10 de agosto desperté antes de lo previsto. El agresivo canto de las gaviotas que sobrevolaban la terraza del edificio detonó mi encuentro con Morfeo. Una noche calurosa en la que mis pensamientos se pegaron a mí como las sábanas, impidiéndome dormir con tranquilidad. Abrí las ventanas y preparé una cafetera mientras escuchaba el sosegado ruido de una ciudad que despertaba con la salida del Lorenzo. Los rayos de luz inundaban mi salón y el aire que entraba olía a arena de playa. Aunque no siempre ocurría, a veces me daba cuenta de lo afortunado que era de haber nacido junto al Mediterráneo. Tenía mis dudas si podía existir algo mejor. De ser así, prefería no saberlo.
Una vez hube desayunado pan tostado con tomate rayado y un café solo bien fuerte, me vestí con una camisa de color azul cielo y los vaqueros estrechos que siempre llevaba. Desconocía lo que me esperaba en Elche, por lo que debía mantener un aspecto decente. Arranqué el bólido y tomé dirección sur por la carretera nacional que conectaba ambas ciudades para así poder disfrutar de las vistas del mar. Tener un coche descapotable resulta realmente práctico cuando se vive en un lugar en el que los meses son más cálidos que fríos. Orgulloso de mi elección, sentí una ligera tensión en la boca del estómago cuando salía de la ciudad. No pude resistir pensar en lo sucedido al ver las vías del tren, a la altura de San Gabriel. Por un instante, una diapositiva mental se cruzó en mi retina.

Aparecíamos Rojo y yo, junto al cuerpo sin vida de aquel hombre y la pistola que empuñaba Eme a lo lejos. Había vivido tanto en tan poco tiempo, que me resultaba difícil sorprenderme por la vida. No obstante, las experiencias que marcan a una persona para siempre, son como las heridas mal cicatrizadas. El dolor se va, pero la señal permanece para siempre. Tras cruzar el aeropuerto de El Altet y después Torrellano, una pedanía que coexistía entre las dos ciudades, alcancé la ciudad vecina, que recibía a sus visitantes con abundancia de palmeras. No tenía muy claro dónde debía reunirme con Sempere, pues sólo me había enviado una dirección. Pese a ello, la ciudad era muy cómoda y no resultaba difícil encontrar el centro de ésta. El teléfono me guió hasta un parque de palmeras, un puente que cruzaba el río y una avenida principal que me llevó hasta una iglesia. Después me introduje en un aparcamiento público y dejé el coche bajo la mirada de los curiosos que parecían haberme reconocido. La primera impresión que tuve fue la de una ciudad que funcionaba a un ritmo diferente a la mía. Elche siempre había sido una localidad con carácter de pueblo, donde habitaban personas del campo y de la ciudad y todos se conocían entre ellos. No sería hasta la dictadura franquista cuando la ciudad creció a ritmo descontrolado por las migraciones del sur de España a causa de la industria zapatera, duplicando así el número de habitantes. Y eso se podía notar en los barrios cercanos a las vías del tren, el corte que separaba la ciudad en dos mitades.
Curioso por conocer el aspecto que tendría Fernando Sempere, anduve hasta la salida del aparcamiento y seguí las indicaciones de mi dispositivo. Caminé hacia el río para incorporarme a la calle Reina Victoria y me dirigí con sosiego hasta el puente que conectaba la ciudad con el ayuntamiento. Allí, junto al inicio del puente y sobre una bonita plataforma de madera que funcionaba como bar con terraza con vistas al Vinalopó, me topé ante un hombre delgado con cuello largo y nuez pronunciada, a

caballo entre lo rubio y lo castaño, peinado hacia atrás y con ondas marcadas en el cabello. Llevaba gafas de sol redondas de pasta transparente y cristales verdes, e iba vestido de camisa blanca recién planchada, pantalones de color crema y náuticos. El singular personaje desayunaba un café con leche y una tostada con jamón y aceite mientras tenía el diario desplegado sobre la mesa y las piernas cruzadas. No recuerdo quién fue el primero en darse cuenta de la presencia del otro, pero Fernando Sempere no tardó en reaccionar con una cálida sonrisa al notar mi presencia.

—¡Gabriel Caballero! —Exclamó llamando la atención de hombres y mujeres que ocupaban las otras mesas. Sempere tenía un acento chulesco y atrevido, aunque gracioso. Me encontraba ante uno de esos tipos que caía bien sin abrir la boca, pero que siempre se salía con la suya. Debía andar con cuidado. Estaba jugando fuera de casa. Sempere se levantó y me estrechó la mano con fuerza tocándome el codo con la mano libre—. El mismo Gabriel Caballero que viste y calza... No le esperaba tan pronto.

—Puedes tutearme... —dije mirando el reloj de la torre que sobresalía al otro lado del río—. Espero no haber interrumpido nada.

—En absoluto —respondió—. Por favor, siéntate.

Minutos después, el camarero se acercó y pedí un café en lugar de un vermú, pese a la tentación. El sol picaba sobre mi espalda, pero debía mantenerme sereno antes de emborracharme y tirarlo todo por la borda. Tenía un posgrado en arruinar reuniones de negocios.

—Soy todo oídos —dije esperando a que reaccionara. Mi presencia no había impedido que Sempere continuara con su lectura matinal.

—Disculpa... —dijo cerrando el diario—. Estaba leyendo las noticias locales. Al parecer, han surgido algunos imprevistos que no tardaremos en solucionar.

—Bueno, si hay algo en lo que pueda ayudar...

—Antes de empezar, quiero agradecerte que hayas

aceptado participar en este documental —añadió el ilicitano—. Es un proyecto ambicioso, fresco y que, por primera vez, usará el dinero de las subvenciones para algo práctico. Creo que una ciudad histórica como esta se merece un documental así. Sin embargo, no siempre llueve a gusto de todos y hay a quien no le interesa que algunos casos salgan a la luz.
—Es un placer, pero... ¿A qué te refieres?
—Caballero, tú sabes más de esto que yo... La verdad, no siempre sale a la luz —dijo con una sonrisa y me dio una palmada en el hombro—. Eres un hombre que ha visto a la muerte de frente, como los toreros.
—Es un paralelismo algo exagerado.
—Un hombre que ha sabido levantar las ampollas de esta sociedad contando lo que realmente sucede ahí fuera... —prosiguió ensimismado en su propio monólogo—. Y callándose otras cosas. Me parece una desfachatez y un ultraje a la profesión que tus libros no tengan más repercusión que...
—El de una presentadora de programas de televisión.
—Por ejemplo —afirmó.
—La gente, en su mayoría, prefiere leer historias con final feliz —contesté—, aunque sean ficticias y no aporten nada. Sólo a una minoría le seduce lo macabro... ¿De qué trata el documental, Fernando?
—Sí, vayamos al grano... —dijo dando un sorbo a su café—. No sé si conoces la historia de esta ciudad.
—Illice Augusta... —respondí—. Sólo sé que sois muy vuestros.
—Eso también —dijo—, aunque me refiero al historial de homicidios de los últimos cien años.
—Algo leí cuando trabajaba en la prensa...
—Como buen aficionado a la novela negra, encontré de lo más interesante una serie de episodios que habían sucedido en esta ciudad, a lo largo del último siglo y de los que nadie había escuchado nada.
—Desgracias hay siempre, en todas partes.

—Pues parece que aquí no —respondió—. Excepto nuestro equipo de fútbol, todo siempre va en orden, nunca sucede nada, pero en la sombra, Gabriel, existen historias que te sorprenderían.

—No quiero ofenderte, pero creo haber visto ya casi de todo... —contesté sin demasiado interés. Tenía la sensación de encontrarme ante una producción de aficionados hablando sobre los cuatro crímenes pasionales que abordaban la historia de la ciudad. Lo que sucede en todas partes. Pero aquello era Elche y su gente y no existía más allá de sus fronteras. Pensé rápido y, para no ofender a mi interlocutor, acepté por la vía rápida, lo cual me ayudaría a desconectar, conocer nuevos restaurantes y pasar otra semana a gastos pagados—. ¿Cuál es mi función en todo esto?

Fernando Sempere guardó un segundo de silencio, cogió una bocanada de aire y me puso de nuevo la mano en el hombro.

—Cada año se celebra el Festival Internacional de Cine Independiente de Elche en verano —explicó con seriedad—, y, cada año, uno de los premios va para los cortometrajes de los amigos del jurado. Si esto lo hago sin tu ayuda, pasarán de mi cara, me ignorarán por completo. Pero te voy a ser franco... Contigo, la cosa cambia. El proyecto toma otro carácter y tal vez así, nos presten más atención, no sólo a nivel local sino también internacional.

—Es decir, que no importa lo que haga, siempre y cuando aparezca mi cara bonita.

—No, te equivocas —replicó el abogado levantándose de la silla unos centímetros—. Tú eres el centro del proyecto. A través de tu talento para desglosar las historias, quiero mostrar al público que no existe una diferencia obvia entre los crímenes reales y los ficticios, que dentro de cada homicidio se dan los mismos ingredientes que aquellos que se encuentran en una novela negra, cambiando sólo al narrador... Y no existe mejor gancho que nuestro propio escenario para demostrar al público que estas cosas

suceden, no sólo en el cine.
—No sé, Fernando —dije dando el último sorbo al café— No me veo haciendo de CSI Las Vegas...
El ilicitano soltó una carcajada y me dio, de nuevo, una palmada en el hombro.
—No, hombre, no... —respondió—. Déjame mostrarte mi plan. Tú te limitarás a hablar y a contestar a mis preguntas, nada más y nada menos. Dos cosas que, por lo que he visto en televisión, no se te dan nada mal, ¿verdad?
El comentario sonó con cierto recochineo que no me gustó nada. Tal vez fuese su revés dialéctico tras mi desprecio indirecto hacia su proyecto.
—Tú ganas. Quizá esto sea lo mejor que me pase este verano.
—No me cabe la menor duda, Gabriel —respondió y pidió al camarero que se cobrase todo—. Por supuesto, no he mencionado palabra sobre tu caché, pero tienes mi palabra de que, si todo termina bien, tendrás un buen sustento, además de que tus gastos corren por mi cuenta en el momento que pisas esta ciudad. Tu agente ya está informado de ello.
—Espero que así sea, y que todo termine sin contratiempos.
—Dios nos libre —dijo Fernando y dejó un billete sobre la bandeja—. Ahora, permíteme enseñarte dónde filmaremos mañana. Un lugar con un sangriento episodio.
—¿Vamos a una cárcel?
—No —contestó mostrándome el camino—. Vamos a una iglesia.

Cruzamos el puente y vislumbré el ayuntamiento de la ciudad, con su bandera nacional, regional y local, un reloj de torre y otro en números romanos y los ventanales con balcones que caracterizaban a la arquitectura clásica española. Un gran arco conectaba la plaza con el mercado de abastos, que se encontraba al otro lado. Debíamos de encontrarnos en el casco antiguo de la ciudad puesto que todas las calles eran estrechas y peatonales y las fachadas de los edificios se solapaban unas con otras. En las calles, plagadas de bares, panaderías y tiendas, había un ambiente relajado, propio de una mañana estival. Pronto comenzarían las fiestas de verano y la ciudad se preparaba para un aluvión de pirotecnia y turismo procedente de todas partes del país. Fernando saludaba sin detenerse a algunos transeúntes que se encontraba por el camino. Parecía un tipo conocido. Pronto sabría cuál era su alcance en la sociedad.

—El párroco de esta iglesia es de hueso duro —comentó mientras girábamos por una esquina que daba a la calle Salvador, una vía estrecha protegida por los edificios que nos llevaba directos al templo sagrado—. Ya sabes cómo funciona siempre esto cuando se trata de preguntas…

—Tengo un amigo que es inspector de policía —respondí—, por si eso sirve de algo… ¿Qué tiene de especial esta parroquia?

Fernando se detuvo un instante, quizá para evitar tener la conversación en la puerta del edificio y así no llamar la atención.

—Sucedió durante el invierno del 1898, el mismo año que España perdía Cuba —relataba—. A eso de las seis, Francisco Ripoll Selva, un empresario ilicitano, se encontró con José Ferrández Díaz, cuñado y presunto sospechoso de la muerte de su hermano Vicente Ripoll Selva, en la calle Hospital. Francisco portaba un revólver bajo su

chaqueta y una navaja. Aquella tarde, Francisco ya había decidido el destino del hermano de su mujer. Tan pronto como lo vio, efectuó disparó a quemarropa a su cuñado en plena calle. Por fortuna, José pudo esquivar una de las balas, pero fue herido en la mano. Antes de que pudiera huir y pedir auxilio, Francisco lo acribilló contra la puerta trasera y le apuñaló, de forma brutal, hasta dejar el cuerpo de su cuñado inerte y sin vida sobre un profundo charco de sangre. Por supuesto, el suceso fue tan tenebroso que ninguno de los diarios de la época se atrevió a publicar la noticia.
—Algo que no hubiese pasado por alto en estos tiempos que corren —dije con el pulso acelerado. El relato me había erizado el vello.
—Por supuesto, existe un aura de misticismo en todo esto —explicó el abogado—, que si profanación de un templo sagrado, que si el espíritu se pasea por allí, ya sabes...
—Al ser humano le gusta hablar, en general —dije—. Puedo hacerme una idea de lo que nos dirá el sacerdote al respecto cuando le saquemos el tema...
—No tienes por qué preocuparte. Tenemos el permiso para grabar en el interior.
—¿Saben de qué trata el documental?
—Sobre la ciudad de Elche, claro... —dijo y levantó las cejas como el niño travieso que está a punto de meterse en un buen lío. Y así fue. No tardamos en cruzar el umbral de la gran entrada cuando alguien advirtió al párroco de nuestra presencia. Un tipo gordo con la cabeza redonda, gafas sin montura de cristales circulares y calvo, con apenas cabello en los laterales, salió disparado hacia nosotros meneando su túnica negra.
—¡Alto! ¡Alto! —Exclamó. La iglesia se encontraba casi vacía, a excepción de algunos feligreses que ocupaban los bancos en solitario—. No pueden entrar, no tienen derecho a entrar aquí.
El sacerdote sujetaba una edición en papel del diario Información abierta por una de las páginas interiores. La

noticia era la misma que había leído el día anterior en el portal digital, por lo que el redactor se había limitado a copiar y pegar sobre la maqueta digital. A diferencia de la noticia de la red, sobre el papel aparecía una de mis fotos promocionales.

—Buenos días, don Luis —dijo Fernando con una sonrisa—. No pretendemos molestar a nadie, y menos a usted.

El párroco tenía el rostro enrojecido y la papada hinchada. Su dificultad de movimiento, debido al sobrepeso, le hacía parecer ridículo.

—¿Qué es esto? —Preguntó ofendido—. ¿Qué hace usted aquí? ¡Esto no es lo que me dijeron!

Sujeté el diario con la mano y comprobé de nuevo mi foto.

—¿Me lo puedo quedar? —Pregunté sin vergüenza alguna—. Se lo puedo firmar si quiere.

La broma no hizo más que enfurecer al sacerdote, retiró el diario de mi vista y lo enrolló con la mano.

—Señor Sempere —dijo dirigiéndose al ilicitano e ignorando mis palabras. Se había aprendido bien lo de poner la otra mejilla—, esto no es lo que habíamos acordado. Ustedes me dijeron que la grabación se haría acerca de Elche, su ciudad y el Misterio... ¡Y no sobre una desgracia del diablo que no hizo más que arruinar a dos familias y abrumar al pueblo!

—Son simples efemérides, don Luis.

—¡Y un cuerno! —Gritó en la puerta de la iglesia—. No permitiré que nadie, y cuando digo nadie es nadie, entre en la casa de Dios para remover la historia y abrir heridas que se cerraron hace mucho tiempo.

—¿A quién teme? —Pregunté llamando su atención.

—No temo a nadie —dijo mirándome desde abajo. Era más bajo que yo, que ya era decir—. Si quieren un espacio para grabar su película, váyanse a otro lado, que la ciudad es muy grande.

—Pero es aquí donde sucedió la tragedia —respondí con voz relajada. Siempre funcionaba. La asertividad vencía a cualquiera—. Verá, padre, nosotros sólo deseamos dejar constancia de algo que la gente ni recuerda, para que así no se repita. De lo contrario, podemos repetir nuestros errores.

El cura sacó pecho y no se dejó intimidar por mis palabras. No parecía estar dispuesto a llegar a un acuerdo.

—¿Sabe? —Dijo poniendo el periódico contra mi plexo solar—, sé quién es usted y sé a lo que se dedica. ¿Qué se cree? ¿Que me chupo el dedo? Tan pronto como he leído la noticia esta mañana, he sabido que no iba a traer más que problemas a esta ciudad.

—No juzguéis para no ser juzgados.

—Se cree más listo que el resto, ¿verdad? —Respondió—. Conozco lo que escribe.

—¿Y le gusta?

—Basta ya de tanta insolencia —sentenció dirigiéndose a los dos—. Carezco de tiempo para sus chorradas. Señor Sempere, ya puede buscarse otro lugar para continuar su trabajo. Este no es sitio para tratar actos profanos y, mucho menos, con compañías como la que trae hoy. Espero que así lo entienda.

—¿Me permite quedarme con el periódico? —Sugerí como última estancia.

—Todo suyo —dijo, se dio la vuelta y caminó hacia el altar. Fernando parecía decepcionado mientras se mecía el pelo hacia atrás. Al sacerdote no le faltaba razón alguna: yo era un foco de problemas, aunque no podía hacer nada al respecto.

—Estoy seguro de que encontraremos una alternativa —comenté con la figura de Jesucristo al fondo—. Siempre la hay.

—Por supuesto, buscaremos otro emplazamiento... —dijo—. No nos queda otra.

Antes de marcharnos de allí, volví a mirar el interior del edificio.

—¿Sabes? Hay algo que no me cuadra en todo esto... —comenté parado frente al Cristo de madera—. ¿Cómo

sabía el párroco que apareceríamos por aquí? Alguien debió de avisarle de ello...
Fernando emitió un chasquido con la lengua.
—Todo es posible, Gabriel —respondió desairado—. A más de uno le interesa que este proyecto no se lleve a cabo.
—¿Hay algo que me quieras contar?
Una vez más, Fernando me agarró del brazo como un amigo que intenta evitar una pelea nocturna y me arrastró hacia la calle de El Salvador.
—Deja que te invite a comer —contestó con media sonrisa en la boca—, y te explicaré de qué va toda esta historia...

4

Además del misterio que la ciudad de Elche promocionaba sin tregua, el encuentro despertó mi curiosidad tras el incidente con el párroco. Cualquiera que caminase por sus tranquilas calles, jamás pensaría que un crimen, como el relatado una hora antes, podría haber sucedido allí. Era consciente de que, debido a la proyección mediática, mi presencia no resultaba de buen recibo en muchos lugares. Pese a esto, normalmente, las personas solían saber de mi presencia demasiado tarde ya que, lo mío, era más una fama de segunda división, que otra cosa. Durante nuestro trayecto hasta el restaurante donde íbamos a comer, el abogado me explicó que además de trabajar con bancos, tenía conexiones en el *Museo de La Festa*, un museo que abordaba todo lo relacionado con la representación, y en el que participaba a la sombra un lobby local de empresarios que, además de intereses económicos, compartían su fervor por la obra religiosa, algo equiparable a los fanáticos de las hogueras de San Juan o las fallas de Valencia. También me mostró el Palacio de Altamira, una antigua fortaleza del siglo XV y la famosa Basílica de Santa María, claro ejemplo de arquitectura barroca, construida sobre una mezquita durante los siglos XVII y XVIII y el lugar donde se representaba el famoso *Misteri*. Salimos del centro peatonal y volvimos a cruzar la pasarela que dejaba a sus pies el Vinalopó, un río que, con los años, había menguado hasta reducirse a un estrecho caudal. El paso del tiempo y la gestión urbana adecuaron las laderas para que deportistas y transeúntes pasaran por allí. No era sorprendente encontrar a un grupo de jubilados jugando al caliche en uno de los rincones bajo la sombra mientras que una decena de jóvenes se preparaba para correr una maratón. De momento, no podía decir que Elche fuese una ciudad única, aunque sí singular y de sobra conocida por la industria del calzado, algo que había experimentado en mis propias carnes con mis frecuentes visitas al polígono industrial que unía ambas ciudades. Me alegré de estar allí a pesar de que nuestra aventura no hubiese empezado con buen pie. Fernando seguía hablando con grandilocuencia y entendí que era lo que necesitaba, alguien que me guiara, aunque fuese por unos días. Desconectar, dejarme llevar. Ser partícipe de algo, ya fuese grande o pequeño, era suficiente para mantenerme activo, fuera de pensamientos tóxicos y decisiones desafortunadas que terminaban en los bares de ciudades lejanas.

Tras el paseo bajo el sol abrasador, llegamos a la entrada de El Granaino, un mesón tradicional con un mosaico de azulejos en la fachada, en los cuales se podía apreciar la imagen de la Virgen de la Asunción y el ángel que bajaba desde la granada para anunciarse a la Virgen. El lugar estaba dividido en un salón con mesas a un lado y una barra alargada que ocupaba la otra mitad del local. Con un gesto de manos, indiqué a Sempere que prefería la barra a la mesa, porque era en las barras de los bares donde había pasado la mitad de mi vida adulta, el lugar donde albergaban los secretos que nunca se llegaron a contar, las entrevistas *off the record* y las confesiones de aquellos que, poco más tarde, cavarían su propia tumba. Eran las barras de los bares, y el uso de éstas, un referente de la cultura española que jamás había visto en ningún otro lugar. Si debía describir un elemento castizo que nos distinguiera, sin duda alguna, las barras de los bares sería uno de ellos. En el interior del restaurante, además de una suculenta balda acristalada de gamba fresca, quisquilla, calamar y mejillones, también se encontraba una larga fila de jamones ibéricos colgados del techo junto a una gran reserva de vinos. La carta era espléndida y el local se encontraba hasta la bandera para ser un día entre semana.

—Es uno de mis rincones favoritos de la ciudad —dijo el abogado mientras pedía una botella de Vega Sicilia que el camarero no tardó en servir y acompañar con unas olivas verdes—. Después de esta comida, querrás volver a esta ciudad.

—Soy fácil de engañar por el estómago.

Sempere pidió un plato de jamón y quesos curados, un poco de gamba roja, un calamar a la plancha y un solomillo trinchado para el final. Si estaba dispuesto a llevarme a su terreno, sabía cómo hacerlo. A medida que el vino tinto corría por la sangre, la conversación dejó a un lado los temas superficiales sobre la obra del Misterio para tomar un carácter más serio.

—Veo que lo tomáis con seriedad —añadí tras la explicación de la importancia de la obra en la ciudad—. Supongo que tiene sentido.

—Somos un pueblo de rituales y tradiciones —contestó—. Aquí, hasta el más ateo cree en algo y, a veces, incluso en Dios. Nos tomamos muy en serio las tradiciones, ya no sólo en su forma, sino también en su ejecución. Los ritos son importantes, los lugares a los que vas a comer, en los que te reúnes o la forma en la que te expresas. Al final, es una forma de alimentar ese sentimiento de lo nostre... Una persona como yo, ya ha visto de todo.

—Aclara eso...

—Grupos de vecinos rindiendo pleitesía a la Dama de Elche, el busto de esa mujer que encuentras por todas partes —respondió—. Es un símbolo que caracteriza, entre otros, a la ciudad, pero no deja de ser un resto arqueológico del pasado... En fin, sé que todo esto te puede parecer un disparate, pero es así y lo hacemos sin importarnos lo que piensen de nosotros.

—No te preocupes, todos somos valencianos... —comenté—. Así y todo, me resulta gracioso cómo te incluyes a ti mismo cuando hablas...

—Te mentiría si dijese lo contrario, ¿no crees? —Dijo y dio un sorbo de vino—. Incluso yo, desde la distancia por la que, en ocasiones, veo toda esta farsa, soy incapaz de evitar ciertos comportamientos. El ser humano es contradictorio.

—Sigo sin entender qué se te ha perdido haciendo un documental de este tipo —argumenté—. Visto que en cientos de años nadie ha querido remover el barro, ¿por qué habrías de ser tú? Tenéis temas suficientes de los que hablar ya, y seguro que cuentan con más apoyo...

—Porque al final —añadió—, todo se reduce a un regocijo de lo banal y de lo absurdo... Desde hace años, la clase política se ha empecinado en hacer brillar el nombre de una ciudad que sólo destella sobre nuestro cielo. A la gente se le llena la boca al pronunciar las virtudes de la ciudad, pero muy pocos las conocen pasadas las fronteras. Esa maldita e irracional lucha constante por competir contra vosotros nos vuelve, cada día, más catetos. Esta ciudad tiene una historia, tanto buena como mala, y son sus ciudadanos quienes la forman. Sería un error pasar por alto tales episodios, ¿no crees?

Contemplé la copa de vino que estaba a punto de quedarse vacía y sopesé el discurso melodramático que Sempere había dejado caer sobre los platos. No me lo creí. Había algo más y tarde o temprano, lo descubriría.

—Me hubiese creído toda esta lucha si no me hubieras confesado unas horas antes que eras un gran amante de la novela negra —respondí—. Creo que la razón de peso por la que haces esto es, simplemente... ocio. Estás ocioso, eso es todo.

Por primera vez, Fernando Sempere se quedó sin palabras, anonadado por mi contestación y expectante a que dijera algo más. Precavido, levanté la copa y le ofrecí brindar a modo de complicidad. A veces, las personas ocultamos el origen de nuestras intenciones con argumentos que se desploman por la falta de cohesión. La vida es más simple que eso: una verdad por delante y un par de agallas tras ella.

—Vaya, no decepcionas, Caballero —respondió en lugar de darme la razón—. Tengo la sensación de que va a ser entretenido trabajar contigo.

Mientras en la cocina preparaban el solomillo que estábamos a punto de comer, Sempere recibió una llamada telefónica y se disculpó para salir al exterior.

Aproveché la situación para llamar al oficial Rojo.

—¿Sí? —dijo Rojo al otro lado.

—Soy yo, ya lo sabes.

—Siempre me queda la esperanza —respondió con sorna—. ¿Qué hay, Caballero? Dime que no paras en un bar de La Mancha.

—No, descuida… —dije—. Estoy en Elche, al final he decidido dar el paso, aunque no sé a dónde me va a llevar todo esto… ¿Cuándo nos vemos?

—Mañana para el almuerzo.

—Está bien, en el Guillermo a las once.

—Que así sea —dijo y colgó. Acto seguido, Sempere cruzó la entrada mientras guardaba su teléfono en el interior del bolsillo.

—Tenemos buenas noticias —dijo con el rostro iluminado—. Nos han dado el permiso para la grabación.

—Al final, ese cura ha cedido a las plegarias.

—No, allí no volveremos —respondió dando otro trago a su copa—. Después de comer te llevaré a la biblioteca municipal. Sé que no es lo mismo, pero se trata de un antiguo monasterio renovado en el que murió un monje… Hace años se le apareció un fantasma a un guardia jurado y el asunto llegó a oídos de Iker Jiménez.

Los temas paranormales no eran mi fuerte. Sentí cómo el estómago se me cerraba lentamente.

—No sé si podré ayudarte con ello —respondí—. Sería mejor llamar a los *Cazafantasmas*, ¿no crees?

—Tranquilo, hombre —respondió tocándome el hombro—, que sólo vamos a grabar. Además, que allí los únicos fantasmas son de carne y hueso. La acústica es

buena y el claustro no podría ser mejor escenario. A falta de pan, buenas son tortas, ¿no?
—Sí, las que nos va a dar el difunto monje...
Fernando Sempere, peinado con perfección y sin una arruga en la camisa, alzó la copa, rio y volvió a beber. Terminamos nuestra comida, aunque no fui capaz de degustar el solomillo como hubiera deseado. No era la cuestión metafísica la que me asustaba realmente. En mi interior, podía sentir la punzada del peligro y la acción. El síntoma de que algo estaba a punto de suceder, aunque tal vez estuviera exagerando y me equivocara, o eso deseaba yo en aquel ligero momento de emabriaguez. Puede que fuese el vino ejercitándose en mi estómago y sólo necesitara tomar un antiácido. Fuera lo que fuese, pronto tendría una respuesta.

Con el estómago saciado y la suela de los zapatos hirviendo debido a las altas temperaturas, nos arrastramos a pie bajo la sombra en una localidad desolada. Si en Alicante resultaba complicado encontrar a alguien que no fuese un turista a esas horas, esa ciudad del infierno era un completo desierto de palmeras. Cuando alcanzamos uno de los muchos puentes que el municipio poseía, pude avistar de lejos la biblioteca. A medida que nos acercamos, encontré la fachada de un antiguo monasterio junto a una iglesia.
—La biblioteca fue, primero, un monasterio franciscano y, después, un hospital que terminó abandonado —explicaba Sempere secándose el sudor de la frente con un pañuelo—. A partir de la transición, el lugar pasó a ser una biblioteca municipal.
—De ahí que habiten espíritus, ¿cierto?
—No son más que cuentos para darle cierta notoriedad al lugar —respondió el abogado—. Por fortuna, la construcción permite mantener el lugar fresco en días como hoy.
—¿Qué hay del monje? —Pregunté. Nos encontrábamos frente a la puerta, junto a un árbol en el centro de una pequeña plaza. La calle estaba desierta. Dos policías tomaban café en una cafetería que se encontraba frente a la iglesia. A lo lejos, se escuchaban los gritos de alguien que se declaraba inocente.
—Son los juzgados —dijo Fernando haciendo referencia a mi señal—. Alguien pasará esta noche en el calabozo.
También percibí otra pendiente que terminaba, de nuevo, en un puente que unía la ciudad. La plataforma conectaba con un grupo de casas desordenadas que tenían la planificación de un viejo casco antiguo.
—¿Hacia dónde lleva ese camino?
—Al arrabal de San Juan, aunque lo llaman el barrio del

Raval —explicó—. En el pasado fue un asentamiento árabe durante trescientos años, después los echaron o se convirtieron. Sin embargo, el barrio todavía mantiene las arterias de entonces y los edificios bajos que lo caracterizaban. No es muy grande, pero te puedes perder con facilidad si no conoces las calles.

Una vez recibida la lección de historia, anoté en mi memoria que regresaría allí más tarde y puse toda mi atención en los sucesos del monasterio.

Caminamos hacia el interior bajo la mirada de un guardia jurado que estaba a punto de dormirse dentro de la garita. Como habría mencionado antes Sempere, el patio interior mantenía la frescura gracias a la piedra que lo componía. Un pasillo nos llevó al interior del edificio, dejando a un lado un aljibe que ocupaba el centro del claustro. Era un lugar hermoso, decorado por arcos y una primera planta de grandes ventanales. El emplazamiento perfecto para llevar a cabo la grabación que Sempere tenía en mente. Con un gesto de mano, me sugirió que esperara allí mientras él buscaba a alguien en el interior de la biblioteca. Bajo la atenta mirada del guardia, me apoyé en un pilar y esperé a Sempere, que no tardó en aparecer junto a un hombre de mayor edad, pelo canoso y un con una verruga bajo el ojo izquierdo. Parecía un empleado público, un encargado de alguna sección. Lo deduje por su indumentaria. Vestía igual que Ortiz, en sus tiempos de vida, con una camisa de manga corta y unos pantalones vaqueros que poco podían hacer sobre los zapatos marrones sin vida con los que calzaba sus pies.

—Gabriel, te presento a don Miguel —dijo invitándome a estrecharle la mano—. Él es el archivero responsable de la Biblioteca Pedro Ibarra.

—Mucho gusto —dije apretándole la mano con firmeza. El hombre caminaba con la espalda encorvada, puede que de cargar libros durante tantos años—. Es un lugar formidable para una biblioteca.

—Y con mucha historia —respondió con un acento

ilicitano cerrado que abría las vocales—. Que sepa que tenemos algunos de sus libros aquí, aunque no me haya leído ninguno todavía.

—Aprecio su honestidad —dije.

—Le agradecemos que se ponga de nuestra parte —añadió Sempere quitándole tensión al asunto—. Al parecer, a don Luis, el párroco del Salvador, no le ha hecho mucha gracia nuestra iniciativa…

—Me temo que a nadie, Sempere, a nadie… —dijo con cierto recelo—. Las noticias vuelan, y que conste que no tengo nada en contra de ustedes dos.

—¿Qué ha escuchado? —Preguntó el abogado intrigado.

—Escuchar, lo que es escuchar, res… —comentó en voz baja—. Ahora, entre ustedes y yo, ya les digo que alguien les está haciendo un boicot.

—Ni siquiera hemos empezado.

—¿Tiene enemigos, Sempere?

—No… —respondió dubitativo—, hasta donde yo sé.

—Miente —dijo el archivero—. Claro que los tiene. Todos los tenemos, ahora que, unos son más peligrosos que otros, ya me entiende.

—¿Y usted, Caballero? —Preguntó dirigiéndome la palabra—. ¿Tampoco los tiene?

—No me gustaría quedar como un mentiroso… —respondí—. ¿A qué viene este interrogatorio?

El archivero nos agarró por la parte trasera del brazo y nos arrastró hasta un rincón del claustro. Después sacó un sobre del bolsillo de su camisa y nos lo puso delante.

—Alguien se ha enterado de vuestra visita —dijo mirándonos a los ojos—, y ha decidido dejar un mensaje.

—¿De quién se trata? —Preguntó Sempere con los ojos brillantes, más intrigado que asustado.

—No lo sé —respondió—. Las cámaras estaban apagadas y el guardia… es un zoquete.

—No hace falta que lo jure —dije—. ¿Lo ha leído?

—No —dijo con voz grave. Noté cómo le temblaba el pulso—. La correspondencia es privada, aunque he estado

cerca de hacerlo.
—La curiosidad mata al gato —añadió el abogado—. No tiene remitente y el destinatario está a tu nombre, Gabriel.
—Sólo dice Caballero… ¿Cuántos Caballero conoces? Podría ser cualquiera.
Reconozco que los nervios afloraron en mis extremidades. No me gustaba en absoluto la sensación de estar siendo vigilado.
—Terminemos con esto de una vez —dijo y sacó el papel del sobre—. Veamos qué pasa aquí…
La carta contenía un fragmento escrito en valenciano antiguo que decía:

¡Oh, Dios, valed! ¿Y qué es esto
de esta congregación?
Algún misterio ocultado
quiere Dios nos sea revelado.[1]

Tras leerlo en voz alta, un chispazo recorrió mi espina dorsal. Desconocía por completo el significado de aquellos versos, pero no me dieron un buen augurio.
—Alguien intenta decirnos algo —dije con voz temblorosa—. No me da buena espina, Sempere.
—Tan sólo tratan de asustarnos… —respondió Fernando Sempere concentrado en los versos—. Quienquiera que lo haya escrito, ha utilizado parte del *Misteri*… en concreto, el primer acto, donde San Pedro expresa su extrañeza ante la reunión de los discípulos de Jesús.
—Vaya… —dije asombrado—. Conocerás la obra al detalle, pero yo no sé qué significa eso.
—El Misteri se representa en dos actos —explicó—. La

---

1   Texto original dice: Oh, Déu, valeu! E qué és açò
    d'aquesta congregació?
    Algun misteri amagat
    vol Déu nos sia revelat.

Víspera y la Fiesta, donde se recrea la ascensión de la Virgen.

—Lo que nos faltaba ya... —dijo el archivero con voz acusada—. A mí tampoco me agrada un pelo lo que dise.

—Haga el favor, don Miguel, que nos conocemos desde hace años —replicó el abogado—. Esto no es más que una broma de mal gusto.

—Tal vez se trate de una admiradora.

Sempere me miró. Un comentario desacertado.

Observé de reojo al archivero, que parecía inquieto con la situación.

—¿Tiene usted algo que ver?

—¿Quién? —Preguntó señalándose—. ¿Yo?

—No, el monje que deambula.

—Pues sí, *home*... —dijo ofendido—. Lo que me faltaba por oír hoy, *ché*. No tengo yo mejores cosas que hacer que resolver acertijos.

Sempere, en su afán de romper la tensión y jugar a lo que mejor sabía hacer, puso su mano sobre el hombro del hombre para que se relajara y sintiera una falsa complicidad, como había hecho conmigo antes, y le asestó dos palmadas que sonaron huecas.

—*Ché*, don Miguel —contestó y le dio otra palmada—, por el amor de Dios, no se preocupe... que no pasa nada. Nosotros a lo nuestro y no comente palabra, que después... todo se sabe.

—Madre del amor hermoso... —dijo el hombre en un suspiro de preocupación—. Tan sólo les pido que no me hagan perder el trabajo que tanto me ha costado mantener.

—Descuide, estamos en familia —dijo Sempere.

—Quedo a su disposición para lo que necesiten, como siempre —dijo por última vez el archivero y nos despedimos abandonando el convento. Caminamos en silencio varios metros hasta encontrarnos lo bastante lejos como para que no nos escuchara nadie.

—¿Qué ha sido todo eso? —Pregunté confundido. Ni siquiera yo, Gabriel Caballero, el experto en situaciones desastre, entendía qué sucedía allí—. Ese hombre me ha dejado algo preocupado.

Sempere me dio un golpecito con el papel sobre el hombro.

—Gabriel, el autor de esto tiene nombre y apellidos —dijo el ilicitano con su sonrisa perfecta y su cabello todavía peinado a la perfección—. En unos días comienzan las fiestas de Elche y a más de uno ya le molesta que su nombre no salga en las portadas de los diarios. De hecho, para ser más concreto, sé de algún político que mañana se tirará de los pelos cuando vea que no nos hemos achantado... Así que vamos a tomar la última copa de la jornada, para que te relajes un poco y vayas entrando en sintonía con esta ciudad, que ya es hora, *amic meu.*

Fernando era una caja de sorpresas que no dejaba de impresionarme con cada una de sus decisiones. Cruzamos al otro lado del río para terminar en un local inhóspito e inesperado que poca relación guardaba con las apariencias del abogado. Situado en la calle Filet de Fora, el café Nueva York, conocido entre sus clientes como el "nic", era un tugurio oscuro de apenas diez metros de profundidad, una pantalla enorme que emitía deportes sin interrupción, una barra con taburetes, varias mesas y dos máquinas: una de tabaco y otra de apuestas. El bar carecía de encanto alguno si no fuese por su clientela, una parroquia formada por empresarios, médicos, contables y letrados que apuraban la hora de la siesta para dejar a sus familias a buen recaudo y rellenar las copas de whisky o ginebra. Al entrar, Fernando parecía conocer a la mitad de los que allí se encontraban. Tras una cálida bienvenida, nos sentamos en la barra y pidió dos London Gin con tónica. Junto a nosotros, varios personajes propios de una película de David Lynch hablaban sobre el Festa d'Elx, un torneo futbolístico que se celebraba como cierre de las fiestas de la ciudad y que, en ese año, enfrentaría al equipo local contra el representante alicantino. Incluso yo, había oído sobre ello.

—¡*Ché*! Este año va estar de cine —dijo un hombrecillo con el pelo corto y rizado y entrado en sobrepeso. Junto a él, otro más alto y delgaducho, con el cabello plastificado por el gel capilar y peinado hacia atrás, hacía esfuerzos por escucharle—. ¿Has *comprao* ya las entradas? ¿Las has *comprao* ya?

Di un vistazo por el bar que se asemejaba más a un salón del viejo oeste americano que a un café parisino y no encontré más que tipos aburridos que habían comenzado el fin de semana. El camarero sirvió las copas y se cobró de un billete que mi anfitrión puso sobre la mesa.

—Gracias —dije rociando el resto de tónica que quedaba en la botella—. No tenías por qué hacerlo.
—El dinero y los cojones... —dijo el tipo rechoncho, luchando contra las fuerzas físicas para mantenerse en pie y terminar la frase—, para las ocasiones.
—A tu salud, compañero —respondí con una sonrisa y levanté la copa. Sempere se rio de la situación como si no se sorprendiera en absoluto. Era una hora trágica, adecuada para los que vivían solos, con sus padres o tenían problemas conyugales.
—Los escritores necesitáis ambientes variopintos —explicó girándose hacia mí—. Puede que no sea el lugar más adecuado para traer a un invitado, pero tal vez te inspire para una tragicomedia.
—¿Bromeas? —Dije sorprendido—. Estoy ante una fuente agotable de ideas.
Después el abogado dio un trago y me dirigió de nuevo la palabra.
—Gabriel, escucha —dijo—. No quiero que le des vueltas al asunto del mensaje... No es más que una rabieta de mal gusto. Ya sabes, eso de que, por mucho que envejezcamos, seguimos siendo niños.
—Algo de eso he oído.
—Nos llevará tiempo hilarlo todo, pero tengo algunas ideas que me gustaría comentar contigo durante los próximos días... Como ya te he dicho esta mañana, muchos de los homicidios parecen sacados de una novela de Agata Christie o Raymond Chandler.
—Suena bien... —respondí—. Me temo que robaré algunas ideas para mis próximos libros. Últimamente no estoy muy fino con la puntería.
—Debe ser emocionante eso de escribir un libro —dijo con cierta melancolía en sus palabras—. Llenar salas, dar charlas, dedicar los ejemplares...
—Tampoco te creas... —contesté—. La última vez, casi me cuesta la vida.
Pero él ya se encontraba hipnotizado por su propio

monólogo.

—¿Sabes? —Preguntó retóricamente—. Siempre deseé ser escritor, pero los derroteros de la vida me llevaron por otro lado. No me quejo, tengo una vida plena y feliz, una mujer que me quiere y un chaval que me alegra la vida, pero ya sabes a lo que me refiero…

Escribir un libro, plantar un árbol, tener un hijo. Siempre escuchaba la misma historia. El sueño de todo acomodado de clase media para sentirse algo más humano que una máquina de generar billetes. Escribir era un oficio y ello conllevaba cierto riesgo.

—Ponte, saca tiempo —contesté—, pero no busques excusas en las que apoyarte. Aunque eso tampoco te asegura que lo que escribas sea bueno. Lleva tiempo, práctica y perseverancia… Qué más puedo decirte…

—No pretendo que me digas nada, de verdad.

—Demasiado tarde —dije sintiendo la amargura de la tónica—. Si te soy sincero, escribir no te traerá más que problemas, para qué te voy a engañar. Los tipos como yo no tenemos demasiado futuro, y cuando lo tenemos, somos especialistas en arruinarlo. Puede que ese sea nuestro único talento y la fuente de inspiración para llenar las páginas de los libros. La gente normal con vidas normales no necesita contar nada a nadie. Tú tienes una vida realizada, completa y cómoda. No la abandones ni la mandes al cuerno.

Sempere dio un trago a su copa y miró al frente.

—En el fondo tienes razón —respondió sopesando sus palabras—. La astilla sigue clavada en lo profundo de mi ser, aunque me temo que tendré que conformarme con ser tu Watson estos días.

—Pues eso… —respondí abrumado por sus palabras y seguí bebiendo—, somos presos de nuestras acciones, mi querido Fernando.

5

Sentarse sobre los taburetes del bar Guillermo era como hacerlo sobre el sofá de mi casa. Hogareño, una ráfaga de aire helado salía con rabia del aparato de aire acondicionado que había en uno de los laterales del local. El bar se encontraba casi vacío, lleno de vasos sucios de café y desayunos sin terminar. Observé el cuadro que decoraba la parte de la barra, junto a las botellas y me fijé de nuevo en esa ciudad de Alicante antigua y monocromática. Por allí habían pasado todos, incluidos los nazis alemanes durante la Guerra Civil española. Pedí un café solo y miré el reloj a sabiendas que eran las once en punto. Por alguna razón, Rojo no era puntual y eso despertó mi curiosidad. Pero quién era yo para juzgarle, si nunca llegaba a tiempo a mis citas. Hojeé el diario Información del día anterior, que era el único que quedaba en funcionamiento en la provincia. Tras mi huída, los grupos editoriales se habían cargado Las Provincias, el periódico en el que habría trabajado antes de convertirme en escritor. La redacción no había vuelto a ser lo mismo sin Ortiz. El palurdo con gel capilar de Cañete no hizo más que mandarlo a la cuneta. Dirigir un periódico siempre es una responsabilidad, incluso cuando las noticias no transcienden más allá de la actividad que genera una pequeña ciudad. Si la gente pierde su confianza en los propios periodistas, el ámbito de la información se puede convertir en un terreno muy peligroso. En una época en la que las noticias falsas corrían por internet y pagar por lo digital estaba mal visto, tocaba madera por tener suficiente para una cama en la que dormir y un plato de comida diario. Cuando me dispuse a pedir otro café, sentí la presencia de un hombre de paso firme y espalda recta. Iba vestido de paisano y llevaba las mismas gafas con cristales de aviador de siempre. Rojo, con un polo negro y vaqueros azules, caminó con chulería hasta la barra.

—¿No me vas a dar un abrazo? —Preguntó mostrándome las palmas de las manos.

—Mientras no me toques el trasero… —dije y nos dimos un fuerte abrazo propio de la camaradería que nos unía—. Te noto algo más delgado, ¿qué sucede?

Rojo se sentó en un taburete próximo a la barra y pidió un café cortado.

—Demasiado trajín en la oficina —respondió quitándose las gafas—. Ya sabía yo que volver no sería lo mismo, después de todo lo que había pasado, pero esto no es normal… Los escándalos de corrupción están perjudicando al cuerpo y alguien está dispuesto a cortar cabezas.

—Saldrás fortalecido.

—¿Y tú? —Preguntó dándome un vistazo—. Tienes buen aspecto. ¿Qué sucede? ¿Has encontrado novia?

—No es eso…

—¿Novio?

—Joder, no… —respondí molesto—. Todo sigue como siempre.

—Claro, se me olvidaba que eres un personaje público —dijo mirando al camarero—. Hay que joderse…

—¿Tienes noticias de ella?

—Nada —dijo el policía—. Se esfumó como una mota de polvo… Hiciste bien en dejarme allí en Cracovia. Fue una maldita pérdida de tiempo… Después de lo sucedido, creo que lo más oportuno es centrarnos en lo nuestro, tú a calentar la silla de los programas de televisión y yo a evitar que no me calienten las pelotas…

—No me creo que tires la toalla con tanta facilidad —respondí confundido—. ¿Sabes? Ni siquiera hemos hablado del tema, de lo que sucedió.

—Ni falta que hace, Caballero —contestó ofendido—. ¿Para qué? Todos sabemos cómo nos la metió doblada... No te culpo, de verdad, pero también hay que aceptar nuestras limitaciones, y por muchos cojones que le echemos, esto se nos queda grande...

—Te estás haciendo viejo, amigo.

—Y tú te estás quedando gilipollas —dijo con sarna—. Baja de las nubes, Tintín. ¿Es que no lo ves? Esa mujer es una de tantas personas que campa a sus anchas por donde quiere. Bastante tenemos ya en el mar para ir a por el tiburón.

Por mucho que el oficial hiciera hincapié en su desinterés, yo sabía que no era cierto. Conmigo, su estrategia no funcionaba. Lo más probable es que Rojo hubiese puesto todo su empeño en seguir a Eme, pero manteniéndome al margen de su investigación, me mantenía al margen del peligro. Sabía que ella, cuando lo quisiera, contactaría conmigo.

—Cuéntame más sobre eso que estás haciendo en Elche... —continuó—. Me gusta esa ciudad. Hace años que no voy por allí.

Rojo, mostrando interés por mí. Sin duda, algo estaba cambiando en él.

—Todavía no hemos hecho nada —respondí—. Parece un documental de poca monta, para variar, pero puede resultar entretenido.

—Te vendrá bien hacer algo más ligerito —respondió el oficial—. Las vacaciones de los últimos años han sido un poco agitadas... ¿Sobre qué trata?

—Elche, sus crímenes y los paralelismos con la ficción.

—Y Gabriel Caballero chupando cámara.

—Más o menos.

—No te metas en líos —advirtió—. Esta vez no puedo salvarte el culo.

—Siempre dices lo mismo —respondió—. Y después lo haces.

—Te hablo muy en serio, Caballero —insistió—. Hasta que no baje la marea, no puedo acercarme por allí.
—Tranqui, tranqui... —dije sosegando la conversación—. No tengo planes de buscar pelea, pero... ¿A quién has molestado?
—Al comisario Casteller —contestó a regañadientes—, guárdate las preguntas. Cincuentón, pelo teñido, gafas sin montura y cuello de botella. No tardarás en reconocerlo cuando lo veas. Tiene la ciudad blindada y cuenta con el apoyo del alcalde. Si vas a merodear por allí, más vale que te hagas su amigo.
—Interesante... —dije—. Pensaba que en el cuerpo no había enemigos.
—¡Los cojones! —Exclamó—. ¿No te ha dado suficientes lecciones la vida, Caballero?
—Procuraré mantenerme al margen.
—Te lo digo —repitió—. No tengo ni tiempo ni la influencia suficiente para salvarte el pellejo. Si te metes en problemas, será mejor que te busques un buen abogado.
Su falta de confianza me ofendió, aunque le había dado muestras suficientes para hacerlo.
—Estás siendo muy duro conmigo, tío —dije elevando un poco la voz—. No eres el único que cambia, maldita sea... He madurado.
Rojo clavó su mirada en mi sien con semblante serio, como un padre que juzga furioso a su hijo. Después rompió en una carcajada interior y la tensión de sus músculos se evaporó—. ¿De qué te ríes?
Entonces sonó mi teléfono móvil. El dispositivo vibró con fuerza en el interior de mi bolsillo. Le dije a Rojo que aguardara un momento y comprobé la pantalla del aparato. Era el número de Fernando Sempere.
—¿Qué hay, Fernando?
—¡Gabriel! —Gritó al otro lado del aparato—. ¿Dónde te encuentras?
—Estoy en Alicante... —respondí. Sentí ansiedad en su voz—. ¿Qué sucede?

—Mierda... —dijo—. Tienes que venir a Elche tan rápido como puedas. Esta noche, ha ocurrido una desgracia tremenda.

—¿De qué tipo?

—Se ha cometido un asesinato en pleno centro de la ciudad, Gabriel —explicó. Podía sentir el miedo y la excitación entre los silencios que habitaban sus palabras.

—Ya bueno... Escucha, Fernando —expliqué—. Sé que estás entusiasmado por el contenido del documental, pero no creo que todo valga. Se cometen horrores a diario, creo que es trabajo de la fuerzas...

—Gabriel, un hombre ha muerto acuchillado en la puerta trasera de la iglesia de El Salvador —replicó—. No se trata de una coincidencia.

La noticia me apretó el estómago como un mano gigante.

—¿Cómo puedes estar tan seguro?

Tan sólo esperaba que no lo estuviera.

—Ha dejado un mensaje —contestó—. He tomado algunas fotos. Date prisa, antes de que comiencen las preguntas.

—Está bien, voy para allá —contesté y colgué la llamada. Por un instante, sentí que mis pies se encontraban sobre una baldosa y el resto del pavimento se desvanecía hacia el interior de un volcán incandescente. Estaba sucediendo. El peligro llamaba a mi puerta de nuevo. Todo lo que le había dicho a Rojo, todo lo relacionado con los problemas, meterme en líos y jugarme la vida. Me encontraba por encima de eso. Intentaba buscar una justificación, pero no podía. Mi vida era demasiado aburrida sin un poco de acción que la edulcorase.

—¿Estás bien? —Preguntó el oficial con el codo apoyado en la barra—. Ni que hubieras visto un fantasma.

—No me hables de fantasmas... —dije buscando unas monedas en el bolsillo. Rojo me hizo una señal indicando que se encargaba de la cuenta—. Gracias... Tengo que ir a Elche. Han acuchillado a una persona en la parte trasera de una iglesia.

—Y allá que vas tú a meter las narices.

—No tengo tiempo para explicártelo ahora —contesté levantándome del taburete—. Creo que el asesino ha dejado un mensaje.

—Caballero... —murmuró Rojo con voz paternal.

—Sólo voy a ver qué ha sucedido —respondí—. No tengo intenciones de buscarme líos...

El oficial sacó una tarjeta de papel de su cartera y me la puso delante del rostro.

—Se llama Soledad Beltrán —dijo—. Es una buena chica.

—¿Buscándome novia, Rojo? —Respondí y cogí la tarjeta.

—No seas cínico —contestó el policía—. Esa chica me debe un favor, puede cubrirte las espaldas en caso de emergencia, pero no abuses de su amabilidad.

—Gracias de nuevo, amigo —respondí y caminé hacia la salida.

—Ah, una cosa más —dijo el policía desde la barra—. Por lo que más quieras, no te enamores de ella. Es policía.

Me reí, porque no supe cómo responder a eso.

Menuda estupidez.

Después abandoné el bar Guillermo, encendí un cigarrillo y me coloqué mis gafas Wayfarer negras. No tenía la más remota idea de lo que me encontraría en la ciudad y eso era algo que me excitaba demasiado.

Como una bala caliente, crucé el tramo que separaba a las dos ciudades y dejé el coche en el aparcamiento del Centro de Congresos de la ciudad. No fue necesario saber dónde se encontraba Fernando Sempere, pues el bullicio y los agentes del orden habían colapsado una de las calles principales del centro. Como un dandi de provincia, me acerqué a la multitud con aires de superioridad con el fin de que alguien me reconociera. Una de las cosas que había aprendido en mis últimos años era que, cuando me comportaba como una celebridad, siempre había alguien que se lo creía, independientemente de que lo fuera o no. En aquel caso, mi nombre se encontraba en las librerías y mi rostro era más que público, pero tanto las tiendas de libros como los programas de televisión eran lugares que pronto quedarían en el olvido. Vestido de camisa azul y pantalones de un tono más oscuro, Fernando Sempere levantó su brazo bronceado cuando advirtió mi presencia. Era un tipo singular, elegante y único. Tuve la sensación de que llegaba tarde a la fiesta. Los curiosos que por allí pasaban no hacían más que dificultar mi travesía. El ritmo de la calle, las conversaciones basadas en comentarios e informaciones sacadas de la chistera de un mago hambriento. La prensa local y provincial se amontonaban por los alrededores. No tardé en reconocer algunos rostros cuando sentí el impacto de una mano abierta contra mi cara. La sacudida sonó tan fuerte que mis gafas salieron varios metros por el aire y quienes se encontraban en un radio de dos metros, se giraron al escuchar el estruendo. Un fuerte picor creció con fuerza en la parte derecha de mi rostro. Cuando me recompuse, pude ver la presencia de un tipo alto, rechoncho, sudoroso y sin cuello. Llevaba una camisa de flores caribeñas, el rostro sin afeitar desde hacía varios días y una cámara de fotos en la mano que había dejado libre. Iluso de mí al pensar que ese día nunca llegaría.

—¡Vaya tortazo! —Gritó un mujer mayor que por allí pasaba con el carro de la compra—. ¡Le habrá *arreglao* la boca!

Miré al sujeto con resentimiento y me puse de pie.

—Coño, Pacheco... —dije con una mano sobre la cara—. Con un hola bastaba.

—Eso por la cámara, cabrón —dijo con el rostro torcido.

La panza estaba a punto de reventarle uno de los botones de la camisa. Era como si tuviera vida propia. Pacheco se había abandonado a sí mismo. Había perdido casi todo el pelo, pero seguía teniendo el mismo mal humor de siempre. No me había perdonado que le robara la cámara el verano anterior.

—Veo que sigues en forma —contesté provocando una segunda sacudida. Cuando Pacheco se disponía a darme otro guantazo, Fernando apareció con un agente de la Policía Local. El hombre se abalanzó contra el reportero.

—¡Alto ahí! —Bramó el agente obstruyendo el camino que separaba al grandullón de mi cara—. ¡Qué es todo esto!

—¿Estás bien? —Preguntó Sempere—. Necesitas hielo.

—Lo que necesito es un vermú... —contesté limpiándome los pantalones—. Gajes del oficio, *amic*.

—¿Va a poner denuncia? —Preguntó el agente.

—No, no —dije. Pacheco me observaba con el mismo semblante—. Mejor cada uno por su lado.

—¿Está seguro?

—Y tanto, agente.

—Usted, haga el favor de seguir caminando —ordenó el agente a Pacheco—. ¡Venga! ¡Aire todo el mundo, señores!

Pero la calle se encontraba tan atestada de gente que resultaba difícil salir de allí.

—Has llegado demasiado tarde, Gabriel —dijo el abogado—. Hasta el comisario se ha dejado caer por aquí. Esto... a escasos días de las fiestas de la ciudad, pone en jaque a la gestión del alcalde.

—El comisario Casteller —dije—. Llego tarde y me llevo

el premio, hay que fastidiarse.
—¿Le conoces?
—De oídas —respondí—. No te olvides de que fui periodista.
—Claro, cómo lo iba a olvidar —dijo él—. Será mejor que nos marchemos. No hay mucho que podamos hacer ahora, y menos con toda la gente husmeando. Puede que a la tarde, esto ya se haya despejado.
—Lo del vermú iba en serio... —repliqué—. ¿Tienes las fotos?
—Sí.
—¿Has descifrado el mensaje?
—*Sssshhh*... —dijo el ilicitano poniendo el índice sobre sus labios—. Nadie sabe que había un mensaje. Lo taparon tan pronto como encontraron el cadáver. Eso hubiese puesto el grito de la ciudad en el cielo.
—Pero tú tienes las fotos.
—Sí.
—No, si al final vas a dar la sorpresa, Watson.
Mi elogio levantó una sonrisa al abogado.
—Bueno... Uno tiene sus contactos —dijo tirándose un puñado de rosas imaginarias sobre sus hombros—. Esto cada vez se pone más emocionante.
—Sin duda —respondí—. Cuando me llamaste, parecías algo consternado por la noticia.
—Oh, lo siento —explicó—. Estaba en el baño.
—Podrías haberte ahorrado el detalle... —dije y le indiqué la primera salida que encontré para salir de esa calle—. Llévame a un bar y veamos lo que tienes.

Caminamos varios metros que Sempere aprovechó para disculparse de nuevo por el momento de la llamada. En todo caso, mi comentario había sido una broma. Las noticias llegan cuando llegan, sin importar el lugar en el que uno se encuentre. Y qué importa si es en la taza del inodoro o en el frente de la Guerra del Golfo. Cuando un mensaje tiene que transmitirse, no hay excusa para hacerlo con la máxima inmediatez. Leal a sus principios y leal a mí, el abogado había cumplido con su deber. Cruzamos el interior de un restaurante llamado Madeira y nos sentamos en la barra. Un lugar acogedor en el corazón de la ciudad, bonito, de estética tradicional que mantenía el equilibrio y no rozaba lo rancio. Racimos de uva y varios jamones colgaban de la parte trasera de la barra. Sobre nuestros ojos, un grifo de cerveza y diferentes tipos de pescado en una cámara de cristal. La magia de los bares era poder comerte lo que veías, siempre que pudieras permitírtelo, claro.
El abogado saludó con un apretón de manos al camarero y nos presentó.
—Gabriel Caballero, el escritor del Mediterráneo —dijo elogiándome frente al empleado—. Una eminencia con raíces ilicitanas.
—Pues ahora que lo dices… —comentó el hombre con cara de bonachón, mirada amable y un paño de tela colgado al hombro—. Me suena el apellido Caballero. Posiblemente haya coincidido con alguien de su familia. Esto es como un pueblo, claro está… ¿Qué os pongo?
—Una cervecita, por favor —dijo el abogado.
—Un vermú, si es tan amable —añadí—. En vaso ancho y corto, con mucho hielo, bien frío y aceituna…
—Se la tiene aprendida, el compañero —comentó el camarero al escuchar la precisión con la que había pedido mi bebida—. Pues que así sea, marchando…

Cuando el tipo se puso en marcha a sus labores, me acerqué a Sempere.
—¿Es seguro este lugar?
Él asintió con la cabeza.
—No hay que temer —dijo y sacó su teléfono móvil—. Por cierto, ¿me vas a explicar lo que ha sucedido antes?
—En otro momento... —dije restándole importancia—. Es una larga historia. En ocasiones, tenemos que hacer cosas que sobrepasan la ética profesional. Después, el tiempo se lo cobra a su manera... Pero mejor será que veamos esas fotos. ¿Qué tienes?
Fernando movió la pantalla con su dedo y me mostró una foto de un cadáver tirado en el suelo sobre un charco de sangre junto a la puerta trasera de la iglesia. Era una imagen horrorosa, tanto, que casi me produce una arcada. Aguanté el momento con una fuerte respiración para evitar que el abogado se llevase una impresión equivocada de mí. Mis problemas con la sangre seguían latentes. Así que puse atención en una pintada con aerosol negro que había junto a la fachada. De nuevo, y en valenciano antiguo, parecían los versos de algo, de los cuales sospeché que estuvieran conectados con el famoso espectáculo.

Gran deseo me ha venido al corazón
de mi querido Hijo lleno de amor,
tan grande que no lo podría decir
y, por remedio, deseo morir.[2]

Estudié las palabras con el sabor de la aceituna revoloteando en mi paladar. En ese momento, no podía

---

2   Traducido del original.
    Gran desig m'ha vengut al cor
    del meu car Fill ple d'amor,
    tan gran que no ho podria dir
    on, per remei, desig morir.

ver nada entre aquellos versos. Palabras y más palabras. Nunca se me dio bien la poesía.

Me pregunté quién tendría la mente tan retorcida para hacer algo así. Es decir, matar a alguien y apoyarse en una obra religiosa como excusa. La mayoría de crímenes se producían por un exceso de pasión, ya fuese venganza, odio o cualquier tipo de trauma que desencadenaba en un acto de justicia personal. Por otro lado, era mucha casualidad que, el autor, hubiese copiado la escena de un episodio oscuro que flotaba en la memoria de la ciudad, aunque todo era posible.

—¿Reconoces al hombre? —Preguntó el abogado guardando el teléfono en su bolsillo—. Te enviaré una copia de las fotos por correo electrónico.

—No —mentí. Apenas me había fijado en el cadáver—. ¿Y tú?

Fernando se echó la mano al cabello y lo meció hacia atrás. Empezaba a entender sus gestos y ése era uno de preocupación.

—Ayer por la tarde, mientras tomábamos los *gin-tonic* —relató—. Aquel tipo regordete y el del cabello sumergido en gomina. Son unos asiduos al bar, muy conocidos por el sector empresarial... ¿Los recuerdas?

—Sí, claro.

—Joder, es él. Se encontraba allí, a unos centímetros.

Sus palabras cayeron como un jarrón de agua helada. El pulso se detuvo. Otra coincidencia que preferiría no haber escuchado.

—No tengo claro si quieres decir algo... —titubeé agarrando el vaso de mi bebida con fuerza y di un trago—. Debes estar seguro.

—Gabriel, estaba allí —insistió—. Junto a nosotros. Fue él quien interactuó con nosotros... Mejor dicho, contigo.

—Eso es evidente —contesté—. ¿Qué te hace pensar que el mensaje va dirigido a nosotros? Tal vez terminaran en una riña, quién sabe... Esos dos iban bien cocidos y el bar, si no recuerdo mal, se encuentra a escasos metros de aquí.

Pudo haber sido cualquiera.

—Te daría la razón, si no hubiesen dejado un sobre a tu nombre con un mensaje similar —dijo dando un sorbo a su cerveza. El abogado no mostraba ni un ápice de miedo ante la situación de que un homicida hubiese puesto el ojo sobre nosotros—. No todos conocen el contenido de la obra del *Misteri*... Viniendo de mí, hay que ser un rarito, Gabriel.

Terminé el vermú de un trago y pedí un segundo debido a que no era capaz de apaciguar los calores que emanaban de mi cuerpo. Puede que me estuviera haciendo mayor y que ya no tuviera ganas de seguir jugando a los detectives, pero la idea me aterrorizaba, y todavía más sabiendo que no podía contar con el oficial Rojo. Sin embargo, mi ego más malvado me pedía a gritos que me lanzara al vacío y me dejara llevar por la historia. Al fin y al cabo, tendría algo sobre lo que escribir. Pensativo, miraba al abogado y no podía rendirme. Para él, era un personaje creado a su semejanza, una figura idealizada y ahora convertida en carne y hueso. Si le fallaba a él, me fallaría a mí mismo y, posiblemente, dejaría suelto a un lunático que jugaba a ser el personaje de una novela de Dan Brown. Di un fuerte suspiro y levanté la cabeza.

—Está bien, veamos de qué va todo esto —respondí—. Te demostraré que no es más que una mera coincidencia.

6

El aire que corría a media tarde era más parecido al de un tubo de escape de un camión que a la brisa marina. A la altura del Huerto del Cura y una vez me hube despedido de Sempere por unas horas, aminoré hasta casi detenerme frente a la comisaría de Policía Nacional de Elche. Después conduje hasta una rotonda desierta que dejaba a su lado un paisaje desolador: una pequeña finca abandonada, huertos de palmeras, un instituto y, al fondo, las viviendas sociales del barrio marginal de la ciudad. La comisaría se encontraba en el sitio más adecuado para cercar a los delincuentes. Junto a los Citroën Picasso que había aparcados en batería, me llamó la atención de un coche alemán plateado. De su interior salió una bella dama, de pelo rubio aclarado por el verano, piernas finas y un busto de gran tamaño. La mujer ocultaba su mirada tras unas gafas de sol negras de concha y ceñía su cuerpo en un veraniego vestido de color verde. La reconocí al instante. Era ella, Lara Membrillos, la chica más guapa de la Facultad de Periodismo de la universidad. Su apellido dejaba de ser una broma cuando su presencia entraba en acción. La estrella de la ciudad, la cara bonita de los informativos de una de las cadenas privadas más conocidas del país. Lara Membrillos siempre quiso tener la atención de todos y luchó hasta que terminaron pagándole por ello. Me resultó curioso ver cómo la vida podía dar tantas vueltas, hasta el punto de que, dos personas totalmente opuestas, acabaran trabajando para la misma empresa. Desde que se hubiera ido a Madrid a terminar sus estudios, no nos habríamos vuelto a ver. Lara era muy simpática aunque jamás llegamos a cruzar más de diez palabras. Lo tenía claro desde el primer momento y sabía que en las aulas había mucha competencia. Por eso, optimizó su tiempo y se dedicó a hablar con todo aquel que estuviera por la labor de hacerle el trabajo sucio. Supo usar sus armas para aprovecharse de los más ingenuos. La universidad no dejaba de ser un centro de personas que habían abandonado la adolescencia para convertirse en adultos, o eso nos intentaban vender nuestros padres. Tratar a alguien como a un rey, no le convertía en monarca. A pesar de que compartíamos el mismo estudio de televisión, Lara supo de mi existencia y jamás hizo nada por coincidir o saludarme. Sin embargo, si el destino había deseado que me encontrara allí en esa ciudad, no sería por una razón divina. Esa vez, no permitiría marcharme sin cruzarme en su camino. El por qué, era muy obvio. Ninguno de los dos habíamos conducido hasta la comisaría por casualidad. De hecho, teníamos una simple razón: éramos periodistas y queríamos información.

Lamentablemente, supe que Lara jugaba con ventaja. Era su ciudad, su campo y sus contactos. También era muy probable que ayudara a la clase política a promocionar el nombre de la urbe. Por mi parte, sólo tenía un trozo de papel con el nombre de una agente que dudaba si sabría de mi existencia.

Aparqué junto al vehículo de Lara y me apoyé en la parte frontal de mi coche. Su visita se hizo más larga de lo que esperaba, aunque había soportado esperas peores. Cuando la vi salir de la comisaría y escuché el taconeo de sus zapatos, tiré la colilla al suelo y apagué el cigarro de un zapatazo. Agitada por el ritmo que Madrid había instalado en ella, se sorprendió al verme junto a su vehículo.

—¿Gabriel? —Dijo bajando la montura de sus gafas—. ¿Eres tú, Gabriel?

Por supuesto que lo era. Fingir era su talento.

—Sigues igual de bonita.

Pero mis palabras no causaron el más mínimo impacto.

—¿Qué haces aquí? —Preguntó cuando se acercó. Nos dimos dos besos e inhalé un perfume de rosas que me dejó anonadado—. Hasta donde yo sé, tú eras de Alicante…

—Tampoco has perdido tu ingenio —contesté—. ¿Te han chivado ya qué han encontrado?

Su cuerpo tomó una posición defensiva.

—Estoy de visita por la ciudad, Gabriel —argumentó—. Es mi vida privada y saludo a quien me da la gana.

—Ya decía yo que las apariencias engañaban…

—No sé a qué viene tanta insolencia —dijo—. Me he enterado de que vas a trabajar con Sempere en un documental.

—Así es —confirmé con una sonrisa. Podía notar la tensión en su boca. No le hacía ninguna gracia que estuviera allí—. Me tendrás merodeando unos días.

—¿Cómo van las ventas? —Preguntó cambiando de tema—. ¿Te van a renovar en el programa de las mañanas?

—A condición de que me dejen entrar en tu camerino.

—Muy gracioso —respondió—. La gente habla, ¿sabes? En la televisión es importante caer bien, te lo digo como consejo.

—Guárdatelos para quien los necesite, guapa —dije con chulería—. No estoy realmente preocupado.

—Entiendo… —dijo cruzando los brazos—. Debe ser aburrido, para alguien tan especial como tú, hablar de desapariciones, investigaciones y casos que afectan a la vida de las personas, ¿verdad?

—Bueno, no es mi guerra… Aunque peor debe ser ocupar la misma silla todas las tardes, ¿no?

Su astucia esquivó mi dardo venenoso y se tragó las palabras. Muchas veces, no existía mejor respuesta que la indiferencia.

—Me alegro de verte, Gabri —sentenció con una sonrisa llena de envidia y falsedad. Odiaba que me llamaran así—. Espero que la ciudad te trate como mereces. Es una pena que no vaya a pasar mucho tiempo, ya sabes… ¡La gente trabaja! Hay un país al que informar, pero de eso ya te has olvidado...

Lara subió al coche envasada al vacío en aquel vestido que estilizaba todavía más su figura. Era una mujer de armas tomar, con carácter y dispuesta a pelear hasta el último asalto. Mi presencia no le intimidaba, y si lo hacía, no tenía problemas para mostrarme los dientes. Sin un beso de despedida, aunque fuera en el carrillo, se subió al coche y salió disparada en dirección a Santa Pola. Nuestro encuentro me dio a entender que, si Lara Membrillos se encontraba en su ciudad, existía una buena historia detrás de todo. Tan buena, que hasta la chica de los telediarios se había trasladado hasta allí.

Retrocedí dos pasos, como indicaba el dicho, y dejé mi visita a la agente Beltrán para más tarde. Entendí que hubiese sido demasiado tener a dos periodistas dando vueltas por la comisaría el mismo día de la noticia. Imaginé los teléfonos de las oficinas echando un humo y se me quitaron las ganas de convertirme en la leche cortada de nadie.

Poco a poco, iba entrando en mi propia rutina. Mantener la cabeza ocupada me ayudaba a no pensar en otras cosas insustanciales. El periodismo siempre me había aportado una clase de rutina espartana en la que era capaz de sumergirme y olvidarme de lo que ocurría fuera. Tal vez, a la mayoría de los trabajábamos para las noticias, nos funcionara así, como una vía de escape más que un salario con el que pagar facturas. Una forma de seguir ahondando en las desdichas de la sociedad, en las incongruencias del día a día. Una mina de carbón sin fin que se regeneraba cada día. A nadie le gustaba ser minero pero había que sacar la materia prima al exterior. Reconozco que pasé unos años muy divertidos. En cuanto a la escritura, era otra historia que no tenía mucho que ver. Intentaba documentar mis novelas con las experiencias vividas en el pasado, pero la ficción ayudaba a llenar páginas que, de algún modo, era lo que buscaban muchos lectores. Los editores exigían manuscritos que no fueran inferiores a las seiscientas páginas. En una época de cambio climático y preservación de los bosques, lo que más le preocupaba a las editoriales era el tamaño del libro. Si el escritor era famoso y su historia breve, rediseñaban el formato para que pareciera más extenso. Una jugada mercantil que se vería afectada por el formato digital. Al final, llegué a la conclusión de que la gente se excitaba al leer un buen lomo cargado de palabras, no por su contenido, sino por la satisfacción de haberlo logrado.

Esa misma tarde, una vez hube regresado a mi domicilio y comprobado los portales de noticias, me di cuenta de que todo el país tenía el punto de mira en lo sucedido en Elche. Ni siquiera el verano anterior se había montado tanto revuelo aunque, podía ser que, la presencia del Presidente de la Generalidad tuviera algo que ver con aquello.

Los noticieros no tenían idea alguna de lo que estaba sucediendo. La propia Policía tampoco había informado del mensaje que unos pocos habían visto y, ni mucho menos, de que lo ocurrido tenía conexión con un homicidio de antaño. Pero era verano y ya se sabía: las parrillas televisivas sólo presentaban refritos de programas, películas de hacía veinte años y noticias sobre las playas y las subidas de empleo en el sector servicios.

Dispuesto a poner las piezas del rompecabezas sobre el tablero, abrí el ordenador y busqué el nombre de la señorita Beltrán. Podría haber llamado a Rojo, hubiese sido más sencillo, pero preferí guardar ese momento para más adelante. Con un sólo apellido, la búsqueda se volvía demasiado extensa. Acoté los resultados escribiendo palabras como "Elche", "cuerpo de Policía Nacional" o simplemente "Criminología", pero nada funcionó. Internet no perdonaba y siempre quedaban restos de las personas que habían intentado desaparecer en algún momento de su vida. La mayoría de los agentes lo hacía, y no lo criticaba, pero olvidaban que tal vez tuvieran un pasado adolescente desperdigado por el ciberespacio. Las palabras de Rojo habían sido claras: me advirtió que no me enamorara de ella y, aunque yo no tenía prejuicios con la edad, por su tono paternalista y protector entendí que la chica sería joven, de mi edad o algunos años menos. Los detalles eran imprescindibles para afinar el tiro. Sin cese, continué mi búsqueda y seleccioné las diferentes universidades en las que se estudiaba criminología y las academias de policía que había en la región. No me llevó más de diez minutos encajar toda la información y dar con una dirección de correo electrónico que, casualmente, estaba asociado a su

cuenta de Facebook. En la mayoría de los casos no se precisaba de un hacker informático para dar con una persona desconocida. Astucia y buen olfato, eso era todo.
Cuando introduje la dirección en el buscador de la red social, apareció el nombre falso de alguien que busca ocultar su identidad y la foto de un paisaje de Elche que no tardé en descubrir, gracias a una extensión preinstalada del navegador web. En el álbum de fotos digital sólo encontré cuatro imágenes, suficientes para entender las palabras de Rojo.
No te enamores de ella, es policía, me dijo. Pero jamás lo hubiese pensado.
Delgada, morena y con el cabello a la altura de los hombros, cortado como si le hubieran pasado una guillotina. Soledad tenía los ojos verdes como la hierba, algo inusual en las chicas del sur, pero no por ello dejaba de ser posible. Las fotos no me dijeron mucho de ella, aunque bastante como para aprovechar la ventaja e imaginar un primer encuentro. Me pregunté si ella me reconocería o si me habría visto en televisión. Fantaseé con la idea durante un rato.
Era absurdo y yo consciente de ello.
Mi psique buscaba la forma de deshacerse de Eme.
Cerré la ventana, encendí un cigarrillo y me asomé a la ventana.
De pronto sonó una alarma procedente de la bandeja de entrada.
Un correo electrónico había llegado a mi ordenador.

No existía peor sensación que la de quedarse dormido mientras se trabaja. No entendí cómo había sucedido. El cuarto café dejó de hacer efecto. Fernando Sempere me había enviado un correo electrónico con las fotos obtenidas en la escena del crimen. Junto a ellas, un mapa de la ciudad de Elche con un glosario, elaborado personalmente, de los crímenes más famosos de la ciudad. Un generoso apunte que me ahorró tiempo de investigación. Además de esto, Sempere me había adjuntado una copia escaneada en valenciano antiguo de la obra del Misteri, dividida en sus dos actos y con anotaciones en los márgenes explicando qué sucedía en cada escena. Para más inri, en el interior había unos enlaces a Youtube de la representación completa en vivo. Más de tres horas de actuación en el interior de Basílica de Santa María. Un trabajo de diez como documentalista si no fuera porque no tenía el más mínimo interés en ver aquello. Maldita sea, el abogado parecía obsesionado con el asunto. Estábamos haciendo de aquello una realidad que sólo existía en su mente. A mi parecer, hasta ese momento, la única relación de la obra con el crimen era la notoriedad. Lo había leído en otras novelas, incluso más de un sádico se había apoyado en éstas para reproducir su propia obra. Partiendo de que hablásemos de una serie de actos a conciencia, el texto no serviría para nada más que confundirnos.

Había un loco suelto y teníamos que darle zapatilla.

Cuando levanté los párpados, sentí la saliva espesa en mi boca como el agua de un pantano en verano. Los dientes me dolían y en la pantalla estaba la foto de la puerta trasera de la iglesia con el fiambre en el suelo y la pintada a espray. La noche anterior me había quedado hasta tarde viendo los documentos y tratando de darle un sentido a algo que parecía no tenerlo, pero tampoco poseía las agallas suficientes para robarle la ilusión a un hombre que había puesto su fe y tiempo en mí.

—Te estás acobardando, Gabriel —me dije a mí mismo en voz alta al contemplar la foto del cadáver.

Tenía razón. Lo estaba haciendo.

A pesar de todo, no podía pasar por alto dos hechos: el mensaje de la biblioteca y la muerte de aquel tipo rechoncho. Casualidades, sí, pero demasiado molestas como para ignorarlas. Me aterraba pensar que hubiese un loco tras de mí. Por Dios, no podía sacármelo de la cabeza. Ni siquiera me había metido en ningún lío. El pensamiento pululaba agazapado a una de las paredes de mi mente, con la imagen de aquel sobre con mi apellido escrito en él.

No podía reconocerlo en público, pero no soportaba engañarme a mí mismo, a todos. Tenía miedo. Esa era la única verdad en todo este asunto y sabía que al miedo se le vencía plantándole cara. Si Blanca Desastres me hubiera conocido en ese estado tan patético, me hubiese dejado al instante.

Salí del apartamento antes de perder la cabeza. Coger el coche, airearme o ir a la playa. ¡Qué sabía yo! Quizá emborracharme en la barra del Piripi a vermú era la mejor de las opciones. Entonces el teléfono volvió a sonar. Miré la hora. En un pestañeo, me había vuelto a quedar dormido entre tanta reflexión.

—¿Sí?

—¿Estabas durmiendo? —Era Fernando Sempere—. Son las once de la mañana.

—El *jet-lag*… ¿Qué demonios sucede ahora?

—Te estoy enviando un correo electrónico… —dijo. La luz roja se encendió en el icono—. Ábrelo.

—¿A qué viene tanto misterio y tanto correo?

Seguí las instrucciones. En el interior había dos imágenes adjuntas. La primera, una quiniela de color blanco y rojo en la que alguien había marcado varios resultados. La segunda era una fotografía de un pedazo de papel con unos versos escritos en él. En efecto, también estaban en valenciano y pertenecían a otra de las escenas del Misteri.

Oh, cuerpo santo glorificado
de la Virgen santa y pura,
hoy serás tú sepultado
y reinarás en la altura.[3]

—¿Qué es todo esto? ¿De dónde lo has sacado? —Pregunté nervioso—. Dime que no es cosa tuya...
—Se me olvidó contártelo ayer...
—¡No me jodas, Fernando! —Exclamé al aparato. Era incapaz de controlarme—. Dime ahora mismo de dónde lo has sacado, al igual que las fotos.
—No creo sea buena idea, Gabriel —explicó avergonzado—. Y mucho menos por aquí. Puede que nos hayan pinchado la línea.
—¿Estás de coña? ¡Déjate de hostias, hombre! —Grité—. No pienso mover un dedo hasta que me cuentes la verdad...
—¡Debes tranquilizarte, Gabriel! —Exclamó el abogado—. Será mejor que te llame más tarde.
—¡Espera! —Dije—. Tienes razón... Te debo una disculpa... Este asunto empieza a tocarme la moral, así que espero que no sea una broma.
—Se encontraban en el interior del pantalón del hombre —confesó el ilicitano por el micrófono—. Las fotos también las hice yo. De hecho, fui quien dio el aviso al 112. Vivo cerca del ayuntamiento y me quedé hasta tarde trabajando en el despacho, dándole vueltas al asunto.
—¿Por qué no me lo dijiste antes?

---

3   Traducción del original.
    14. APÒSTOLS
    Oh, cos sant glorificat
    de la Verge santa i pura,
    hui seràs tu sepultat
    i reinaràs en l'altura.

—Tenía miedo de que no me creyeses —respondió—, que me tomaras por un idiota o por el propio homicida... Así que omití algunos detalles.
—¿Viste a alguien?
—La calle estaba desierta —explicó—. Serían las tres de la mañana.
—¿Te vio alguien?
—Lo dudo, pero quién sabe... Yo no he matado a nadie.
—¡Manipulaste la escena del crimen! —Exclamé—. ¿Te parece poco?
—Desde el ángulo en el que se encontraba el cuerpo, nadie pudo ver nada... —argumentó. Malditos abogados. Siempre tenían algo con lo que recurrir—. Además, podría alegar que le estaba tomando el pulso.
—¿Cómo se te ocurrió mirar en los bolsillos?
—Fue lo primero que me vino a la mente en cuanto vi el mensaje con aerosol —respondió—. Es verano, la gente no lleva chaqueta. Tenía que probar.
—Ya, por eso ayer estabas tan cabezón... —añadí—. ¿Y las huellas?
—Usé guantes de goma —dijo—. Siempre llevo unos encima, para manipular los documentos del *Museo de la Festa*, ya sabes.
El mensaje encontrado tumbaba toda esperanza de que el crimen hubiese sido un encuentro fortuito. Las piernas me temblaban. La acción volvía a tocar a mi puerta.
—Maldita sea, Fernando... —dije tras un largo suspiro—. Esto que me cuentas es muy fuerte. ¿Lo sabe alguien más?
—No, sólo tú —respondió y guardó un segundo de silencio—. Y quien nos esté escuchando en estos momentos.
—No te apures, no somos objetivos de Estado.
—De momento.
—Comienzo a dudar de quién es quién en esta pareja...
—¿A qué te refieres?
—Sherlock y Watson —bromeé—. Los tienes bien grandes, Sempere. Agradezco la confianza que has puesto

en mí, de verdad, pero deberías pensar un poco más con el coco.
Fernando se rio. Le daba igual todo y parecía que la situación era lo más emocionante que le había sucedido en años.
—Entonces... ¿Cuál es el siguiente paso?
—No puedo decirte, Fernando... —dije rascándome la cabeza—. Me temo que nuestro amigo intenta contarnos algo, aunque sigo sin conectar las palabras de este crucigrama... Pero tendremos que darnos prisa antes de que vuelva a actuar.
—Lo mejor para todos será que te traslades a Elche —indicó el abogado convencido de sus palabras—. Te buscaré un hotel en condiciones... No tendrás que preocuparte por nada.
—Gracias... —dije—. No sé si será lo mejor, pero es lo que voy a hacer.
—¿En serio? —Preguntó entusiasmado. Su tono de voz se despertó gozando de efusividad y energía—. Te espero para comer, quiero que conozcas a unos amigos que podrían aportar algo nuevo a la investigación... Hasta entonces.
Estupendo.
—Adiós.
Al cortar la llamada, sentí un vacío interior que inundó la habitación. Lo había visto antes, en las películas de Hollywood, en los documentales de televisión, pero nunca lo había sufrido en mi propia piel. Por primera vez en vida y carrera, me enfrentaba a un posible asesino que estaba a punto de actuar. Un asesino que me había dejado un mensaje personal. Todos esos años como investigador a mis espaldas yendo tras la pista, siguiendo el rastro; todos esos años quedarían en un suspiro. Había llegado el momento de actuar, de demostrar de qué pasta estaba hecho, de enfrentarme a mis propios demonios y subir el nombre de Caballero un escalón más.
Que el momento hubiera llegada, no significaba que

estuviese preparado.
Pero no tenía alternativa.
Desconociendo de qué manera, el misterio estaba a punto de ser resuelto.

7

Aquella mañana del 11 de agosto, Fernando Sempere me esperaba en la entrada principal del Hotel TRYP que se encontraba en el corazón de la ciudad. Me pregunté si tendría familia y si ésta le recriminaría el poco tiempo que pasaba con ella. Algo más despejado y con las baterías a medio cargar, aparqué el coche y dejé mi equipaje en la habitación 201, un modesto habitáculo pulcro y cómodo, con todos los servicios necesarios para hacer de mi estancia un periodo menos doloroso. Acto seguido, caminamos hasta el despacho de Sempere, que se encontraba cerca de la Glorieta, una plaza de tamaño medio rodeada de restaurantes y cafeterías que era todo un símbolo de la ciudad. Honestamente, Elche era una ciudad sencilla, cómoda y hecha para las familias. Una localidad en la que se podía ir, de un lugar a otro, sin verse inmerso en largas caminatas. El sol iluminaba las calles decoradas de palmeras y los niños comían helados que se derretían por el calor. Las chicas más jóvenes, morenas por las sesiones de playa, tomaban refrescos en las terrazas de las cafeterías. La ciudad se preparaba para unos días de fiesta que suponían todo un ritual anual. Aunque muchos ya habrían comenzado a celebrarlas, debido a los desfiles de Moros y Cristianos que organizaban todos los años, en cuestión de días se daría lugar a una sesión sin tregua de *mascletàs* -espectáculos pirotécnicos concentrados en el ruido-, *La Nit de l'Albà* -un castillo de fuegos artificiales a media noche y durante media hora, que iluminaba el cielo de la ciudad- y su posterior guerra de carretillas; y la *Roà* -una noche de luto donde la ciudad salía a la calle para caminar alrededor de la Basílica de Santa María y pedirle favores a la Virgen de la Asunción, una vez fallecida-. Mientras tanto y durante el día, la clase política debía estar preparada para acoger a las celebridades, que venían expresamente para ver el famoso *Misteri d'Elx*, la representación litúrgica que tantos quebraderos de cabeza comenzaba a darnos. Mientras Fernando me explicaba la secuencia de los días festivos, sacó una entrada de fútbol de su bolsillo y la puso frente a mí.

—Es para el *Festa d'Elx* —señaló—. Sé que eres un aficionado del Hércules C.F.

—Gracias —dije y guardé la entrada en mi cartera. Sus palabras resonaron en mí como si se tratara de un *deja-vu*.
Una vez introducido en la tradición ilicitana, continuamos nuestro trayecto hasta una vieja galería que se encontraba frente al Gran Teatro de la ciudad.

—Mi despacho está aquí —dijo y señaló la fachada de un bonito edificio que había junto a una cafetería con terraza. Si mi orientación no me fallaba, la iglesia de El Salvador no debía de encontrarse muy lejos. Sin que mentara palabra, caminé varios metros hacia una de las calles que conectaban con la pequeña plaza—. ¿A dónde vas?
Al final de la otra callejuela pude ver una escena del crimen limpia, sin cordón policial y con un tránsito normal. En cuestión de horas, se habían deshecho de ella. Sorprendido, miré a Sempere con un fuerte interrogante en el rostro y regresé hacia él.

—¿Alguna conclusión? —Pregunté.
El abogado abrió el portal con una llave y me invitó a que pasara. Subimos a un entresuelo y pasé al interior de una oficina moderna de aire clásico, con dos salas de reuniones y una de espera. No quise hacer preguntas, para evitar que se enredara con otra de sus historias, pero era obvio que la vocación por la abogacía era un síntoma generacional. En la mesa de trabajo tenía un montón de libros, papeles desordenados y un ordenador portátil, además de otro de

sobremesa que se encontraba desconectado alimentándose de polvo. Tras el escritorio, tenía colgado, y con un marco dorado, un mapa antiguo de la ciudad de Elche con los nombres de las calles anteriores a la Guerra Civil, una reliquia de gran valor sentimental. Las estanterías se encontraban cargadas de libros relacionados con el Derecho y otras disciplinas que no me interesaban en absoluto. En la pared, una página de un diario en la que salía él a todo color en su despacho. Era una noticia relacionada con el proyecto que se había empecinado en llevar a cabo.

—Eres toda una estrella local —comenté.

—La primera vez que salía en el periódico —respondió señalando a la foto—. Aunque no será la última.

Dudé si se refería a sus méritos como abogado o a la cantidad de problemas en los que estaba a punto de involucrarse.

Sempere sacó una llave del bolsillo y abrió uno de los cajones de su escritorio. Después sacó una bolsita en la que se encontraba el papel encontrado junto a la quiniela futbolística y la puso sobre el escritorio.

—¿Y bien? —Pregunté echando un vistazo a las pruebas—. Esto es todo lo que tenemos... A mi parecer, no significa nada.

—¿Leíste el glosario que te envié? —Preguntó sentado en su silla giratoria. Me acerqué a la ventana, que daba a la misma plaza del teatro.

—Sí, claro... —dije—. Pero no existe ninguna relación entre ellos. De hecho, cada uno de los crímenes fue efectuado por personas diferentes que no tenían relación en espacio ni tiempo.

Fernando Sempere se meció el cabello y sacó una hoja doblada de su bolsillo.

—Te he hecho una fotocopia de las pruebas —dijo entregándome el papel—. No he tenido tiempo para explayarme más.

—Te lo agradezco —dije, cogí las notas y las eché en el

bolsillo—. Aprecio tu trabajo.

—¿Qué piensas de la quiniela?

—Que yo hubiese puesto un dos al Hércules, y no un empate —respondí con humor rancio. Era lo único que sabía hacer cuando sentía el miedo enfriar mis caderas. La quiniela deportiva era un tipo de apuesta donde se elegía ganador local, empate o visitante, con 1, X y 2—. Pero un ilicitano jamás le daría la victoria al vecino, ¿verdad?

Fernando me miró de una forma extraña. En realidad, no me estaba mirando a mí, sino que cabalgaba por algunas de sus cavilaciones.

—Puede que la X no signifique un resultado —explicó el abogado—. Que estuviese ahí con otro propósito. Un código, una clave.

—¿La encontraste en el bolsillo, verdad?

—Así es —dijo y me la mostró. El tacto era fino y el papel un poco traslúcido, como el papel de calco—. Si te fijas bien, sólo hay empates, es decir, equis, sin ningún tipo de orden o sentido. Alguien en su sano juicio no haría algo así.

—Quien la dejó no estaba en su sano juicio.

—Hablo en serio, Gabriel.

—Repasemos de nuevo el mensaje —dije—. ¿Te dice algo?

—Forma parte del primer acto —contestó el abogado—. La Virgen está a punto de morir.

—No me gusta como suena eso… —respondí pensativo—. ¿Qué ha dicho la Policía?

—Oficialmente… nada —dijo el abogado—. Que darán con él, que tal vez sea un ajuste de cuentas. Ni palabra del crimen de la iglesia.

—De la pintada, mejor ni hablamos.

—Pues no.

—Cuando te dejé, me dirigí a la comisaría —expliqué—. Allí me encontré con Lara Membrillos, la de los informativos… ¿Te suena?

—Sí, claro… Larita —dijo Sempere—. Es la segunda

Dama de Elche.
—¿Os conocéis?
—Estudiamos en el mismo colegio. Siempre supe que llegaría lejos.
—Podrías llamarla y ver qué te cuenta.
Sempere se rio. Fue un comentario desafortunado.
—¿Bromeas? —Preguntó—. No creo que sea la mejor idea. Hazlo tú, que sois compañeros.
—Si te he preguntado, por algo es...
—Larita es demasiado lista —explicó—. Y sabe que yo también lo soy.
—Humildad no os falta tampoco, ¿eh?
—Sabes a lo que me refiero, Gabriel —continuó—. Como ya te dije, somos un pueblo que funciona con independencia del resto del país. Ya puedes ser Julio Iglesias, que cuando llegas aquí, la gente te tratará como a uno más. La meritocracia se gana en casa, no fuera.
—Joder, con los de Elche, cómo os las gastáis... —dije asombrado por su explicación—. Empiezo a entender cómo funcionan por aquí las cosas.
Sempere miró su reloj de pulsera y dirigió los ojos a la calle.
—En una hora tenemos una reserva para comer —comentó. Esa era una de las cosas que me encantaba de estar en esa ciudad con Sempere: siempre íbamos a comer. Sin embargo, sentí que esta vez sería algo más que un almuerzo—. Los amigos del *Misteri*, como ya te dije, nos reunimos de cuando en cuando, sobre todo, por estas fechas. Así te podrías hacer una idea de quién mueve las fichas en esta ciudad, por mucho que pretendan caminar a la sombra.
—Si nuestro hombre se encuentra allí, no me lo quiero perder...
El ilicitano volvió a reír.
—Lo dudo mucho... —dijo con una sonrisa—. Sus intereses son otros, pero... quién sabe, quizá nos digan algo que se nos pasa por alto. Debemos sacar el tema con

sutileza.

—¿Sugieres que les hablemos de la investigación?

—En absoluto —respondió el abogado—. Sugiero mencionar los pasajes…

—Te harán preguntas.

—Sé cómo lidiar con ellas. Soy abogado.

—Pero yo no.

—Relájate, Gabriel. No va a pasar nada —explicó relajado—. En cualquier caso, les diremos que es para el documental.

—Cierto… Se me había olvidado por completo que ese era mi propósito. ¿Algo que deba saber sobre ellos?

Fernando se levantó de la mesa y caminó hasta una estantería. Después sacó un libro y lo puso en el escritorio. Era un anuario de las fiestas del año anterior. Parecía un ejemplar hecho por y para los amigos sin ningún tipo de subvención pública. Abrió el tomo y se dirigió a una de las páginas del centro. En una de las fotos encontré al abogado. Junto a él, cuatro hombres vestidos de americana y camisa, con el estómago ensanchado y las espaldas prietas. Me llamó la atención uno de ellos en especial, que fumaba un puro en la foto. Tenía poco cabello peinado hacia atrás y pegado a la sien. También lucía un fino bigote que ocupaba la parte inferior del labio. Sin duda, guardaba el aspecto de uno de esos personajes de película americana de los años treinta.

—Antonio Boix —señaló mirándome a la cara—. Todo un personaje, ¿verdad?

—Parece una celebridad.

—En efecto, es un zapatero venido a más —respondió—. Más de Elche que las palmeras.

Después miré a otro hombre. Se encontraba a la izquierda de Fernando y no parecía cómodo en la imagen. Tenía el cuello alargado y ojeras pronunciadas. Lucía un traje fino de color gris y un pañuelo en la chaqueta.

—¿Qué le pasaba a este hombre?

—Rufián Miralles, vive cansado —dijo—. Es un buen

tipo, pero su familia le da demasiados quebraderos de cabeza. Es uno de los mayores accionistas del Elche C.F.
El último era el más mayor de todos, arrugado y con una tripa que sobresalía de su cuerpo. Tenía el cuello corto, la mirada tiesa como un espantapájaros y una sonrisa confusa que no permitía saber si posaba para la foto o deseaba matar al cámara.
—Dudo que éste sea nuestro asesino —dije mencionando al último.
—Mariano Antón —respondió y esperé que sólo hubiese sido una casualidad. Pero me equivocaba—. Empresario de toda la vida, le gusta el juego. Posee empresas de zapatos y cerámica y ahora se dedica a exportar palmeras. Hace unos años, se empeñó en comprar el diario Las Provincias, pero no le fue bien del todo...
—Me suena haber escuchado esa historia, sí...
—Por desgracia, el pobre tiene algunos problemas de salud —comentó Sempere—. Este año vendrá su hijo a la comida, un fiel seguidor de la tradición, aunque no es trigo limpio.
—¿A qué te refieres?
—No te ofendas, pero es medio alicantino... —dijo con sorna—. La mujer de Antón es Cristina Cañete, la fabricante de joyas.
Para mi goce, el encuentro con los amigos del *Misteri* sería de lo más entretenido. Pensaba que no volvería a sentarme en la misma mesa con Cañete después de nuestro desafortunado encuentro. Habían pasado dos veranos de aquello. Mi cabeza tenía tantas cosas por olvidar que ni siquiera había tenido tiempo para pensar en él. Después de aquel verano, a Cañete no le fueron bien las cosas, pero todo encajaba. Con unos padres dispuestos a pagar por todo, no le hacía falta mantenerse a flote.
—¿Estás seguro que pueden aportar algo a nuestra investigación?
—Déjate llevar, Caballero —dijo dándome una palmada en la espalda. Lo estaba haciendo de nuevo—. Las apariencias

engañan… Las tuyas también.

Eso último no me gustó. Me hizo pensar en ella.

—Al menos, espero que la comida sea decente —comenté con el ánimo bajo tras poner cara a los magnates de la ciudad—, y el vino sea bueno.

—¿Desde cuándo has comido mal aquí? —Preguntó ofendido—. El sitio al que vamos, te va a encantar.

—Eso espero.

—Por cierto… ¿Te gustan los toros?

—Soy más de perros.

Sempere me volvió a dar otra palmada en la espalda. Disfrutaba con aquello.

—Será mejor que nos pongamos en marcha.

Tal vez Fernando Sempere tuviera razón sobre aquello de ser profeta en su tierra. Según él, el dicho no funcionaba en aquella ciudad. Nadie era profeta en su tierra, siempre que lo fuese fuera de ella. El profeta ilicitano vivía y se desvivía por su ciudad. En nuestro encuentro estaba a punto de sentarme con el sector más duro de la cultura local. Dejando a un lado a Cañete, sentí curiosidad y algo de respeto por los hombres que ocuparían los asientos. Nunca había tenido sentimientos arraigados a nada, pues sólo me consideraba privilegiado por haber nacido junto al Mediterráneo y tener la posibilidad de heredar la cultura del Levante. A veces, llegaba a pecar de chauvinista cuando me separaba demasiado del agua, pero lo de esa gente se encontraba a otro nivel. Pocas ciudades como la de Elche generaban un sentimiento tan fuerte de identidad entre sus ciudadanos, una población, en su mayoría, formada por distintas regiones de España. Como ejemplo de ello, Sempere me llevó a un restaurante que no se encontraba muy lejos de la escena del crimen. En la entrada me topé con una cabeza de toro disecada que colgaba de la pared. El Extremeño era un mesón situado junto al famoso Huerto del Cura, un gran huerto de palmeras que servía como atractivo turístico para la ciudad. El restaurante guardaba la esencia de todo lugar castizo, como así lo hacía el Guillermo o El Jumillano. Las paredes eran de color amarillo y estaban cubiertas por azulejos andaluces. Había carteles de corridas de toros y fotografías de un joven torero que era el hijo del propietario. Una barra metálica llegaba hasta la mitad del local para dar paso a un salón privado, separado por una puerta de verja. Tras la barra, jamones, embutidos, botellas de vino y una gran bandera *franjiverde* con los colores y el escudo del equipo de fútbol local. El restaurante se encontraba lleno de comensales, de familias y amigos, de espontáneos y fieles que ocupaban hasta los taburetes de la barra. La música era el bullicio de las conversaciones, el ruido de los vasos de cristal al chocar contra la mesa, las carcajadas, los cánticos y el motor de la cafetera. Embriagado por la esencia de un lugar tan peculiar, un hombre de complexión ancha, nariz aguileña, calvo y mirada penetrante, se acercó a invitarnos con un delantal blanco. Sempere le estrechó la mano y, como no podía faltar, le dio un par de palmadas en el hombro. Antes de presentarme, el dueño del local me reconoció ipso facto.

—¡Este es el de la tele! —Le dijo al abogado señalándome con el pulgar y procedió a estrecharme la mano con fuerza, como buen íbero que era—. Por aquí vienen muchos famosos, ¿sabes? ¡Ale! Uno más *pal* bote...

Como bien indicaba el nombre del lugar, el restaurante estaba regentado por un extremeño que había emigrado a la ciudad de las palmeras para sacar adelante su negocio hostelero. El tiempo le había dado la razón. Seguí caminando, serpenteando por los espacios libres cuando encontré, al final y tras la verja, una mesa con tres hombres en ella. No tardé en reconocerlos, pues los había visto escasos minutos antes en el anuario.

—Allí están —dijo Fernando—. Estos sinvergüenzas no esperan a nadie.

Los tres ya habían comenzado a tomar un aperitivo a pesar de que habíamos sido más que puntuales. La tensión se acumulaba en mis pies a medida que me acercaba a la mesa. No hicieron falta más de tres segundos cuando descubrí la melena de Cañete, ceñida al cuero cabelludo y cubierta por una capa de gel. Después fue su mirada. Allí estábamos, como dos mosqueteros que se reencuentran tras una guerra fatídica. No había soñado con un enfrentamiento así, pero tampoco podía hacer nada al respecto. Con el rencor y la chulería que siempre mostraba, mantuvo la mirada y guardó silencio apoyándose sobre sus manos.

—¡Señores! —Exclamó el abogado desde la altura. Los

hombres hicieron un ademán de levantarse—. ¿No hemos desayunado o qué?

—¡*Ché*, Fernando! —Dijo el hombre del bigote con una sonrisa—. Si es sólo una *serveseta*... Es que tampoco sabíamos cuándo ibas a llegar...

Una vez de pie, se fundieron en un abrazo con palmada sonora incluida. Palmadas y palmadas. Contacto físico. Era parte del ritual. Todo sucedía a cámara lenta. Fernando me presentó en sociedad y le estreché la mano al hombre del bigote, después al tipo de las ojeras y, finalmente, a Cañete.

—Tiene cojones la cosa, Caballero —murmuró mientras me agitaba la mano con fuerza. Tenía los ojos clavados en mí—. ¿Qué se te ha perdido aquí?

—Yo también me alegro de verte, Cañete —respondí desafiante—. ¿Dejaste embarazada a la becaria?

—Anda, sigues igual de graciosillo... —dijo—. Como se nota que te van bien las cosas... ¿Sigues jugando a ser Superman?

—Yo sí —contesté—. ¿Y tú a Ciudadano Kane?

—No sé quién es ese, ni me importa —respondió y se sentó en la mesa—. Vamos a comer, anda, que para eso hemos venido.

—Pues también tienes razón.

Me senté en la mesa y una camarera no tardó en servirnos dos cervezas heladas que entraron como agua de manantial.

El hombre de ojeras apenas hablaba. Parecía igual de preocupado que en la foto y tenía un aire a los capos de la mafia italoamericana. Con un poco de intuición se podía ver que era Antonio Boix quien daba y tomaba, el hombre de cintura fina como el bigote que lucía y barriga con forma de melón. Debía llevarme bien con él. Era quien mandaba allí. Con fuerte acento valenciano en su pronunciación, mezclaba palabras de ambos idiomas al expresarse. De pronto, se dirigió a mí.

—Me ha dicho *Fernaaaando* —dijo estirando las vocales—, que estás escribiendo un libro sobre el *Misteri*.

Apoyó el codo sobre la mesa y me apuntó con el índice de su mano derecha esperando mi contestación.

—Más o menos —respondí sin tener idea de lo que le habría dicho el abogado—. Estoy estudiando todavía cómo enfocarlo.

—Pues sí, *home, això està bé...* —añadió sin demasiado interés—. Es que el *Misteri* es ya de carácter *internasional*... Y esta ciudad, lo vale... Y más este año... ¡Que voy a prender la Palmera de la Virgen, *ché*!

—Claro que sí —saltó el hombre de ojeras desde un silencio absoluto y levantó el vaso—. ¡Viva Elche!

—¡Viva Elche! —Gritaron al unísono algunos comensales de otras mesas.

—Esto sólo acaba de empezar... —murmuró Fernando—. Es parte del espectáculo.

—¡Marchando un plato de jamón ibérico y queso curado! —Exclamó la camarera.

—¡Sí señor, como Dios manda! —Respondió Cañete.

—Estoy disfrutando como un niño... —le dije al abogado.

Cañete se fue animando a medida que las botellas de Ramón Bilbao se vaciaban en la mesa. Entre los cuatro me hicieron un resumen de Elche, de su historia y la importancia, que ya había mencionado antes Sempere, de las fiestas. Pidieron pescado frito, calamares a la romana y carne trinchada de aperitivo, para después dar paso al plato tradicional de la localidad: el arroz con costra, un tipo de arroz al horno cocinado en un perol de barro con carne de conejo, embutido y cubierto por una superficie de huevo a la que llamaban costra. Un suculento tiro de colesterol para el cuerpo por el que merecía la pena sufrir. A medida que la comida avanzaba, el bar se vaciaba y la gente abandonaba sus mesas para dar rienda suelta a los cócteles o marchar, directamente, a dormir la siesta. Miré el reloj con la sensación de haber parado el tiempo y me di cuenta de que eran las cuatro de la tarde y el vino comenzaba a hacer estragos tanto en Cañete como en el hombre de ojeras, que aportaba su opinión en pequeños intervalos de tiempo. Los temas de conversación derivaron en la mala gestión que el presidente del equipo local estaba haciendo. Después, el debate dio un giro brusco y Boix, el mandamás de la mesa, metió el dedo en la llaga que nadie quería tocar e hizo referencia a lo ocurrido.

—Una desgracia absoluta —dijo refinando su seseo aunque manteniendo el acento del que era incapaz de desprenderse—. Para la familia y para la ciudad.

—Y más ahora que van a empezar las fiestas —añadió Rufián Miralles con su perenne aspecto de cansancio—. *Ens fa mal*, Antonio, *ens fa mal...*

—Pues lo que yo creo es no conviene ahora —participó Cañete—, es tener a la prensa merodeando por aquí, sin ofender a nadie...

El comentario sentó como una patada a la mesa. Era obvio que mi presencia seguía incomodándole.

—¡*Ché*, Matías! Cállate la boca, hombre —replicó molesto el viejo del bigote—. Si la abres para decir *tontás*, mejor sigue dándole a la copa, parece mentira...

—Cañete tiene razón —dije echándole un capote tras el revés que le había dado ese hombre—. Lo que menos interesa ahora es que la prensa comience a cebarse con el asunto. Los diarios locales son muy dados al sensacionalismo barato, a hacer de algo muy pequeño, un mundo... Verdad, ¿Matías?

Punto para Caballero.

—No, si en eso no le quito la razón —contestó el hombre dando un golpecito en la mesa con la mano y echando el cuerpo hacia delante—, lo que pasa es que hay formas y formas... para decir las cosas... De todos modos, yo confío plenamente en Fernando, así como siempre he confiado en su padre, y sé que no traería a un cualquiera a esta mesa.

Miré al resto, en especial a Cañete.

—A mí no me mires —replicó Cañete—. No soy yo quien ha levantado ampollas dando entrevistas al periódico...

—Gabriel es un profesional, además de uno de los

nuestros —añadió el abogado para quitarle tensión a la conversación—. Es una pena que sea mitad ilicitano, mitad alicantino…

—Quién esté libre de pecado… —dijo Miralles—, que tire la primera piedra, ¿eh, Matías?

—Podría ser peor —dijo el hombre del bigote—, y que fuese completamente alicantino…

Todos se unieron en una carcajada absurda.

—Bromas aparte —prosiguió el hombre—, están todos los fabricantes muy nerviosos con el asunto…

—¿Y eso? —Pregunté. El hombre me miró. No le gustaban las interrupciones.

—Al parecer, el chaval, que ya no era un chaval… —explicó con calma—, era uno de los hijos del propietario de Suelas Vicente, el de las alpargatas del polígono…

—Con razón estaba siempre en el bar —añadió Fernando.

—Un pobre desgraciado, un bala perdida… —continuó el hombre—. La Policía tampoco ha dicho nada sobre el asunto, si se trata de un ajuste de cuentas o de un chantaje al padre… A saber, con esto de la crisis del calzado, más de uno se ha visto en la calle, y el hambre es muy mala…

—No sé si estáis al tanto —intervino el abogado—, pero hace unos doscientos años, ocurrió algo similar entre dos familias… De hecho, sucedió en el mismo lugar.

Cañete estaba más concentrado en su copa de vino que en la conversación mientras que los otros dos escuchaban atónitos. Mis ojos se cruzaron con los del hombre del bigote, que desvió la mirada hacia el abogado. Él conocía el caso.

—Eso son carambolas de la vida, Fernando… —dijo finalmente—. Se murió ahí como podría haberse muerto en otro lugar… Lo que pasa es que con una ciudad tan pequeña, no te puedes ir muy lejos.

—Dicen que dejó un mensaje —añadió Miralles—. Hacía referencia al *Misteri*.

—¿Y tú cómo sabes eso? —Preguntó Boix cada vez más molesto con el tema.

—Coño, mi hermana está casada con un policía —respondió—. Esas cosas se comentan en la mesa.
—¡Pues vaya! —Exclamó el viejo dando un golpe en la mesa—. ¿No tenéis otros temas de conversación?
—Tampoco te pongas así, Antonio —dijo Miralles intimidado—. Sólo trataba de aportar luz al asunto…
—Será mejor que dejemos el tema, porque me pongo enfermo —contestó—. Esto no beneficia nada a la *Festa*, ni a la ciudad, ni al *negosi*. Dejemos que los agentes del orden den con ese desgraciado, y los demás, cuanto menos comentemos, mejor, por el amor de Dios… ¡Nena! ¡Ponme un orujo cuando puedas!
El hombre se levantó de la mesa y caminó hacia el baño. Después se formó un tenso silencio.
—Tiene miedo a ser el siguiente —dijo Cañete—. A saber a quién ha jodido esta vez…
—Pues cuando veas las barbas de tu vecino cortar… —añadió el hombre con ojeras—. *Mare meua… Està tot molt mal…*
—Tengo mis dudas de que se trate de un ajuste de cuentas —respondí captando la atención de los comensales—. De haber sido así, se hubiera cargado al padre directamente, ¿no?
De pronto, el encargado del restaurante echó una mirada a su alrededor, cerró la puerta y echó la persiana hasta la mitad. Por sorpresa, dos puros salieron del interior del bolsillo de Cañete y Miralles.
—¡Lo de siempre, por favor! —Exclamó el larguirucho al dueño, que no tardó en aparecer con dos vasos con whisky y hielo. La mesa se convirtió en una chimenea improvisada a pesar de la prohibición de fumar en locales cerrados. El hombre del bigote estaba de vuelta y yo miré a Fernando.
—Yo no fumo —dijo con una sonrisa—. Pero tú puedes.
Y así hice. La situación lo requería y necesitaba relajarme para seguir sentado en esa mesa.
—Bueno… —insistió el viejo—. ¿Habéis terminado ya con el dichoso tema? ¿Dónde está mi orujo? Hablemos el

Elche, que este año sube...

—Decía que sospechamos de que esto sea más cosa de un lunático —expliqué—, que de un ajuste de cuentas.

—Y dale... —repitió dando un golpe en la mesa con el puño y mirando al abogado—. La próxima vez, nada de invitados.

—Escúchale, Antonio, no seas tan cazurro...

—Al final el malo voy a ser yo...

—¿Conocéis a alguien que esté obsesionado con el Misteri? —Pregunté—. Alguien que esté interesado en arruinar su celebración, claro...

—Todos los rojos, claro está... —añadió Cañete.

—Pues hombre —intervino Miralles—, ¿estamos hablando de obsesión o de devoción? Porque hay una fina línea entre ambas palabras...

—¿Y la foto? —Preguntó Cañete—. Para un año que no viene mi padre...

—Lo que yo me pregunto es dónde está mi orujo...

—Esto es absurdo —susurré a Fernando que me miraba algo avergonzado—. No creo que saquemos nada en claro aquí.

—¿Has *llamao* al del Información? —Le preguntó Boix a Miralles —. ¡Te dije que te encargaras tú!

—¡Que sí! ¡Que sí! —Respondió y mostró su teléfono—. ¡Mira! ¡Aquí está llamando!

El hombre del bigote parecía indignado y tuve la sensación de que la comida había dado por concluida. Una basta pérdida de tiempo si no hubiese sido por la oportunidad de conocer a la casta más pura de la ciudad. Como en la foto del anuario que Fernando Sempere me había enseñado horas antes, se levantaron, caminaron hacia el exterior aguantando la respiración y el hombre del bigote le susurró algo al dueño del restaurante.

A la salida, pude reconocer la entrada del hotel Huerto del Cura, que había servido de escenario para las fotos anteriores. No me extrañó que Miralles apareciera somnoliento en las fotos tras la ingesta de vino que se había dado en la comida. Eran un equipo digno de estudio, no se salvaba ninguno de ellos, ni yo tampoco. Bajo el sol radiante y tórrido apareció Pacheco con su cámara a cuestas y la cara de hastío que cargaba desde su nacimiento. De nuevo, nos miramos y después clavó su mirada en Cañete.

—¿Y tú qué miras? —Le dijo desafiante—. A ver si te vas a quedar sin echar la foto por listo.

No sé si fue por el vino o que venía así de fábrica, pero supo echarle valor y plantarle cara al grandullón, que no tardó en esconderse tras el objetivo.

—¡*Ché*! ¡Escritor! Ponte tú también en la foto, hombre... —insistió Antonio Boix, algo más contento tras haberse tomado el orujo de hierbas de un trago.

—No, gracias, que voy a estropear la foto...

—Anda, no digas tonterías... —contestó Fernando Sempere y me animó a que me pusiera junto a ellos. En la calle había algunos transeúntes que tomaban el fresco en una terraza o esperaban al autobús mientras observaban curiosos como si se tratase de celebridades de Hollywood. No era para menos. Me estaba fotografiando con los más influyentes de la ciudad.

—A ver... —dijo Pacheco desganado—. Pa-ta-ta...

—¡Mucho Elche! —Gritó Miralles y todos sonreímos. Se escucharon varios disparos de la cámara. Pacheco tomó una decena de capturas. Los hombres se reían como si fueran niños pequeños.

—¡Ale! Solucionado... —dijo Boix dirigiéndose de nuevo al interior del bar. Antes de entrar, se acercó a mí y me tocó la parte inferior del brazo. Olía a colonia antigua y tabaco—. Si me entero de algo, ya te lo haré llegar... No me gusta nada el hijo de Antón, ¿sabes? No es trigo limpio...

—Concuerdo con tu opinión —respondí siguiéndole la broma.

—Pues eso —contestó y desapareció. Al parecer, Cañete nunca había caído en gracia en ninguna parte.

Una vez terminado el paripé, los hombres se despidieron y nos dejaron a Sempere y a mí solos en medio de la calle y un montón de coches aparcados en batería. Tenía sed, me pesaba el estómago y necesitaba una larga siesta. Sin embargo, no podía permitirme dejar a un lado mis obligaciones. Me había comprometido con el abogado y tenía la mente preparada para seguir trabajando.

—Necesito ir a la biblioteca, Fernando —dije y miré el reloj. Eran las seis de la tarde. Las gotas de sudor se resbalaban en mi frente—. Tengo la sensación de que allí tenemos una pista.

—¿No puedes esperar a mañana? —Preguntó—. Hace un calor terrible ahora mismo.

—Puedo ir solo, no te preocupes, conozco el camino... —dije restándole importancia—. La comida ha sido muy entretenida, pero dudo que estos hombres sepan o tengan que ver con algo.

—Siento haberte hecho perder el día —dijo decepcionado.

—No, no ha sido una pérdida de tiempo —respondí—. Cuando Miralles ha hecho alusión a la devoción, se me ha ocurrido algo.

Los ojos de Sempere cobraron vida.

—¿De qué se trataba?

—Dos cosas —expliqué y puse un cigarrillo arrugado entre mis labios—. Sólo conozco a una persona con más devoción por su trabajo que estos hombres por el *Misteri*, y ese hombre es el archivero. He tratado con ellos en el pasado y... créeme, sé de lo que hablo. La mayoría hubiese preferido estar en el paro. Sin embargo, ese hombre lleva más de cuarenta años trabajando en la biblioteca...

—Y eso significa que...

—En relación a los crímenes —proseguí—, estoy seguro de que tiene acceso a todo el registro de documentos existentes. Con el glosario de crímenes que me enviaste, puedo acceder a las fechas y comprobar cronológicamente cuál va después.

—Pero eso te llevará varios días... —respondió

confundido—. No estoy seguro de que don Miguel esté por la labor, menos aún a vísperas de la *Nit de l'Albà*.
—También puedo enseñarle la quiniela y ver por dónde sale... —contesté—. Te mantendré informado en cuanto encuentre algo. Dalo por hecho.
—Llámame cuando quieras —dijo con satisfacción—. Estaré expectante por conocer tus noticias.
Sempere me dio la última palmada en el hombro y nuestros caminos se separaron. Tenía la certeza de que nos habíamos equivocado de dirección. Aquellos hombres de vida resuelta y matrimonios tradicionales no eran carne de asesino. Sin embargo, en un lugar donde todos se conocían, la probabilidad de actuar bajo la envidia era más alta. Si existía un sitio donde los crímenes pasionales se acentuaban, esos lugares eran los pueblos y Elche, a pesar de tener la población suficiente para considerarse ciudad, seguía pensando como uno de ellos.

8

De nuevo, me encontraba en el claustro del viejo monasterio, empapado de sudor y sediento. Había decidido ir a pie debido a la ausencia de taxis en la ciudad. Tampoco iba a conducir, pues en la comida había bebido demasiado. Sin embargo, no fue una buena idea y llegué agotado a la biblioteca, donde tuve que interrumpir la siesta del guardia de seguridad. El tránsito de personas era casi inexistente si descontaba a algunos jóvenes que usaban el recinto para conectarse a la red. Pregunté por don Miguel y el guardia me envió al interior del edificio, en el que se encontraba una bibliotecaria que me pidió que esperara. El silencio de la sala de los periódicos y los libros de consulta, junto al olor a polvo y viejo, lo hacía todo más sórdido. Minutos después apareció don Miguel, el archivero de la biblioteca. Vestía una camisa similar a la del día de nuestro encuentro y unos pantalones de pinzas por encima del ombligo.
—Vaya, no le esperaba —dijo dándome un apretón de manos—. Por aquí, sígame...
Salimos al claustro y caminamos por un pasillo que nos llevó hasta una puerta. Allí, nos detuvimos y sacó una llave. Miró de reojo por si alguien nos veía y cruzamos el umbral de la entrada. Era una sala amplia, con un proyector, una gran mesa de cristal para ver transparencias y largos pasillos de libros y cajas. La habitación se mantenía fresca, como el resto del edificio y poseía dos ventanales de

ornamentación barroca que permanecían cerrados.
—Supongo que usted sabe dónde se encuentra... todo.
—Así es —dijo, sonrió y volvió a su semblante neutro—. ¿Quiere un vaso de agua? Parece algo cansado.
Don Miguel se acercó a una máquina de agua y yo me detuve ante una lámina que colgaba en la pared. Era el mismo mapa de la ciudad que guardaba Sempere en su despacho y resultaba difícil saber cuál era el original.
—Sí, por favor... —dije y me entregó un vaso de la garrafa de plástico. El agua entró en mi cuerpo como una bendición—. Gracias... ¿Es auténtico? Debe de ser una reliquia.
—Esto fue una sala de enfermos —explicó el archivero—. Ese mapa lleva ahí toda la vida... Y como el Santo Grial, no debe salir de estas cuatro paredes... ¿En qué le puedo ayudar?
—Imagino que se habrá enterado de lo ocurrido hace unos días...
—Han ocurrido tantas cosas en los últimos días...
—El crimen —dije—. En la puerta trasera de la iglesia de El Salvador.
—Un horror —respondió—. Pero no tengo nada que ver con eso. ¿Lo está investigando?
—No, en absoluto... —contesté y di varios pasos por la sala. Al archivero no pareció gustarle que caminara por su zona de recreo—. Para eso ya están los agentes... Estoy aquí por el documental... ya sabe. Fernando Sempere quiere centrarse en los crímenes de esta ciudad y su relación con la literatura.
—Los crímenes sólo pueden relacionarse con el mal —dijo el hombre—. Pero yo no soy nadie para juzgar su trabajo, al igual que usted tampoco para opinar sobre el mío. ¿Verdad?
Ese hombre parecía algo resentido.
—Pensé que, si usted era el archivero, conocería la historia de esta ciudad como la palma de su mano.
—Se equivoca —rectificó—. A eso se dedican los

historiadores.
Puse las manos sobre la mesa de cristal.
—Necesito todo lo relacionado con los crímenes posteriores al asesinato de José Ferrández Díaz.
El nombre de la víctima resonó en el interior del archivero, que cambió su semblante por completo.
—Vaya, vaya... señor Caballero —dijo dando un vistazo al glosario y caminó a una sección de la sala—. No se anda usted con pequeñeces...
—También necesitaré consultar los libros relacionados con El Misteri.
—¿Está seguro de que quiere meterse en este embrollo?
—Sólo busco respuestas.
—Como desee —respondió con arrogancia—, pero no encontrará nada más que recortes de periódicos... Todo la documentación sobre la Festa se encuentra en el museo.
—¿Cómo está tan seguro?
El hombre se detuvo y colocó sus gafas de nuevo. Después se giró hacia mí.
—Esta ciudad no es el Bronx neoyorkino, ni tiene un historial criminal como para rodar un documental —dijo con tono acusador—. A su amigo Sempere le ha dado por ahí esta vez, pregúntele usted por qué... pero no hará más que remover las entrañas de los que están bajo tierra, y eso no le gusta a nadie. Si tal vez se dedicara a investigar las arcas de esos barrigudos que caminan por la ciudad debiendo dinero a sus empleados mientras toman arroz con bogavante en Tabarca, si investigaran a esos, tal vez tuviera más acogida y la gente estaría más de su parte...
—Siento cierto resquemor en sus palabras, don Miguel.
—Me toca los cojones, que es diferente —dijo—. Mucha festa y mucha Mare de Déu, pero lo primero que buscan es librarse de pagar impuestos en la ciudad. Elche es lo que es y siempre ha sido así, un pueblo para el pueblo, y al que no le guste que se vaya a otra parte.
—¿Se refiere al hombre muerto? —Pregunté curioso—. Por lo que he oído, era el hijo de un fabricante de suelas...

—Yo no le deseo un final así a nadie... —murmuró y sacó un formulario de un cajón que trajo a la mesa de cristal. Después me ofreció un bolígrafo azul—. Tiene que firmarme este documento como aceptación del uso del archivo... Es mera burocracia, todos lo hacen.
—¿Existe un registro de esto?
—Claro —afirmó—. En caso de pérdida, sabríamos a quién cortarle la mano.
Firmé con mi nombre y le devolví el formulario, un detalle que plantó una nueva idea en mi sesera.
—Muy bien... —murmuró de nuevo junto a las cajas—. Entonces ahora vamos a empezar por el 27 de noviembre de 1898, que es donde se quedó el señor Ferrández Díaz...
—¡Un momento! —Exclamé. Sempere tenía razón, nos podía llevar no sólo días, meses también—. ¡Tiene que haber un vía más rápida!
—Pues siento decirle que no, no la hay... —dijo mirando con las gafas al papel que le había entregado—. Me llevará un buen rato encontrar estas fechas, Dios sabe en qué cajas se encuentran...
Estar allí metido comenzaba a desesperarme. Necesitaba salir al exterior y aclarar mis ideas.
—Voy a salir a fumar.
—¿Y a mí quién me va a pagar esto? —Preguntó a lo lejos—. Mi jornada terminaba a las cinco.
—Me encargaré de que Sempere le compense como es debido.
—Pues vamos listos —gruñó y se perdió en la oscuridad de las estanterías.

La tarde comenzaba a dar tregua y los más atrevidos salían a practicar deporte por la ladera del río. Elche tomaba otro color, más tostado y más tenue. Bajo la pequeña plaza que había frente a la puerta de la biblioteca, eché un vistazo a la iglesia que había al lado, con sus dos campanas colgando desde lo alto y aprecié su belleza por un instante. De pronto, sentí la presencia de alguien que se acercaba a mí mientras encendía un cigarrillo. Levanté la mirada y vislumbré una figura humana. Era una chica, la había visto antes. Era la agente Beltrán, vestida de paisana con unos vaqueros negros ajustados, zapatillas de deporte del mismo color y una camiseta de color rojo que marcaba su delantera. Me había encontrado antes de hora. Con disimulo, acortó la distancia que nos separaba. Di una calada y tiré el humo a un lado. Mantuvimos contacto visual por un instante y luego se acercó a mí.

—¿Gabriel Caballero? —Preguntó. En su brazo derecho contemplé el tatuaje de una corona de espinas.

Mantuve el silencio por un instante y sin mirarle a los ojos, respondí.

—Depende de quién lo pregunte —dije y volví el rostro—. ¿Nos conocemos?

Ella sonrió y me quedé fuera de juego. Tal vez me hubiese rastreado. Quizá supiera que yo había hecho lo mismo. La red era una pista de baile para ciegos.

—Mi nombre es Soledad —dijo ofreciéndome su mano. La estreché con delicadeza y sentí el suave tacto de su palma. Soledad tenía la tez blanca, aunque era morena como el carbón. Después me retiré—. El oficial Rojo me advirtió de que estarías en la ciudad.

—¿Cómo me has encontrado?

—Esto no es tan grande —respondió. Saqué el paquete de mi bolsillo y le ofrecí un filtro. Ella lo agarró amablemente—. Gracias... Supuestamente, no debería

estar aquí y esta conversación jamás habrá existido. Espero que eso quede claro para ti también.
—No sé de qué me hablas.
—Bien —contestó—. Rojo me dijo que eres un buen investigador.
—¿No te dijo nada más?
—Y que te metes en problemas con facilidad —añadió—. Por eso estoy aquí.
—Gracias, pero no necesito tu protección —dije ofendido. Rojo me había contratado a una niñera—. Soy mayorcito para cuidar de mí mismo.
—Hasta donde sé, estás investigando la muerte de una persona y posees información que se consideraría delito —dijo haciendo alusión a las fotos—. Por muy buen abogado que sea tu amigo, los dos estaríais en problemas.
—No sé de qué me hablas —dije y exhalé el humo.
—Trabajo en Delitos Informáticos —replicó con confianza—. Rastrear es mi trabajo.
Nos había seguido. Estaba seguro de que eso también había sido idea de Rojo. Menudo desgraciado. La agente Beltrán me tenía contra las cuerdas y resistirme no serviría de mucho.
—¿Qué quieres de mí?
—Colaboración —dijo con un tono de voz suave—, y ayudarte.
—Define eso —señalé—. Estoy hablando con una agente.
—La situación está muy tensa en la ciudad. Los políticos están preocupados por lo que pueda pasar y el comisario Casteller no puede fallar ante un caso así. Aunque no sea santo de mi devoción, es mi jefe y mi puesto de trabajo está en juego. Puede que sólo se trate de un asesinato casual y no trascienda, pero ya se sabe… Este tipo de acciones motiva a otros para que las repitan… Los próximos días son decisivos para la ciudad y representación estatal vendrá como invitada. No podemos meter la pata o la ciudad quedará a la sombra para una larga temporada…

—Me estás pidiendo que no haga mi trabajo.
—Te estoy pidiendo que me consultes antes de meterte en un lío —repitió—, que me cuentes lo que sepas. Puedes confiar en mí y puedo ayudarte a conseguir tu historia antes de que caiga en manos de los medios o de esa chica…
—Membrillos.
—La misma —respondió—, aunque eso ya no es cosa mía. Ella tiene sus contactos y están por encima de mí.
—Pero si obtengo la historia, será un escándalo y pondrás en peligro tu trabajo.
—Haremos un pacto —explicó aplastando la colilla con la suela de su zapatilla deportiva—. Tú te mantendrás callado hasta que todo haya pasado.
—Entonces… la historia carecerá de interés.
—Vaya… —lamentó—. Veo que eres uno de esos periodistas que busca la exclusiva. Te había tomado por uno de los buenos.
—No te confundas… —respondí ofendido—. ¡Soy uno de los buenos! Sois vosotros quienes buscáis un cabeza de turco al que endosarle el marrón…
—Entonces actúa como tal —dijo con voz de mando—, ayúdame a juntar las piezas y evitar que nadie más salga perjudicado.

Su tono severo, autoritario y seguro, me hizo callar. Hacía mucho tiempo que nadie me trataba así y, en parte, lo merecía. La agente Beltrán estaba allí por mí y por Rojo. Dios sabía qué favor le habría hecho, aunque tarde o temprano se lo sacaría. Podía confiar en Fernando Sempere, pero sus competencias eran limitadas. Sin embargo, tener un contacto en la Policía, me ayudaría a ir un poco más allá. Primero, debía ganarme su confianza y, después, obtendría lo que me hiciera falta.

—Está bien, tú ganas —dije—. Pero siento decirte que no tengo demasiado.
—Por eso has venido a la biblioteca… —respondió sin tragarse la mentira—. ¿Qué buscas?

—Fechas, homicidios, una conexión —dije—. Tengo la sensación de que va a actuar de nuevo.
—¿Cómo lo sabes? —Preguntó sorprendida. Ignoraba esa información.
—Dejó un mensaje en el bolsillo del pantalón de la víctima —confesé—. Era otra escena del *Misteri*... Tus compañeros no fueron lo suficientemente rápidos para hacerse con ella.
—Te puede caer un buen castigo por eso.
—Confío en ti —dije mirándole a los ojos—. El mensaje no me dice nada, no soy un fanático de la obra, pero es el tercero que deja.
—¿El tercero?
—No me juzgues y te daré una explicación —contesté—. Espero que sepas poner atención, porque lo que voy a contarte nos llevará un rato...
—Descuida, no tengo mejor manera de pasar mi día libre.

La agente Beltrán pareció tomarme en serio. Puede que hubiese subestimado su posición, pero las fuerzas del orden y yo nunca nos habíamos llevado del todo bien.
Rojo era una excepción.
Por otro lado, Soledad era atenta. Escuchaba lo que decía sin intención de esperar a que terminara para darme su opinión. Tomaba apuntes mentales, era cauta y analizaba del mismo modo que lo hacía yo. Me pregunté qué diablos haría en Delitos Informáticos y por qué no se encontraba en Alicante bajo las órdenes de Rojo. En su apariencia, delicada como la de una muñeca, había algo que desencajaba. Ese carácter crudo y sin tapujos. Decía lo que pensaba y podía notar un halo de agresividad en sus palabras. Un trauma mal curado, una mala experiencia en el pasado. Rojo sabía sobre ello, pero no me lo contaría de buenas a primeras. La agente derrochaba empatía, sabía como conectar con otras personas y eso me puso en alerta. Las personas así, normalmente, padecían trastornos de personalidad. Era cuestión de romper el cascarón, aunque preferí dejar que ella me lo demostrase antes de juzgarme. No debía olvidar que la razón por la que nos habíamos reunido allí era la de descubrir a ese cabrón. Así que le expliqué lo sucedido hasta la fecha, el modo en el que habíamos intentado hilar sin éxito los fragmentos del *Misteri* y el homicidio. Todo había sucedido muy rápido y confesé que me sentía bastante pequeño ante un caso así. En lugar de recriminarme los errores, la agente me apoyó con una mirada de complicidad. Un gesto que valoré más de lo que ella pensaba y que me dio a entender que no era el único que cometía errores. Finalmente, le expliqué cuál era el origen de todo, desconociendo si tenía conexión con el documental que íbamos a filmar o habíamos sido partícipes de una sádica yincana.
—Siguen examinando el cuerpo de la víctima —explicó—,

pero, hasta el momento, no hay muestras de ADN de otra persona. Fue un crimen premeditado y eso nos lleva a pensar que volverá a hacerlo.

—Tiene sentido, después de los mensajes que ha dejado, pero... ¿Por qué?

—Para buscar una respuesta a tu pregunta, habría que hacerse otras primero... —dijo la chica bajo el resplandor del sol que se apagaba lentamente—. ¿Cuáles son los enemigos de Sempere? Tu amigo cae bien, se lleva a su terreno a los jueces y sabe cómo vender cuando lo necesita... Eso no siempre gusta y, en esta ciudad, envidiosos hay muchos.

—No le conozco lo suficiente como para contestar a eso.

—¿Cuáles son los tuyos? —Preguntó—. Quizá le molestaran a alguien tus declaraciones.

Esa respuesta podía resultar interminable.

—Posiblemente tenga algunos más que Sempere.

—De todas formas, es una parte de la investigación —aclaró la chica. Era realmente hermosa y me costaba una barbaridad prestar atención a lo que decía sin mirar a sus labios—. Lamentablemente, no sabríamos más de él hasta que no volviese a actuar.

—Y se cobrara otra víctima.

—Sí...

—¿A eso os dedicáis? —Pregunté indignado—. ¿Qué ocurre si el siguiente soy yo?

—No te alarmes, no tiene por qué ocurrir nada —dijo—. Si no lo ha hecho ya, no creo que lo haga. Además, ahora que nos conocemos, no te quitaré el ojo de encima.

—Esa última parte me gusta más —dije con picardía. La chica no pareció irritarse por mi comentario—. Tengo el presentimiento de que los mensajes van hacia mí, aunque suene muy egocéntrico decirlo en voz alta.

—Tienes razón.

—¿Que están dirigidos a mí?

—Me refiero a tu ego —dijo y se rio—. Pero todo puede ser, claro.

—Deberíamos regresar a la biblioteca... He dejado al archivero buscando documentos relacionados con los homicidios más importantes de los últimos años.
—Podrías haberme llamado —respondió la chica—. Existe una base de datos informática.
Don Miguel se enfadaría al conocer ese dato.
—Mejor no menciones ni que eres poli, ni que existe eso... ¿Vale?
Soledad se rio de nuevo.
Al regresar a la sala, don Miguel aguardaba junto a montón de cajas polvorientas marcadas por números y fechas. Estaba agotado y me hizo sentir mal, en cierto modo.
—Ya veo que no pierde el tiempo, Caballero —esputó al verme con la agente—. Todo lo que necesita está en esas cajas.
—Esta es Sole... —comenté—. Sol, una amiga de la ciudad.
—Muy guapa su amiga —respondió cambiándole la expresión—. Yo soy don Miguel, el archivero municipal y quien se encarga de esto.
—Un placer, don Miguel —dijo la agente—. ¿Viene mucha gente por aquí?
—La que se presta y tiene un poco de interés por la historia de la ciudad —comentó el hombre—. Pero respondiendo a tu pregunta... No.
—Me gustaría comprobar el registro de firmas, si no le importa —dije mientras sostenía un recorte del 25 de noviembre de 1954.
El crimen estaba relacionado con un sistema para conseguir grandes cantidades de dinero a través de las quinielas. La ambición de los dos hombres les llevó a robar a un amigo, empleado del banco, en una vivienda privada. El desenlace fue una brutal muerte a golpes con un yunque de zapatero.
La agente Beltrán se acercó a mí y echó un vistazo al documento.
—El autor del asesinato, Julio López Guixot, fue

condenado a garrote vil en la prisión de Alicante —dijo don Miguel con el registro de firmas en la mano—. Todavía lo recuerdo. Uno de Murcia y el otro de Elche y ese pobre hombre, Vicente Valero Marcial, un joven empleado del Banco Central, una desgracia para toda su familia. Yo no era más que un chiquillo.
Existía un modo de operar, pero no tenía pruebas de ello. La quiniela encontrada en el cuerpo de la víctima era la señal. Soledad se dio cuenta de ello al comprobar mi expresión.
—¿Qué has visto?
—Eh... Nada... —dije y comprobé los registros. Eran documentos firmados por diferentes personas, las cuales desconocía. Después vi el nombre y la firma de Fernando Sempere y aparté la página con avidez antes de que la agente se percatara de ello—. ¿Te suenan de algo?
La agente dio un vistazo con atención pero nada le llamó la atención.
—Sólo son nombres.
La posibilidad de que Sempere estuviese implicado no cabía en mi planteamiento. Era absurdo. Eso quería pensar y así hice.
—Gracias, don Miguel —expresé y volví a leer la noticia del asesinato de las quinielas—. ¿Le importa si le hago una fotografía con el teléfono?
—Adelante, mientras no se lo lleve...
Tomé una captura y el hombre me observó intrigado. Noté que él también sabía algo sobre el asunto.
—Hasta la vista, don Miguel —dije y agarré a Soledad del brazo.
—No se meta en líos, Caballero... —murmuró—. Hágame caso...
Abandonamos el viejo monasterio y esperé hasta alejarnos lo suficiente del lugar.
—¿Qué has visto, Gabriel? —Preguntó la agente buscando una pista en mi rostro—. ¿Qué había en esa noticia?
Abrí la billetera, saqué la quiniela que el asesino había

dejado en el bolsillo de la víctima y se la mostré sujetándola con la mano.

—Esto se encontraba junto al tercer mensaje —dije. La mano me temblaba—. La próxima víctima será brutalmente golpeada hasta morir, pero… ¿Quién será?

Al llegar la tarde, me despedí de la agente Beltrán y regresé al hotel cansado tras un día demasiado largo. Le prometí que seguiríamos en contacto. La comida con esos tipos, la biblioteca y el archivero. Mi participación en el documental no había sido más que una excusa para abrir la caja de los truenos. Me sentí utilizado, como si alguien estuviera usando mi presencia para llamar la atención. Tomé una ducha bien fría y opté por evitar la cena tras la ingesta en el restaurante de ese hombre extremeño. Con el estómago vacío, las ideas fluían mejor, pero ni mis intestinos se encontraban en forma, ni las ideas pululaban por mi cabeza. Un sinsentido absoluto que ordené en un cuaderno de notas.

Después cogí el teléfono y marqué.

—¿Qué hay, Caballero? —Preguntó Rojo al otro lado del aparato. Parecía sereno—. Espero que no llames para pedir auxilio...

—Cómo lo sabes... —dije—. No te preocupes, no es el tipo de auxilio al que estás acostumbrado... Necesito hacerte unas preguntas.

—Mal empezamos, tú dirás.

—Estoy investigando el caso del hombre asesinado en la parte trasera de la parroquia, ¿te suena?

—¿Que si me suena? —Preguntó Rojo con tono burlón—. ¡Pues claro que me suena! ¿Pero tú no ibas a participar en un documental? Lleva cuidado, Caballero.

—Una cosa ha llevado a otra —expliqué—. Siento que alguien me ha tendido una trampa.

—Cuéntale tus chistes a otro —respondió—. Las trampas te las tiendes tú solito... Te recomiendo que dejes el caso lo antes posible y salgas echando leches. Las noticias corren como la pólvora, Caballero. Parece mentira, estás en baja forma... Los medios están acorralando al alcalde de la ciudad y no tardarán en dar con un culpable.

—Sólo ha sido un homicidio —dije—. La causa podría haber sido cualquiera.

—Ya —contestó en seco—. En la puerta de una iglesia del centro de la ciudad a escasos días de las fiestas. ¡Despierta!

—¿Crees que existe un interés en dañar la imagen de la ciudad?

—Todo puede ser. A estas alturas, seguro que sabes más que yo.

—Pero no sé qué hacer, estoy algo confundido.

—Vuelve a casa y deja al César lo que es del César.

—No, no puedo, Rojo —contesté. Podía escuchar un ligero gruñido por el altavoz—. Esta historia me ha encontrado a mí.

—Tú y tu ego malherido… —respondió harto—. En fin, haz lo que te salga del gaznate… Por cierto, ¿has conocido ya a la agente Beltrán?

—Así es. Es una gran profesional.

—Ya —dijo el policía—. Lleva cuidado y recuerda lo que te dije. No me hagas ir hasta allá y romperte los dientes.

—Frena, Rojo, frena un poco… —contesté indignado—. Te lo digo en serio, es una chica seria. ¿A qué viene eso? Ni que fueras su padre.

—No, no lo soy —explicó—, pero su padre y yo fuimos amigos… Hablaremos en otro momento, Caballero. Es noche y no estoy para melodramas. Hay un búlgaro suelto por El Campello que se ha cargado a dos rusos y nadie sabe dónde está. Como ves, no eres el único que persigue a alguien.

—Está bien —contesté—. Nos vemos pronto.

—Eso espero —dijo—, y que no sea entre barrotes.

Colgué la llamada y me detuve frente a la página del cuaderno. Había escrito una lista de posibles sospechosos pero carecía de peso. Debía seguir mi intuición y dejarme de falsas hipótesis. La falta de práctica en el campo del periodismo me había hecho perder forma. Saqué de nuevo la quiniela y leí los fragmentos de la obra. Seguían sin decirme nada. Podía irme a dormir, esperar hasta la mañana siguiente y dejar al azar que continuara su curso, pero sentí una corazonada.

—¿Sí? —Dijo Fernando al descolgar el teléfono—. ¿Un día largo, Gabriel?

—Así es, compañero —dije tranquilizado al escuchar su voz—. Escucha, he descubierto algo.

De pronto, noté cierta excitación en su respiración.

—Cuéntame...

—La quiniela está relacionada con un segundo crimen —dije—. Sucedió en los años cincuenta, dos hombres le tendieron una trampa a su amigo del banco y uno de ellos le golpeó hasta matarlo.

—¡No puede ser! Lo había pasado por alto.

—Porque no fue un homicidio al uso —respondí—, uno de los hombres era de Murcia y la historia los llevó hasta Alicante. Quizá, por eso, no encontraste nada.

—¿Crees que nuestro amigo volverá a actuar?

—Eso me temo —contesté—, aunque no se me ocurre nada para detenerlo antes de que lo haga.

—Piensas lo mismo que yo, ¿verdad?

—No sé qué piensas tú, Fernando.

—Que todo esto es por mí, mi culpa... —dijo con la voz quebrada. La presión le podía—. Esas declaraciones en el diario, alguien te está lanzando un órdago.

Fernando Sempere tenía razón. Eso era lo que pensaba. Ser un bocazas me había traído un serio problema. No podía demostrarlo, aunque así lo sentía.

—No te sientas mal, Fernando —respondí con ánimo de calmarle—. Tu trabajo aquí es importante. Tarde o temprano, esto iba a suceder.

—Todavía estamos a tiempo de dejarlo, abandonar la investigación y el proyecto.

—¿Bromeas? Soy un hombre de palabra y tenemos un compromiso... —contesté—. No, vamos a ir hasta el final. Saldremos fortalecidos, ya lo verás.

Escuché una risa inocente al otro lado.

—Está bien, como quieras —respondió más animado—.

Estaré en mi despacho terminando unos documentos para el banco. Con tanto trajín, se me ha amontonado la faena y necesito zanjarlo para mañana. Llámame si necesitas cualquier cosa.
—Descuida, lo haré —dije—. Descansa, lo necesitarás.
—Buenas noches, Gabriel.

Esa noche no pude conciliar el sueño. Alrededor de la una de la madrugada, desperté con una imagen en la cabeza. Salté del colchón y regresé a las fotografías que había tomado en la biblioteca. Se me escapa algo, pero no sabía el qué. Leí de nuevo la noticia del asesino de las quinielas.

"… el asesino le golpeó en la cabeza repetidas veces con un pequeño yunque de zapatero…"

Un yunque de zapatero. Eso me hizo reflexionar. Un objeto en desuso debido al desarrollo tecnológico que todavía muchos guardarían como reliquia del pasado. Fernando sabría cómo conseguir uno y eso nos daría un lugar en el que buscar.
Miré el teléfono, busqué el contacto y pulsé el botón verde.
—Vamos, cógelo, Fernando…
Pero nadie atendía a la llamada.
Pasaron dos segundos y, de pronto, se me hizo un nudo en la boca estómago. Un fuerte escalofrío me provocó un sudor inesperado.
—¡Mierda!
Colgué, me puse los pantalones y los zapatos y salí a la calle. La ciudad estaba oscura, desierta. Entre semana, y más todavía en verano, no existía la actividad que podía tener una ciudad grande. Todo me temblaba pero no me impidió caminar. La luz de las farolas iluminaban una calle silenciosa y amarillenta. Bajé la calle hasta la plaza de la Glorieta y encontré la fachada del Gran Teatro. Una mano invisible me desgarró el alma. Estaba asustado al pensar en lo que me podía encontrar allí.

Una ciudad fantasma observada por las palmeras y el silencio nocturno.

—¡Soledad! —Grité al teléfono.

—¿Qué pasa, qué pasa?

—¡Corre! ¡Ven cagando leches al Gran Teatro! —Grité acobardado, cobijado en la soledad de una noche de verano—. ¡El asesino ha vuelto a actuar! ¡Mi amigo está en peligro!

9

Minutos más tarde, la agente Beltrán apareció de la nada por una de las callejuelas perpendiculares. Se acercó a mí con el paso agitado y me preguntó qué sucedía.
—Puede que sea demasiado tarde —dije—, pero no podía enfrentarme a esto yo solo.
—Has hecho bien en llamarme, ¿dónde está?
Señalé a la ventana del despacho, que seguía oscura y sin luz.
—Vamos.
La agente sacó una llave maestra con la que abrió el portal del edificio y corrió delante de mí hacia el entresuelo. Cuando subí las escaleras y alcancé el umbral de la puerta, encontré a Fernando Sempere en el suelo y gravemente herido. Junto a él, un yunque de zapatero envuelto en un paño de tela y un montón de papeles tirados y manchados de sangre. La agente sacó el arma y una linterna y se aseguró de que el despacho estuviera despejado.
—¡Joder! —Grité y corrí hasta la calle, de nuevo, en busca de una sombra, de alguien a quien seguir, pero no vi nada. Un fuerte sentimiento de culpabilidad me atrapó con furia. Fernando había sido atacado mientras yo esperaba a la agente Beltrán. Jamás me lo perdonaría. La agente tomó el pulso del abogado y me miró.
—Está vivo, pero está perdiendo sangre —dijo en cuclillas—. Hay que llamar a urgencias ya.
—Necesitamos encontrar pruebas, un mensaje.
—¡Vete a la mierda! —Gritó a pleno pulmón—. ¡Tu amigo está a punto de morir!

Maldita sea, la chica tenía razón. Me pregunto en qué demonios estaría pensando. Aún así, aproveché para rastrearlo todo antes de que los compañeros de la agente aparecieran por allí. Se nos iba a caer el pelo a todos, sobre todo a mí. Mientras la policía llamaba a una ambulancia, miré por encima del escritorio sin dejar huellas que me delataran. Después husmeé por los papeles que había junto al cuerpo pero tampoco encontré nada de interés. Del bolsillo de la camisa de Sempere, una ligera nota sobresalía. Con cuidado, la agarré y me la guardé en los pantalones. No tuve tiempo a leer lo que decía, pero estaba seguro de que era otro mensaje.

—Mis compañeros no tardarán en llegar —dijo Soledad—. Tendrás que declarar.

—Será mejor que me vaya.

—No puedes hacer eso.

—¡Pero si yo no he hecho nada!

—Explícales qué hacías aquí y por qué has llamado a tu amigo a la una de la madrugada.

—¿Y si no?

—Les diré qué hacía yo.

La odié por unos minutos. No podía dar crédito a lo que escuchaba. La agente Beltrán era peor que Rojo: más justa e interesada por el bien común. Mi amigo estaba hecho de otra pasta, de otras circunstancias. Sabía cuando echar por tierra evidencias y guardar el secreto.

—No pienso contarle la verdad a Casteller —dije—. Lo arruinará todo.

—No, Gabriel —respondió ella—. Tú serás quien lo arruine si no colaboras. Han golpeado a un hombre hasta la muerte... Ha tenido suerte de que lo encontráramos, pero quién sabe si será capaz de caminar después de esto... ¿Cuántas víctimas más habrá hasta que tú soluciones tu rompecabezas?

—Siento decirte que no estáis capacitados para resolver esto...

—¿Y tú sí? —Preguntó enojada—. Te crees más listo que

el resto, ¿verdad? Piensas que todo el mundo es inferior a ti, simplemente por el hecho de haberte metido en unos cuantos líos…

—Lo estás sacando de contexto.

—Das pena, Gabriel —contestó. Sus palabras dolieron como si me golpeara con el yunque que había a mis pies—. Eres patético, de verdad.

—Ya, basta, ¿quieres?

—Deja de actuar como un imbécil —respondió ella—, o no tendré más remedio que tratarte como tal.

Al cabo de un rato, un grupo de agentes de la Policía Nacional entró en el despacho. Se escucharon sirenas de coches patrulla, ambulancias procedentes del exterior y los hombres del SAMUR se llevaron el cuerpo castigado de Sempere, que seguía inconsciente. Me pregunté dónde estaría, qué habría visto, pero temí que no lo sabría hasta pasados unos días. Los policías me invitaron a que les acompañara a la comisaría para hacer una declaración legal. No les di toda lo información que guardaba en mi poder, aunque respondí a todo lo que debían saber.

Sus rostros de incredulidad me dijeron que no contaría con su ayuda.

Horas después, cuando regresé al hotel, saqué el trocito de papel que había encontrado en la camisa de Sempere.

Tomad vos, Juan, la palma preciosa
y llevadla delante del cuerpo glorificado
pues así lo dijo la Virgen gloriosa
antes que a los cielos hubiera subido.[4]

Como en una caída hacia los infiernos de Dante, sentí el

---

4   Traducido del original:
   Preneu vós, Joan, la palma preciosa e portau-la davant lo cos glorificat car aixi ho dix la Verge gloriosa ans que als cels se n'hagués pujat.

fuego en cada verso atravesar mi piel. El miedo me había impedido acercarme a ese desgraciado. La experiencia me decía que de nada servían las lamentaciones. Ya no podría contar con la ayuda del abogado. Eso descartaba a un posible sospechoso y complicaba todavía más la situación. Fue evidente que el asesino me había dejado, de nuevo, un mensaje y una víctima. En la víspera de la famosa *Nit de l'Albà*, la ciudad pronto se convertiría en un hervidero de personas que llegarían de todos los puntos geográficos para ver el espectáculo pirotécnico.

Tenía que ser rápido, al menos, más rápido que él.

La mañana del trece de agosto me sorprendió con un grupo de periodistas merodeando en la entrada del hotel. Me habían acorralado y en esta ocasión no existía una salida trasera por la que escabullirme. Desayuné en el comedor de la primera planta y me pregunté cuánto tiempo estarían dispuestos a aguantar. Pedí la prensa local y observé la portada.

BRUTAL AGRESIÓN EN EL CENTRO DE LA CIUDAD

El conocido abogado ilicitano Fernando Sempere ha sido encontrado moribundo tras recibir golpes brutales en su despacho con un arma blanca. Los hechos se produjeron en la madrugada del pasado día 12, cuando Sempere sufrió la visita inesperada de un desconocido. El estado actual de la víctima es grave y la Policía no descarta que esté relacionado con el ataque del pasado día 10, en el que murió una persona a cuchilladas en la puerta trasera de la parroquia de El Salvador.

—Cojonudo —exclamé y uno de los empleados del servicio me miró sorprendido.
El teléfono sonó. Sería una mañana muy larga.
—¿Gabriel Caballero? —Preguntó una voz femenina con tono desagradable. No necesité demasiado para saber que era una de esas personas que sólo daba órdenes.
—Eso dicen —respondí—. ¿Quién llama?
—Mi nombre es Asunción Martínez y soy una de las organizadores del Festival Internacional de Cine de Elche. Le llamo por la situación actual de Fernando Sempere.
—Sí, una desgracia.
—No, no me refiero a eso —respondió con voz aguda e insoportable—. Tan sólo quería informarle de que queda suspendido el rodaje y la subvención del documental que

Fernando preparaba con usted, y los gastos que podía conllevar todo ello.
—Vamos, que me puedo ir a mi casa —dije—. Es lo que me está diciendo.
—Usted puede hacer lo que le plazca —contestó la mujer. No debía de caerle muy bien mi persona—, pero a partir de ahora será el responsable de los gastos de alojamiento... Que tenga un buen día.
Tan rápido como colgué. El teléfono volvió a vibrar.
Me estaba poniendo de un humor horroroso.
—¿Sí?
—Gabriel, soy yo —dijo una voz melosa y seductora—. Lara.
—Membrillos —respondí—. Qué casualidad que seas tú quién me llame.
—¿Por qué dices eso? Es una llamada amistosa...
—Sí claro, después de haber leído la noticia que ilustra los diarios hoy. Tú dirás.
—Verás, Gabriel —dijo y moduló de nuevo la voz. Sabía cómo expresarse, buscar el tono adecuado para conseguir lo que deseara. Era una manipuladora profesional de la información y por eso había llegado tan lejos. Bravo por ella, pero no podía caer en sus garras—. Esta historia nos interesa. Lo que está ocurriendo es muy grave, pero puede catapultar nuestras carreras todavía más, si hacemos un buen reportaje, claro está. Pienso darte todo mi apoyo.
Las palabras de Lara habían sido escogidas con pinzas. Nunca daba pie a la improvisación. Términos como "nos interesa", "nuestras carreras", "todo mi apoyo", eran frases construidas a conciencia. Ella era quien había llamado y la única que tenía interés en hacer dinero a mi costa. Por el contrario, yo siempre era el malo, el que se llevaba todos los disgustos por ir de frente. Puede que necesitara aprender un poco de las armas de seducción de esa mujer. Después de todo, le había ido mejor que a mí.
—A ver, Membrillos... —dije con desinterés—. Corta el rollo y vayamos al grano, que nos conocemos.

Noté cierta molestia en su voz. No estaba acostumbrada a que le trataran así.

—Con esos modales nunca pasarás de la mediocridad.

—¿Qué es lo que quieres de mí?

—Creo que tengo algo —dijo ella. Era mentira, no tenía nada—. Puesto que te encuentras en la ciudad y a ti se te dan bien los acertijos, me gustaría reunirme contigo y hacerte una proposición.

—¿Indecente?

—¡Por favor, Gabriel! —Contestó—. Mantente serio por una vez en tu vida.

—No me gusta la seriedad —dije—. ¿Qué gano yo a cambio?

Sopesó la respuesta por un instante.

—Te daré proyección nacional —respondió—. La que quieras. Aparecerás en televisión, te invitarán a los programas y, por supuesto, te pagarán por ello. Piénsalo bien... Te podrías costear otros cinco años sin sacar un libro, sólo de los ingresos.

—Apetitoso... ¿Qué ganas tú?

Su respiración se cortó. No esperaba esa pregunta.

—Ayudarte —dijo—. Para eso están los compañeros de profesión, ¿no? Yo ya he alcanzado todo lo que necesito.

—Ya —contesté. Incluso los mentirosos profesionales tenían sus días malos. Estaba tan desesperada que era capaz de prometer cualquier cosa—. Comamos juntos. El hotel está lleno de moscas.

—Te recogeré en un par de horas —indicó—. Antes tengo que terminar un asunto.

—Como quieras... —respondí—. ¿No me vas a preguntar dónde me alojo?

—No lo necesito —dijo con soberbia—. Aquí, todo se sabe. Hasta luego, Gabriel.

—Adiós, guapa.

El teléfono volvió a vibrar. Sólo esperé que fuesen buenas noticias antes de lanzarlo por la ventana.

—¿Quién?

—¿Has leído la prensa? —Preguntó la agente Beltrán—. Casteller está que echa humo.

—No es el único que echa humo hoy... —dije—. ¿Quién ha sido el bocazas?

—Ni idea, pero ya me he enterado de que te han cortado la pensión —respondió la agente—. ¿Qué piensas hacer?

Buena pregunta. Era el momento dorado para largarme y encerrarme en mi apartamento de Alicante hasta que todo pasara. Sempere no podía recriminarme nada. Sin embargo, yo era un hombre de palabra, como los que ya no existían. Le había prometido al abogado que resolveríamos el misterio. Ahora, con o sin él, llegaría hasta el final del asunto. Y qué demonios, tampoco iba a mentirme a mí mismo. Toda esa historia empezaba a divertirme. Había pasado del miedo al interés. Estaba asustado pero activo y eso me hacía sentir joven. Nos perdemos gran parte de la vida por temor a nuestras inseguridades, a lo que pensarán de nosotros o a lo que desencadenarán nuestras acciones. Murallas mentales de las que hablamos sin cese llenos de miedo, horrorizados por desenlaces que no son más que producto de nuestra imaginación, en lugar de hacerles frente con la fuerza de la acción.

—No les voy a dar el placer de retirarme... —contesté bravo en mis palabras—. Además, sabes que sin mí, se os escapa de las manos...

Escuché un ligero murmullo de desaprobación de su voz.

—Estás muy seguro de ti mismo.

—Empiezas a conocerme, Soledad —dije—. ¿Alguna novedad sobre Sempere?

—Sigue en estado grave... —respondió—. Su familia está horrorizada. ¿Has ido a visitarle?

—No, no he tenido tiempo...

—Será mejor que no lo hagas —dijo—. Estoy seguro que su mujer no quiere ni verte.

—Vamos a tener que trabajar juntos, si queremos dar con ese malnacido.

—Te dije que lo haría.

—Cuando digo juntos —repetí—, hablo bajo mis términos... Nada de chivarse al jefe.

Escuché otro murmullo de molestia en su voz. La agente Beltrán se enfrentaba a sí misma en silencio participando en un conflicto moral.

—Ya veremos.

—No —dije—. Pensaba que Rojo te había contado cómo trabajaba.

—Cometes un error poniéndome en tu contra —respondió con altivez—. No la cagues, Caballero.

Miré el reloj y volví a asomarme a la ventana. Los periodistas seguían abajo. Tal vez era buena ocasión para dar por zanjada esa conversación y buscar una salida de emergencia. Lara Membrillos no tardaría en aparecer.

—¿Han encontrado algo en el despacho de Sempere?

—No... hasta el momento.

—¿Ha dicho algo?

—Nada importante, algún balbuceo... —respondió la agente—. Probablemente, a causa de la fiebre.

—Entérate, puede haber algo.

—Vale, lo intentaré.

—Tenemos que regresar al despacho —ordené—. Tranquila, lo haremos a tu manera, pero necesitamos echar otro vistazo.

—Como quieras, si crees que puedes encontrar algo útil.

—Te llamaré más tarde, estamos al habla.

—Adiós, Gabriel.

Colgué y miré la taza de café vacía. Tanta conversación, que no recordaba cuándo me la había bebido. En esta ocasión, tendría acceso a la escena del crimen y el tiempo necesario para investigar cada rincón del despacho. Estaba seguro de que a nuestro amigo se le habría escapado algo, una pista que, por supuesto, no tenía la mínima intención de revelarle a la agente Beltrán.

El sedán de Lara Membrillos apareció a los segundos de recibir su señal. Tocó el claxon y llamó la atención de los que por allí pasaban. Aproveché el descuido y me acerqué con sigilo evitando que me vieran. Después subí al coche y encontré a Lara con gafas de sol, vestida de verano, con una camiseta blanca de varias tallas más grande que transparentaba, y unos vaqueros rotos por las rodillas. Membrillos aceleró y se metió por una de las arterias del centro que dejó atrás a los reporteros. La ciudad no era tan grande como había supuesto en un principio. Al menos, no para los grandes placeres. Sin darme cuenta, Membrillos nos había llevado hasta la puerta del restaurante extremeño en el que había comido el día anterior. Todavía permanecían recuerdos vívidos de aquel encuentro. Por suerte, no nos detuvimos allí y condujo hasta el interior del aparcamiento del Hotel Huerto del Cura, el hotel más conocido de la ciudad. En esta vida, existían famosos y famosillos, y Lara Membrillos formaba parte de la primera categoría. Para ellos, cada acción influía en su imagen y una mentalidad austera sólo denotaba decadencia. Para los de segunda categoría como yo, tipos de apariciones televisivas esporádicas, rostros que salían encima de las columnas de opinión, en negrita y bajo artículos largos que nadie leía, no existía tal problema. Me encontraba en el limbo del interés mediático, libre de dormir y comer donde me viniera en gana sin tener que pasar por el rasero de la opinión pública, libre de ser reconocido en la cola del supermercado.
Seguí los tobillos bronceados de mi compañera, cruzamos una recepción y pasamos a un verdoso jardín botánico de plantas y palmeras que nos llevó a una terraza con piscina y numerosas mesas. El encanto del hotel residía en el gozo de dormir en el interior de un huerto de palmeras y rodeado de naturaleza y vegetación. La azulada piscina

estaba vacía, a pesar del calor que hacía en agosto. Sin preguntar, me dirigí hacia el interior de la terraza y nos sentamos en una de las mesas que había cerca del agua.

—Bonito lugar —dije mirando alrededor. Estaba encantado.

—Imaginé que te alojarías aquí también —dijo ella—. A cierta edad, una ya no puede quedarse en casa de sus padres.

—Podemos ir a tu habitación —respondí—. Quizá así cambie de idea.

Una joven y morena camarera se acercó a nosotros vestida de uniforme.

—Buenos días, ¿qué desean tomar? —Preguntó. Tenía una sonrisa impuesta en su rostro. Era esbelta, puede que trabajase allí durante el verano.

—Una copa de cava —pidió la reportera.

—Un vermú —dije—. En vaso ancho y corto, con mucho hielo, bien frío y con aceituna.

—Las viejas costumbres no se pierden —comentó Lara echándose el pelo hacia atrás—. Sigues bebiendo lo mismo que en la facultad.

—Pero en menos cantidades.

La chica desapareció y nosotros regresamos al motivo por el que nos encontrábamos allí.

—Este calor me va a matar…

—Ahora que nos conocemos, Lara —dije—. Dejemos los preliminares. ¿Quieres?

La empleada nos sirvió las bebidas junto a un plato de almendras fritas. Lara le hizo una señal para que nos dejara solos y volviera más tarde. Una mujer rubia de apariencia escandinava entraba con timidez en la piscina. Tenía una figura formidable, propia de gimnasio. Sentí envidia por su abdomen.

—Sé que estabas muy ligado a Sempere —comentó dando un sorbo de su copa—. Es una lástima que todo haya terminado así.

—No hables de él en pasado —dije—. Hasta donde yo

sé… Esto todavía no ha terminado.
Lara volvió a levantar su copa. Parecía algo insegura, aunque desconocía si era por el calor o la situación.
—Gabriel, escucha… —dijo quitándose las gafas de sol—. He estado moviendo hilos, haciendo algunas llamadas, y bueno… ya sabes cómo funciona esto… Tengo algunas propuestas para la historia. Iríamos a medias y, con un poco de suerte, terminarían haciendo una serie de varios episodios.
—Una serie… ¿De qué?
—Es obvio que, tarde o temprano, la Policía atrapará a esa persona —explicó moviendo las manos—. Esto es Elche, una ciudad con alma de pueblo. Imagino que te habrás dado cuenta ya de ello…
—Sí, no estamos en Los Ángeles…
—Alguien acabará cantando —contestó—. Es lo de siempre, la misma trama. Sin embargo, si le pones un poco de salsa al asunto, que a ti eso se te da muy bien, y lo vendemos como algo más pasional de lo que es… Podemos llevarlo a Telecinco.
—Eso sí que es una sorpresa —dije y di un fuerte trago al vermú—. Sobre todo viniendo de ti, que trabajas para la competencia.
—¿Qué importa? —Preguntó—. Es publicidad, hablen bien o mal de ti, lo importante es que aparezcas en la pantalla.
—No me parece que frivolizar con un asesino sea una buena idea —argumenté—. ¿Y si decide ir a por nosotros?
—¡Oh! —Exclamó—. ¿Gabriel Caballero tiene miedo? ¡Esto sí que es una noticia!
—No seas ridícula, Lara —contesté—. Esa persona podría ser cualquiera. Tú eres de aquí, eres más accesible.
—Mi tren sale en un par de horas, Gabriel —dijo ella sonriente—. Y tú no me vas a dejar sola hasta entonces, ¿verdad?
El silencio regresó a la mesa. No me atraía la idea de provocar a alguien por el hecho de vender una exclusiva.

Pedimos lubina al horno con verduras y una botella de vino blanco. El pescado resultó excelente. La lonja del puerto de Santa Pola nunca fallaba.

—Me siento capaz de dar con quien está detrás de todo esto —dije mientras disfrutábamos de nuestros platos—, pero me falta un poco de empuje.

—Piensa en el dinero —dijo ella guiñándome un ojo—, es un buen detonante.

Sus palabras chirriaron como unas pastillas de freno quemadas. Hablaba como si hubiera vendido su alma al diablo por un puñado de billetes. Yo no era el más pulcro para hablar de principios, pero tenía clara la diferencia que existía entre contar la verdad y entretener a un puñado de ciudadanos aburridos que no hacían más que cacarear por las redes sociales. Las nuevas formas se adaptaban a los antiguos métodos y a nadie le sorprendía que los octogenarios, que comentaban la jugada en las puertas de sus casas, fuesen hoy la generación de jóvenes que vivía pegada a una pantalla. Sin embargo, existía una frontera entre contar la verdad y llenar el armario de paja. Los medios no sabían qué hacer para generar más tráfico en sus páginas web. Seguían buscando la forma de ganar dinero a través de la publicidad y, cada vez, el peaje era más alto. Por otro lado, los de arriba, los de la caja tonta, vivían agarrados a su palomar, dispuestos a hacer lo que se terciara con tal de mantener el viejo estilo de vida. Lara era una de esas personas recién llegadas a un mundo al que ya no pertenecía y el cual vivía sus años de decadencia. A esas alturas, a ella no le importaba lo que hiciera, pues sólo le interesaba llevar una vida cómoda y lujosa. Membrillos creía ser libre, pero no era más que una víctima del engranaje social, en un eslabón más alto, que no dejaba de ser parte del sistema.

—Lo siento, no me interesa —respondí dando el último bocado. Después sujeté la copa de vino y tragué lo que quedaba en ella. El alcohol comenzaba a nadar bajo mis venas—. Me niego a hacer algo que va contra mis principios.

—¿Trabajar?

—Engañar a la gente —dije con desprecio—. Parece mentira que tú, la persona que informa a millones de españoles cada día, la presentadora que da discursos bajo cheque en las facultades, mantengas esa posición...

Lara se había puesto de nuevo las gafas. Se echó hacia atrás, tomó su copa de vino y me observó con lástima mientras daba un lento trago.

—Eres muy dulce, Gabriel —respondió tras una ligera pausa—. Un romántico de la profesión... No me extrañaría que acabaras algún día dando clases en una universidad.

—El periodismo existirá mientras haya gente que cuente la verdad.

—¿No te das cuenta de que a nadie le interesa la verdad? —Preguntó ofendida—. ¿Por qué se leen más libros que diarios? Sal a la calle y pregúntale a alguien por una noticia que haya impactado en su vida, en las últimas dos semanas... Despierta, Gabriel. Siempre te he tomado por un tipo listo. No hay nada malo en vivir tus historias y todavía menos en vivir de ellas.

Cabe reconocer que Lara tenía algo de razón, aunque no estaba dispuesto a reconocer que fuese así.

—Lo que tú digas... —respondí zanjando el tema. Terminé la copa de un trago, metí la mano en el bolsillo de mi pantalón y saqué un cigarrillo arrugado—. Me vas a tener que disculpar, pero voy a pasar de los postres.

Lara no supo qué decir. Encendí el filtro, me levanté y le di un beso en la mejilla. No estaba dispuesto a pasar ni un segundo más en esa mesa. La conversación me había revuelto el estómago. Puede que el dinero fuese apetitoso, pero no me había metido en aquello para volver al lugar que tanto odiaba: la televisión. Me importaban un carajo los programas y todo lo que estuviera relacionado con ellos. Lo había probado, sabía lo que era y no quería repetir.

—¿A dónde te crees que vas? —Preguntó indignada.
—A dormir la siesta —respondí alejándome—. Por desgracia, mi hotel se encuentra algo más lejos.
—¿Quién va a pagar la comida?
—Quien tuvo la idea de comer aquí —contesté con una sonrisa. Por última vez, me giré y encontré a Lara Membrillos enfadada a varios metros de mí. Tuve la sensación de que ningún hombre la había dejado plantada en mucho tiempo. En la vida, a veces se gana, y otras se paga la comida de tu invitado. Lara sabía muy poco de derrotas propias y victorias ajenas, a pesar de que aquello no había sido ni una cosa, ni la otra. Más bien, una pérdida de tiempo para ambos. Me despedí con un movimiento de muñeca y abandoné el hotel buscando la dirección del mío. Cruzando el centro de la ciudad, encontré niños lanzando fuegos artificiales, petardos y artefactos pirotécnicos de gran alcance. Quedaban horas para que La Noche de la Alborada, o *Nit de l'Albà* diese el disparo de salida. De pronto, noté la presencia de agentes de Policía Local y Nacional que ocupaban las esquinas de las plazas. A medida que me acercaba a las calles principales, encontraba más patrullas de agentes sueltos merodeando y hablando por radio; entrando en los portales e interrogando a los ciudadanos. Cualquiera de nosotros podía ser el siguiente. Cualquiera, podía ser el autor. En un dispositivo de publicidad encontré un mapa de la ciudad. Una X me indicaba dónde me encontraba. El cosquilleo mental me llevó a la quiniela encontrada por Sempere. Las equis no marcaban resultados, sino que indicaban el lugar. Por un instante, dudé si había hecho lo correcto al dejar a Lara Membrillos a solas en el hotel, pero el mal cuerpo se desvaneció al sentir la vibración de mi móvil.
Era la agente Beltrán.
—Iba a llamarte ahora mismo —dije antes de que nos saludásemos—. ¿Has descubierto algo?
—Casteller ha perdido la cabeza —contestó por el aparato—. Ha montado un operativo de alta seguridad.

Está dispuesto a encontrar a un culpable esta noche.

—Eso es absurdo —dije mirando a la calle, con miedo de que me escucharan los policías—. ¿Y si se equivoca de persona?

—Existen riesgos —dijo ella—. La prensa no se hará eco. Tiene que tranquilizar a los ciudadanos de alguna forma.

—¿Estás de broma? Es lo más estúpido que he escuchado en años —contesté. Alguien se giró y bajé el tono de voz—. Será ridículo.

—Sólo quiero que te mantengas al margen y no hagas ninguna tontería —sugirió la policía—. Hoy, todos somos sospechosos.

—De eso quería yo hablarte... —repliqué cambiando la dirección de la conversación—. Necesito ir ahora mismo al despacho de Sempere, Soledad. Es urgente.

—Me temo que tendrás que esperar hasta mañana.

—Mañana será demasiado tarde —dije—. Creo que sé dónde cometerá el próximo crimen.

—¿Dónde será?

—Necesito antes ir a su despacho.

Sentí las miradas punzantes de los agentes.

—¿En qué te basas, Gabriel? No podemos dar más palos de ciego.

—Reúnete conmigo en treinta minutos. Te lo explicaré todo.

La agente dudó por un instante.

—Está bien, tú ganas.

—Te enviaré mi ubicación —dije y terminé la llamada. Podía ver el miedo en la cara de los policías que caminaban a mi alrededor. Casteller había soltado a sus perros de caza en busca de una presa sin rostro. Me pregunté cómo terminaría todo. Con disimulo, envié en un mensaje de texto el lugar donde me encontraba. Si mis cálculos no me traicionaban, estábamos a punto de ponernos un paso por delante de aquella persona. Tan sólo debía comprobarlo y asegurarme.

Un paso por delante para evitar otro homicidio.

Deseé que la agente Beltrán estuviese preparada para entrar en acción.
Sería una noche muy larga.

10

Me reuní con la agente en el centro de la plaza de la Glorieta, junto a un busto que imitaba a la famosa Dama de Elche. El flujo de personas me impedía encontrar a la agente. De golpe, alguien me alcanzó el brazo por la espalda. Temí que fuera uno de esos agentes, y en el fondo, no me equivoqué. Allí se encontraba ella, vestida de paisano, con unos vaqueros y una camiseta lisa de color negro.
Con una sonrisa de complicidad, nos dirigimos a la parte trasera de la plaza, donde se encontraba el despacho de Fernando Sempere. De cara a la galería y aunque fuese por unos minutos, parecíamos una pareja de verdad, de las que se enamoran y comparten interminables tardes de verano. Junto a un escaparate, encontré nuestra silueta en el cristal y sonreí como un adolescente. La agente Beltrán no se dio cuenta de ello. Esa chica, a pesar de su carácter, ocultaba la misma fragilidad que poseíamos todos en algún rincón de nuestro corazón. La fragilidad de la infancia, el escondite de los traumas olvidados. Un lugar al que sólo algunos tuvieron acceso cuando la inocencia reinaba en nuestro interior. Con los años, y como el gusano antes de convertirse en mariposa, desarrollamos un caparazón más y más duro que, en ocasiones, resulta imposible de romper. Yo tenía el mío, así como todas las chicas que había conocido guardaban el suyo. En ocasiones, me abría más, en otras, menos. Por esa misma razón era incapaz de juzgar a la agente Beltrán. Hasta el momento, había sido

profesional y honesta conmigo. Puede que algo ácida en su expresión, pero no podía exigir algo que ni siquiera me debía.

Frente al portal del edificio en el que se encontraba la oficina de Sempere, nuestras manos se tocaron por un instante cuando yo sujetaba la puerta y ella usaba su llave maestra. Fue la primera vez que nuestras miradas se cruzarían como quien encuentra a su media naranja en un baile de graduación. Saltó una chispa eléctrica de los cuerpos, pero me mordí la lengua y obvié el comentario. Ella sonrió y aguanté el portón de hierro hasta que pasó. La oscuridad de las escaleras no hacía más que aumentar la tensión sexual que había surgido entre nosotros. La agente, consciente de lo que estaba sucediendo, prefirió tomar las escaleras que subir en ascensor. En cada paso que daba, ponía atención a sus caderas como no lo había hecho antes. No supe qué me estaba sucediendo, tal vez fuera la camiseta ajustada o la adrenalina de la situación, pero empezaba a ver a esa mujer con otros ojos. Al entrar al despacho, un fuerte olor a polvo y aire viciado nos dio de bruces.

El lugar se encontraba como lo habíamos dejado, aunque se podía percibir la presencia de algunos agentes que habían examinado la escena del crimen. Sobre el escritorio había una pequeña caja con tarjetas de visita y varias facturas. Aunque todos llevaban el nombre del bufete, en uno de los sobres tenía un destinatario personal.

Fernando Sempere Valero.

Vicente Valero Marcial, el banquero que había sido víctima del crimen de las quinielas había sido el hermano de su abuelo.

Sentí un poco de impotencia porque Sempere no me lo hubiese contado. Entendí que era la razón por la que tenía tanto interés en llevar acabo aquel documental. Las personas siempre nos regíamos por nuestras pasiones. La familia era una de ellas.

Sin preámbulos, busqué con la mirada el mapa de la pared.

—Deberíamos darnos prisa —dijo ella—. Si alguien descubre que estamos aquí, nos habremos metido en un buen lío.

Me acerqué a la pared, cogí el mapa colgado y protegido por un marco dorado y lo rompí contra la mesa. Se escuchó un estallido de cristales y la lámina que protegía el mapa cayó en pedazos.

—¡Estás loco! —Exclamó la agente—. ¿Se puede saber qué coño haces? ¡Estás obstruyendo una escena del crimen! Joder, Gabriel...

—¿Quieres calmarte, Sol? —Dije. Era la segunda vez que pronunciaba así su nombre. Mis palabras hicieron su efecto—. Todo este tiempo lo hemos tenido delante.

—Si querías un mapa de la ciudad, sólo tenías que pedirlo.

—No es un mapa cualquiera, ¿no lo ves? —Dije señalando la inscripción que databa del siglo anterior—. He visto este mapa antes, aunque no logro recordar dónde.

—¿Qué se supone que hay en él? —Preguntó curiosa, dejando atrás mi travesura.

Saqué la fotocopia de la quiniela que Sempere me había entregado. Era del mismo tamaño que la original, por lo que tendría que encajar sobre el mapa.

—El asesino nos dejó una pista clara —expliqué—. Desde el primer momento, Sempere formaba parte de su plan. El crimen de las quinielas no era más que otro acertijo para desafiar mi astucia. ¡Es un maldito examen! Si pongo esto encima, nos indicará dónde sucederá el próximo asesinato...

Agarré la quiniela y la puse sobre el mapa.

La equis marcaba el palmeral del Hort del Monjo, un parque céntrico con una gran extensión de palmeras, que no se encontraba muy lejos del Centro de Congresos.

La agente Beltrán se echó la mano a los labios. Ella tampoco se creía que lo hubiésemos encontrado.

—Tengo que avisar a Casteller —dijo alarmada—. La guerra de carretillas se celebra allí, tras los fuegos artificiales. El dispositivo policial será alto, pero la posibilidad de cometer una masacre todavía más.

—¡Espera! —Dije agarrándola del brazo y tirándola hacia mí, antes de que saliera por la puerta. Nuestros ojos se encontraron de nuevo y sus labios tenían un efecto magnético sobre los míos—. No tan rápido, no puedes hacer eso…

—Gabriel —respondió—, la vida de mucha gente está en peligro.

—Creo que nos está poniendo a prueba, de nuevo.

—¿Por qué iba a hacerlo?

—Precisamente, por eso… —dije—, porque nadie se atrevería a matar a otra persona en un lugar así, lleno de policía y prensa. Sería un suicidio… No puede ser tan obvio.

—Creo que sé dónde viste ese mapa —dijo ella—. Yo también lo he visto antes, en la biblioteca.

—El archivero…

—Así es —dijo la agente—. ¿Crees que puede ser el autor?

—Dudo por completo que sea Sempere —contesté. Tenía sentido: primero ese hijo de zapatero. Después Fernando Sempere y el siguiente era Antonio Boix, el vejete gordinflón que había regentado la comida—. Tiene todas las papeletas. Es envidioso, guarda rencor a toda esta gente y conoce la historia de esta ciudad… ¡Maldita sea! ¡He estado tan cerca de él!

—¡Tranquilízate! —Me dijo agarrándome por los hombros. La tensión se volvió más férrea. Estuve a punto de besarla—. Todavía tenemos tiempo para reaccionar.

Recurrí a la nota que había dejado tras el asalto al abogado y la volví a leer en voz alta.

Tomad vos, Juan, la palma preciosa
y llevadla delante del cuerpo glorificado
pues así lo dijo la Virgen gloriosa
antes que a los cielos hubiera subido.[5]

—¿A qué hora se lanza la Palmera de la Virgen?
—A las doce en punto —dijo ella—. Es el momento en el que todas las luces de la ciudad se apagan. Se corta la electricidad de casi todos los edificios y, desde lo alto de la basílica, se lanza la palmera más grande que lleva a la Virgen al cielo.
—¿Cómo la encienden?
—Antes se hacía de forma manual —dijo ella—, pero hubo un accidente fatídico hace unos años. Ahora, alguien pulsa un botón y activa el sistema eléctrico.
—¿De cuánto tiempo hablamos?
—No estoy segura —respondió—. Varios minutos, más o menos...
—Demonios...
—¿Crees que actuará en ese intervalo?
—¡Por supuesto que lo hará! —Bramé impotente—. Es el momento perfecto, maldita sea...
—Pero las terrazas son demasiado peligrosas para hacerlo sin ser visto.
—No le hace falta, conoce el camino... Sólo existe una terraza donde nadie lo podrá ver —contesté nervioso—, y tendrá el tiempo suficiente para escapar airoso.

---

5   Preneu vós, Joan, la palma preciosa e portau-la davant lo cos glorificat car així ho dix la Verge gloriosa ans que als cels se n'hagués pujat.

El reloj marcaba las ocho menos cuarto de la tarde. La agente Beltrán contemplaba dubitativa el mapa de la ciudad. Después caminó hacia la ventana del despacho.

—Tengo que llamar a la comisaría.

—¿Estás loca? —Dije. Lo arruinarían todo. Tenía que convencerla de que no lo hiciera—. Sólo generarán más caos. Olvídate, Sol. Cuanto menos sepa Casteller, más fácil será para nosotros atrapar a ese hombre...

Ella guardó silencio. Escuché su respiración a escasos metros de mí. De un modo accidental, había activado algunos recuerdos del pasado.

—No, Gabriel... —dijo—. Eso ya ocurrió una vez. No quiero que vuelva a suceder.

—¿De qué estás hablando?

—Mi padre. También fue policía —explicó—. Su obsesión terminó con él.

La agente se estaba introduciendo en un estado de trance que la llevaba al sollozo. Me acerqué a ella y toqué su hombro. Nuestros cuerpos se rozaron. Sentí su trasero en la parte baja de mi cintura, el perfume fresco que desprendía su ropa. Era como sentirse en casa, protegido. Deseé abrazarla por detrás, pero me resistí.

—Puedes contármelo, si quieres.

—No —dijo con la vista perdida en la calle—. Mejor será que nos larguemos. Puede entrar alguien en cualquier momento y ninguno de los dos debería estar aquí.

—Entiendo, tienes razón —dije y aparté la mano. Volví a mirar el reloj. Habían transcurrido apenas unos minutos—. Tal vez debiéramos ponernos en marcha.

La agente regresó al mapa y a la quiniela.

—¿Estás seguro de que es él? —Preguntó. No confiaba en mi hipótesis—. Es una acusación muy grave. No podemos vacilar con esto.

—Tiene sentido, ¿no? —Respondí—. Primero, el mensaje

de la biblioteca. Después, el asesinato de la parroquia. Además, él fue el único que nos vio, a mí y a Sempere, juntos en la biblioteca. El único que nos contó con detalle lo sucedido con aquellos hombres que terminaron matando al banquero... Él es quien conoce los secretos de esta ciudad. Y su vida... Bueno... Digamos que tiene los ingredientes suficientes para cometer algo así.

—Todo conecta, tu hipótesis tiene sentido... —dijo ella—. Y sin embargo, hay todavía algo que no me encaja.

—Es un asesino... ¿Qué quieres que encaje?

—Te olvidas de muchos otros detalles, Gabriel —respondió la agente incrédula—. ¿Y si no actúa solo?

—Podríamos estar hablando de ello todo el día, pero no disponemos de tanto tiempo —expliqué—. Sin embargo, se me ocurre algo que nos puede ayudar.

—Tú dirás...

—Tenemos que ir al hospital e intentar hablar con Fernando Sempere —dije—. Él es la única persona que lo vio. Saldremos de dudas.

—Eso que pides es imposible.

—No hay nada imposible —dije desafiante—. Estoy seguro de que puedes llegar a un trato con tus compañeros de trabajo.

—Ni siquiera sabemos si está consciente, Gabriel.

—¡Deja de poner malditas excusas! —Exclamé—. Quien no arriesga, no gana. ¿No lo entiendes? Una sola palabra bastará, Soledad.

—Maldita sea, voy a perder el puesto por ti.

—No fastidies, anda —dije con una sonrisa. Parecía haber accedido a mis súplicas–. Esto es lo mejor que te ha pasado en mucho tiempo.

11

El dispositivo policial aumentaba a medida que la medianoche se acercaba a su fin. La pólvora significaba tradición. Entre tanto bullicio, los niños se divertían lanzando petardos y fuentes de colores. Horas más tarde, los valientes se prepararían para pasar una noche de fuego y truenos en una guerra campal en la que, cada año, salían heridos decenas de participantes. Sin embargo, la mayoría de ellos se mentalizaba durante doce meses para ese momento.

Fuimos hasta el aparcamiento en el que se encontraba mi coche y salimos de allí a ritmo sosegado para evitar encender las alarmas de los agentes. Soledad se rio al ver mi deportivo. Para ella, encajaba con el personaje que representaba.

—No sé por qué, no me sorprende que lleves un deportivo antiguo…

—A mí tampoco —dije con descaro—. ¿En cuántos como éste te has subido?

Aquello le hizo todavía más gracia. Las mujeres disfrutaban las gotas de arrogancia que regalaba sin exceso.

Por la radio sonaba un disco de Led Zeppelin.

La agente subió el volumen.

—Algo bueno debías de tener.

—Gusto musical, dices.

—No —respondió—. Un bonito coche.

Soledad Beltrán tenía un sentido del humor áspero y oscuro comparable al mío, y eso me gustaba. Detrás de la apariencia seria de agente policial que todos sostenían, existía una chica hecha mujer, de aspecto juvenil aunque recatado. A diferencia de otras doncellas, su feminidad no sólo yacía en su belleza y su feminidad. No usaba maquillaje desmesurado, ni tampoco parecía preocuparse demasiado por las tendencias textiles. Soledad tenía un cuerpo definido y trabajado, propio de alguien que practica deporte a diario. Por otro lado, había algo en su caminar, en la manera de expresarse, que denotaba cierta autoridad. Era como si sintiera una lucha constante contra un muro de piedra en el silencio. Esa ambigüedad la hacía especial. Puede que fuese la razón por la que Rojo me advirtió de que no me enamorara ella. Yo era un especialista en romances imposibles, mujeres fatales y chicas con personalidades atípicas. La sociedad era lo suficientemente variada como para tener una vida monótona y cómoda con otra persona y yo, un ente descontrolado, una víctima de los cambios que sufría una fuerte adicción a éstos.

Salí en dirección al barrio de Altabix y fuimos hasta la clínica privada Ciudad Jardín que se encontraba en el polígono industrial de las afueras. El sol del atardecer se escondía entre las palmeras que quedaban al fondo y bajo un cielo azul que iba tomando un tono más oscuro. Era bello de observar, algo a lo que nos acostumbrábamos sin esfuerzo y olvidábamos que existía.

Al aparcar el coche, observamos a varios policías alrededor de la entrada principal que hacían guardia. Casteller parecía haber encendido todas las alarmas.

—¿Podrás con ellos? —Pregunté desde el asiento del coche. Eran tres y Soledad debía persuadirlos—. Tienes que estar segura de esto. De lo contrario, te cazarán.

—Tranquilo —respondió—. Sé cómo lidiar con los hombres. Es más sencillo de lo que parece.

—Te esperaré en el interior —dije y esperé a que saliera del vehículo. La agente Beltrán se había dejado llevar por el serpenteante y peligroso juego de Gabriel Caballero, pero estaba haciendo lo correcto, estaba a punto de salvar la vida de un inocente.

Encendí un cigarrillo y caminé alrededor del aparcamiento mientras ella hablaba con los compañeros, que parecían encontrarse cómodos con su presencia. Me pregunté por las armas de seducción que aplicaría, si realmente era tan fácil como había dicho y de ser así, qué simples éramos los hombres. Porque eso era lo que estaba usando, seducción. Tendemos a relacionar la seducción con términos sexuales, y así es, puesto que el sexo y la seducción se encuentra en todo lo que hacemos, como algo intrínseco en nuestra condición humana y reproductiva. Sin embargo, para mí, la seducción también era un juego de ingenio, un modo de embaucar a la otra persona, de hacerle ver lo que realmente deseaba creer. Los seductores se encontraban por todas partes, en cualquier oficio y, por norma general, tenían más éxito en sus ámbitos que quienes carecían de esta destreza. No obstante, no todo era virtud. La debilidad más grande de quien seducía era creer que no existía nadie capaz de seducirle. El cazador cazado. Y cuando esto ocurría, la persona caía en un abismo de inseguridad y fracaso. Pobre de mí. Yo mismo había caído en mi propio vórtice emocional con Eme. Un episodio del que tardaría un tiempo en recuperarme.

Di varias caladas hasta que apagué el cigarro a escasos metros de la entrada de la clínica. Los cohetes se escuchaban a lo lejos y algunos de ellos comenzaban a pintar el cielo oscuro de colores. En la entrada del edificio se encontraban varias personas que fumaban, hablaban o simplemente deambulaban en silencio. Caminé hasta la recepción, una entrada de color blanco celestial en la que una chica de pelo corto y gafas de pasta se sentaba tras un mostrador. Ella levantó la vista y nuestras miradas se cruzaron. Traté de disimular mirando los cuadros anodinos que había en las paredes, preguntándome quién demonios se habría encargado de decorar aquel lugar. Mi presencia no pasó desapercibida para ella.

—¿Puedo ayudarle? —Preguntó la chica a varios metros. Primero disimulé, como si no fuera el asunto conmigo,

pero ella insistió—. ¿Señor? ¿Puedo ayudarle?
Me di la vuelta, pues era el único que se encontraba allí y no tenía sentido fingir ser tan despistado.
—Oh, no, gracias...
—¿Es familiar?
—No.
—¿Amigo? —Preguntó—. Las visitas han terminado ya.
—Estoy esperando a una persona.
—¿A estas horas?
—Sí.
—¿Tenía cita?
De pronto entró la agente Beltrán por la puerta junto a uno de sus hombres. Por el rabillo del ojo, me indicó que desapareciera y así hice. Anduve hasta la entrada de los cuartos de baño distanciándome lo suficiente para que no me viesen pero también para escuchar dónde se alojaba el abogado.
—Esta es la agente Beltrán —dijo uno de los policías—. Necesita visitar al señor Sempere unos minutos.
—Pero no puedo hacer eso... —dijo la recepcionista preocupada—. El régimen de visitas ha terminado. Tendrá que esperar hasta mañana.
—Señorita... —dijo el policía. Era más alto que yo y mucho más corpulento—. Se trata de un asunto de máxima alerta. Supongo que están informados de por qué nos encontramos aquí. ¿O se lo tengo que recordar?
La chica suspiró y buscó a regañadientes la habitación de Fernando Sempere.
—Gracias —añadió la agente Beltrán—. Le agradezco su colaboración. Serán unos segundos.
—El señor Sempere se encuentra en la segunda planta —dijo—. Continúa débil y recupera la consciencia en ocasiones. Sigue en observación, así que, por favor, no alteren su estado.
—No se preocupe, no haremos nada que perjudique su salud —dijo el policía—. Gracias.
Los dos agentes caminaron hasta el ascensor. Aquel tipo

no parecía tener intenciones de dejar a Soledad a solas. Sacaba pecho al moverse y zarandeaba los brazos como si fuera un llanero solitario por el oeste americano. Subí por las escaleras hasta la segunda planta y llegué antes que ellos. Entonces el ascensor se abrió. Reconozco que sentí algunos celos por la forma en la que él miraba a la agente y cómo ella se reía de sus comentarios. Debía centrarme, lo que dijera Sempere era crucial para nuestra investigación. Los dos policías caminaron hasta la puerta del paciente. Los familiares se habían marchado y no quedaba más que una enfermera que pululaba controlando que todo estuviera en orden. Después los agentes hablaron con ella y la mujer no tuvo más remedio que asentir con la mirada. Me fascinaba y admiraba la labor del personal que trabajaba en los hospitales, cómo se involucraban con la salud de los pacientes y hasta qué punto eran capaces de luchar por ellos. Los hospitales eran un doble rasero de fe y esperanza por la raza humana. La agente Beltrán cruzó la puerta de una habitación y, tras ella, el otro policía. Los minutos se hicieron eternos observando el espectáculo de fuegos artificiales por la ventana de los cuartos de baño. Minutos más tarde, los dos policías salieron de allí con un murmullo que no fui capaz de descifrar.
Me pregunté si la agente me contaría la verdad.
De ser así, si lo haría con detalles.
Desconfiaba de ella, pero había llegado demasiado lejos como para apostarlo todo a una carta.
La idea de entrar en la habitación de Sempere pasó por mi cabeza. No debía hacerlo, pero tampoco manejaba otra opción. Cuando los agentes entraron en el ascensor, caminé hasta la puerta blanca y abrí con sigilo. Allí se encontraba el abogado con la cabeza vendada, en una habitación pulcra y desinfectada, conectado a un tubo que le permitía respirar y a una bolsa de suero que le alimentaba. Al escuchar el chasquido de la puerta, Sempere abrió el ojo izquierdo.
—¿Qué hay, compañero? —Susurré en la oscuridad.

Comprobé que el ritmo cardíaco no se agitara. Después le agarré la mano y él apretó con fuerza. Estaba vivo y eso me reconfortó. Pronto se recuperaría—. Me alegro de verte...
El asintió con un movimiento ligero de cabeza y sonrió.
—Tranquilo, debes guardar las energías que te quedan... —proseguí—. Tengo muy poco tiempo... Creo que he dado con quien te hizo esto, pero necesito que me des tu confirmación.
El abogado se encontraba muy débil. Movió la cabeza hacia arriba de forma que no supe qué significaba. Después entendí que deseaba que levantara la mascarilla de oxígeno. Cuando lo hice, puso todo su empeño.
—Biblioteca... —susurró—. Biblioteca...
Y volví a colocar la mascarilla en su sitio.
—¿Biblioteca? —Pregunté—. ¿Qué significa eso?
Pero Sempere no respondía. Miré de nuevo a la máquina, todo seguía en orden.
—¡Fernando! —Levanté la voz—. ¡Oye!
Estaba durmiendo, agotado por el esfuerzo. Una palabra, una señal. Eso era todo lo que el letrado tenía para mí y debía descifrarlo, aunque era obvio que la palabra biblioteca sólo podía hacer referencia a una persona: el archivero.
Salí de allí como un coyote y regresé a la entrada principal. La agente Beltrán continuaba hablando con el hercúleo policía. Cuando advirtió mi presencia, detuvo su conversación.
—¿Dónde te encontrabas? —cuestionó preocupada—. Espero que no hayas hecho ninguna de las tuyas...
—Tenemos que irnos, no tenemos tiempo —dije.
—¿No nos presentas, Beltrán? —Preguntó el agente. Las palabras cayeron como un aguacero—. No sabía que tenías pareja.
El tono jocoso del gendarme no hizo más que inflarme como un pez globo.
—No... Es un amigo —explicó—. Gabriel, te presento al

agente Irles.

—Encantado —dije estirando el brazo y ese tipo me trituró la mano—. Soledad, tenemos que irnos.

—Un momento... —dijo intrigado—. Tu cara me suena, ¿puede ser? Yo te he visto en alguna parte.

El agente Irles me miró con la cara de mentecato que ponen todos aquellos que se creen capaces de robarle la novia alguien. El muy torpe no sabía con quién se había topado y di por seguro que me confundiría con alguien. No parecía el tipo de persona que leía algo que no fuese la revista *Men's Health*.

—Soy actor —dije. Fue lo primero que se me ocurrió—. Bueno, más bien he aparecido de secundario en algunas series. Tal vez sea eso.

El policía se quedó pensativo, pero su propia ignorancia hizo que me diera la razón.

—Vaya, un actor, pues sí que tiene que ser eso, que yo veo muchas series.

Sonreí. Jaque mate.

—Nos tenemos que marchar, Irles —dijo ella—. Nos vemos en el trabajo.

—A mandar.

Una vez se hubo despedido, caminamos en silencio hasta el coche. Después, la agente Beltrán explotó.

—¿Un actor? —Cuestionó ofendida—. ¿Eres bobo?

—Eso lo dejamos para tu compañero —respondí mientras sacaba el coche de allí—, que ha sido incapaz de reconocerme.

—Espero que tengas una buena razón para haber desaparecido.

—Soy una persona humana... —expliqué—. Tenía que hacer mis necesidades... ¿Qué te ha dicho Sempere?

La agente guardó silencio.

—Estaba inconsciente —contestó—. Balbuceó algo, pero no pude entender lo que decía. Pobre hombre, parecía tan frágil...

—¿Por qué me mientes?

—No te miento, Gabriel —dijo confundida—. ¿Por qué habría de hacerlo?
—Porque eres una poli.
—¡Vete a la mierda! ¿Quieres? —Exclamó en el interior del coche—. ¿De qué vas, tío?
Puede que tuviera razón. Puede que no. En cualquier caso, no la creía.
La noche se estaba cerrando. Puse las luces de emergencia y me detuve en el arcén que había a mi derecha, junto a la entrada de una vieja destilería de coñac.
—Escucha —ordené—. Si estás conmigo, vamos hasta el final con esto. No me gustan las medias tintas, de hecho, me ponen de muy mala leche... Necesitamos confiar mutuamente, de lo contrario, ahí te quedas y yo me largo. Fin de la historia.
—¿Te has vuelto loco? —Preguntó ella—. ¿Qué te crees que he estado haciendo hasta ahora?
—Entonces no quiero ver a ese agente más —dije—. No, a mi alrededor.
Se hizo un silencio. No pasaban coches y se pudo escuchar la infinidad del universo hasta que la agente Beltrán rompió a reír.
—Estás celoso —dijo—. Es eso.
Tenía razón, lo estaba, un poco.
—¿A qué viene esa chorrada ahora?
La tensión se relajó y sonreí.
—Todos los hombres sois iguales —contestó todavía riéndose—. Todo esto, por unos celos. Predecible.
Arranqué el coche y seguimos hasta la ciudad.
—Me preocupo por la investigación —dije mirando al frente—. Eso es todo... ¿Qué te ha dicho tu amigo?
Ella me miró y, aunque yo tenía la vista puesta al frente, pude percibir por el rabillo de mi ojo cómo lo hacía con cierta ternura.
—Casteller quiere zanjar el asunto hoy —explicó—. De una forma u otra, no puede pasar ni un día más. La noticia ha llegado a los diarios nacionales.

—Habrá sido cosa de Membrillos.
—Esa…
—No soy el único que está celoso.
—No te equivoques —dijo—. Nunca me ha gustado esa mujer.
—¿Saben algo del mapa?
—Están más desorientados que nosotros… —respondió—. Por eso la ciudad hoy será un campo de caza.
—Eso no hará más que dificultarlo todo…
—¿Y qué has encontrado, Gabriel? —Preguntó—. ¿Qué te ha dicho tu amigo?
—¿Cómo? —Dije sorprendido—. Ya te he dicho que he ido al baño…
—No soy tan ingenua. Sé a qué fuiste.
—Confianza mutua —respondí y di un pequeño golpe al volante con los dedos—. Está bien, está bien… Sempere no me dijo gran cosa, pero me dijo algo más que a ti.
—¿El qué?
—Biblioteca —contesté—. Eso fue todo lo que murmuró cuando le conté que creía haber dado con el autor de todo esto.
—¿Biblioteca? ¿Nada más?
—Es obvio, ¿no? —Insistí—. Biblioteca, archivero. Después se durmió. Parecía bastante débil.
—¿Dijo archivero?
—No. Eso lo he dicho yo.
—Madre mía…
—Hay que frenar la Palmera de la Virgen.
—No, no es posible, Gabriel —dijo la chica—. La ciudad se ha preparado todo el año para esto. Los invitados del alcalde se marcharán decepcionados. Todo el dinero invertido en pirotecnia y espectáculo será derrochado. Un hazmerreír para la ciudad… ¿No lo entiendes? Debe existir una alternativa, otra forma…
—Pues tú dirás —dije. En el cielo oscuro se podían ver los cohetes que muchos lanzaban desde las terrazas de sus edificios—. Pero hay que subir ahí arriba y detener a ese

canalla.
—El cerco policial es demasiado fuerte este año —dijo ella—. Por mucho que te ayude, no llegaremos muy lejos.
—Sólo se me ocurre una cosa —dije, abandoné una rotonda y tomé rumbo a la comisaría—. Hablaremos personalmente con el comisario Casteller.

A las diez y media de la noche, la agente Beltrán y yo nos encontrábamos en la comisaría de Elche, a la espera de que el comisario Casteller se reuniera con nosotros y dispuestos a contarle lo sucedido. El aire viciado del edificio y el calor de la calle dificultaba la respiración. Estaba nervioso, todos lo estábamos y no había más que contemplar los rostros de preocupación del resto de policías que circulaban por allí. Habíamos interrumpido la noche del comisario y eso no le había hecho gracia alguna. Media hora más tarde, Casteller aparecía escoltado de dos hombres en las instalaciones. Nos pusimos de pie y la agente me presentó ante el alto cargo.
—Espero que tengan una razón de peso —dijo Casteller. Era tal y como Rojo lo había descrito: bigote, gafas sin montura, cabello teñido de color caoba y cuello de botella. El comisario iba vestido de uniforme y todas sus medallas imponían respeto.
—Señor comisario, este es Gabriel Caballero —dijo la agente y estrechamos la mano. El comisario me hundió la mirada en silencio—. Es el periodista que está investigando el caso.
—Le conozco —dijo interrumpiendo a la gendarme hasta el punto de ignorarla—. Le he visto en televisión, en esos programas de tertulianos. Creo que mi mujer me regaló uno de sus libros por Navidad.
—El placer es mío —respondí manteniendo mi posición.
—Vayamos a mi despacho —ordenó y seguimos a la eminencia hasta una oficina con un cuadro del monarca español y una bandera rojigualda sobre el escritorio. Tomamos asiento y el lo hizo en un sillón de piel. Las gotas de sudor se deslizaban por su frente—. ¿Y bien? ¿Qué tenéis?
La agente Beltrán me miró. Mantuve la boca cerrada y la dejé al mando. Era su jefe, su territorio y sus normas. No

teníamos tiempo para interrupciones innecesarias. La chica puso el mapa sobre la mesa y la fotocopia de la quiniela que Sempere me había entregado. El comisario abrió los ojos, sorprendido por las pruebas que habíamos presentado.

—¿Qué cojones es esto? —Preguntó enfadado—. ¿Pruebas?

—El mapa es propiedad de Sempere, el abogado —dijo la subordinada—. La fotocopia de la quiniela es una aportación del señor Caballero.

Casteller se tragó la bilis y prefirió seguir atento.

—Dejaré las preguntas para el final —dijo levantando el bigote—. ¿Qué se supone que indica el mapa?

—Se trata de un acertijo —intervine—. El autor está reproduciendo alguno de los crímenes más sonados de esta ciudad. Primero fue el de la parroquia de El Salvador, que sucedió en el siglo XIX. Después, intentó reproducir el crimen de las quinielas, golpeando con el yunque de zapatero a Sempere, pero alguien le sorprendió.

—¿Entonces? ¿Cuál es el próximo?

—El paralelismo con el *Misteri* es más que obvio... —respondí—. Cada extracto, indica una escena de la obra. Nuestro asesino completará su trabajo cuando termine la Festa aunque, pensándolo bien, me pregunto si se cobrará dos víctimas más.

—Para convertirse en asesino en serie —dijo el comisario.

—En efecto —afirmé—. Todas sus víctimas están relacionadas con familias adineradas.

El comisario miró el reloj. Eran las once. Las primeras baterías de truenos explotaban en el cielo. El espectáculo había comenzado. Durante cuarenta y cinco minutos, la ciudad ardería de color.

—Tenemos menos de una hora —dijo Casteller—. Dígame qué sugiere.

—No estoy del todo seguro —contesté—, pero creo que, en su última nota, el autor hace referencia a la Palmera de la Virgen.

—Caballero cree que aprovechará el momento del apagón eléctrico para cobrarse otra víctima, en este caso, Antonio Boix.

—La madre del cordero… —murmuró el comisario ansioso—. ¿Está usted seguro de esto? Mire, que nos jugamos demasiado.

—En el poco tiempo que llevo aquí —expliqué—, sólo he conocido a dos personas que poseyeran este mapa. Una era Sempere, y la otra lo guardaba en el archivo de la Biblioteca Municipal Pedro Ibarra.

—El archivero, don Miguel Fenoll —dijo Beltrán.

—No sé de quién me habla, pero… ¿Qué cojones pinta un archivero en lo alto de la torre?

—Es sólo una teoría —dije—. Quizá, alguno de sus hombres pueda ir a comprobarlo. Todavía tenemos tiempo.

El comisario sopesó mi explicación y se acarició el bigote. Soledad se mostraba tensa y ansiosa, casi tanto como yo. Por el contrario, observé cómo el comisario Casteller daba pequeños saltos de alegría en su interior. No le importaba demasiado que estuviera en lo cierto. Tenía un argumento sólido y necesitaba una cabeza, fuese o no culpable de este asunto.

—Gracias por su colaboración, señor Caballero —dijo y me ofreció la mano—. A partir de ahora, este asunto queda en manos de la Policía Nacional.

—Le sugiero que tome las precauciones necesarias antes de cometer un error, señor Comisario —rogué—. Sería aconsejable que sus hombres reconocieran el rostro de ese hombre.

—Ya le he dado las gracias —insistió—. Ahora, dedíquese a sus asuntos y disfrute de la velada. Esta noche es mágica y la ciudad sorprende con un castillo de fuegos artificiales que no verá en otro lugar del país… o del globo.

El comisario nos invitó a salir de la sala.

—Cualquier cosa que necesite, señor Comisario —dijo la agente.

—Sí —nos dijo en la puerta. Su semblante había cambiado y su voz cobraba un tono hostil—. En especial a usted, señor Caballero... Manténgase al margen de este tema. Acabo de recordar por qué me sonaba tanto su cara.
—¿Y cuál era la causa?
El comisario soltó un gruñido con aires de mofa y caminó hacia otro departamento.
—Dele saludos de mi parte al oficial Rojo... ¡Ja!
El hombre desapareció tras un pasillo con varios de sus hombres.
Solos en la entrada principal de la comisaría, el reloj marcaba las once y media de la noche.
—Tengo un mal presentimiento de todo esto —murmuré—. Algo no encaja.
—¿Cómo puedes decir eso ahora, Gabriel? —Preguntó la agente preocupada—. Eres un insensato... ¡El cuerpo va a quedar en ridículo!
—Necesito que me lleves hasta el cordón policial, Sol —dije—. Soy el único que puede reconocer a ese tipo.

12

Sufríamos una noche bochornosa y llena de ruido. Olía a pólvora y las calles se encontraban desiertas. De vez en cuando, las cañas de los cohetes, que salían disparados desde los puentes y las terrazas, caían a nuestro alrededor. La ciudad estaba cercada por vallas metálicas y numerosas unidades de bomberos, policías y servicios de urgencia que controlaban el espectáculo pirotécnico. Dejamos el vehículo en un aparcamiento cercano al centro y caminamos hasta la plaza del Congreso Eucarístico, donde se encontraba la gran Basílica de Santa María, construida sobre una mezquita, sobresaliente y espléndida a pesar de la historia que cargaba sobre sus cimientos. Miré al cielo negro, plagado de nubes grises formadas por el humo de los proyectiles. Allí, en lo alto de la torre, encima de las campanas, se encontrarían nuestros hombres.
El control de seguridad era tan fuerte que me resultó imposible creer que lo fuésemos a lograr. Los agentes controlaban el perímetro deteniendo a los transeúntes que por allí pasaban y pidiéndoles la documentación. Junto a la entrada del edificio, un grupo de periodistas de la televisión nacional emitía en directo. Cuando un agente de la Policía Nacional se acercó a nosotros con aires de superioridad, la agente Beltrán mostró su placa.
—No podéis estar aquí —decía en alto bajo el ruido de los truenos—. Debéis retiraros. Órdenes de arriba.
—¡Necesito entregar un mensaje al comisario Casteller! —

Exclamé—. ¡Es urgente!
El policía me miró con desprecio y se dirigió a mi acompañante.
—Marchaos, no lo pongáis más difícil.
Soledad me agarró del brazo y tiró de mí.
Miré el reloj de nuevo. Sentí la culpa de la tragedia sobre mis músculos. Apenas quedaban unos minutos para el apagón eléctrico. Caminamos bajo el edificio de la Mutua Ilicitana y nos detuvimos frente al *Museo de la Festa*. Un grupo de diez agentes armados subió por las estrechas escaleras que llevaban a lo alto de la torre, donde se encontraba instalada la Palmera de la Virgen. Nos quedamos bajo la oscuridad viendo la escena desde la distancia.
No podíamos hacer nada. Casteller se encargaría de todo.
Expectante, sólo deseaba poner punto y final a ese culebrón de tonos sangrientos, regresar a casa y dejar un bonito recuerdo de aquel verano.
Nuestras manos se juntaron. Soledad me apretó los dedos. Estaba nerviosa por lo que fuera a suceder en los siguientes minutos.
Pude sentir la electricidad de su cuerpo pasar al mío. Existía algo entre los dos que aumentaba con fuerza. No sabía muy bien lo que era pero, a veces, no son necesarias las palabras para identificar un sentimiento.
Entonces los cohetes cesaron y las palmeras de colores dejaron de pintar el cielo. Todas las luces de la ciudad se apagaron y nos quedamos en la completa penumbra como dos seres abandonados a la suerte. La ciudad entera expectante, desde lo alto de los edificios, para ver el lanzamiento de la Palmera de la Virgen, la más grande y hermosa que iba a iluminar el cielo y sus rostros por unos segundos.
En cambio, algo sucedió. Se escuchó un murmullo flotando sobre nuestras cabezas.
—¡Alto! ¡Las manos arriba! ¡Donde se puedan ver! —Gritó alguien desde las alturas. En la superficie, un agente de

policía daba un aviso a los médicos del SAMUR.

—¡Tirad! ¡Tirad para arriba! —Exclamó y los médicos subieron corriendo por las escaleras.

Todo lo que sucedía era demasiado extraño.

La ciudad quedó congelada en un abismo por unos minutos. El pueblo abucheaba a la organización desde lo alto de los edificios.

De repente, alguien apretó el botón, una gran carga de fuegos artificiales salió disparada hacia el cielo y explotó al unísono diversificándose en cientos de cohetes de luz. La noche se hacía de día. El rostro de Soledad resultó más bello que nunca. Nuestras miradas resplandecientes se juntaron a causa de la emoción del momento y no pude evitar acariciar su rostro con mis manos. Nos besamos fundiéndonos en un apasionado encuentro. Empezó a sonar Aromas Ilicitanos. Los agentes de policía abandonaban la torre. Una figura de la Virgen brillaba en lo alto. Nuestros labios se desvanecieron con el regreso de la penumbra. Los médicos sacaron el cuerpo inconsciente de Antonio Boix y lo metieron en una ambulancia que salió disparada al hospital. Tras ellos, Rufián Miralles, el hombre de las ojeras infinitas, corría preocupado con el rostro empalidecido. Sin embargo, ninguno de los que allí estábamos vimos salir a don Miguel, el archivero municipal.

No fue una coincidencia que el cordón policial se desvaneciera al terminar la canción que sonaba desde lo alto de la iglesia. Decenas de policías se subieron a los vehículos y activaron las sirenas de emergencia. Una ambulancia salió tras ellos.
Soledad se separó de mí y caminó intranquila hacia sus compañeros.
—¡Espera! —Dije bajo el ruido de los petardos, pero me ignoró. La seguí varios metros hasta que llegué a la puerta de la basílica donde habían desaparecido los periodistas y sólo quedaban agentes del orden.
No logré escuchar qué decían, pero no fue necesario. Me había equivocado. Lo sentí en lo más profundo de mi ser. De nuevo, algo se me había escapado. Había malinterpretado las pistas. El teléfono de Soledad sonó en la distancia.
Segundos después, colgó y se dirigió a mí.
—Tengo que marcharme, Gabriel —dijo con voz apenada. El compañero esperaba a un metro de nosotros—. Vuelve al hotel, descansa. Regresa a Alicante. Lo mejor será que te mantengas al margen de todo, por favor.
—¿Qué ha sucedido? —Pregunté.
Soledad no podía romper las normas. En un descuido, cuando alguien explosionó un artefacto pirotécnico, ella me abrazó a modo de despedida y me susurró al oído.
—Don Miguel está muerto.
Después se separó, acompañó al otro agente, se subió en un coche patrulla y desapareció sin mirar atrás.

13

La prensa del catorce de agosto abría las portadas con el fatídico sucesos relacionado con la muerte de don Miguel.

EL ASESINO DEL MISTERI ACTÚA DE NUEVO

Don Miguel Fenoll, ilicitano de sesenta y cuatro años y emblemático archivero de la Biblioteca Municipal de Elche, murió acuchillado por un desconocido la pasada noche del trece de agosto en el parque del Hort del Monjo. Las autoridades han declarado que el ex-empleado público murió a las 12:04 horas, durante el apagón previo al lanzamiento de la Palmera de la Virgen que cierra la Nit de l'Albà ilicitana. El cuerpo fue encontrado minutos más tarde cuando uno de los participantes de la famosa guerra de carretillas avisó a la Policía Nacional de la presencia de un cadáver en el parque. Con éste son dos los asesinatos cometidos por el todavía desconocido criminal. Fernando Sempere, el abogado atacado dos noches antes, continúa ingresado en grave estado de salud.

La foto, firmada por Pacheco, mostraba una silueta de la desagradable figura de don Miguel sobre un charco de sangre. La ciudad se encontraba consternada por lo sucedido. Ese miserable me había tomado el pelo de nuevo, al hacerme creer que el archivero era el asesino. Sentado en el restaurante del hotel, di varios sorbos a un café que no terminaba de bajarme por el esófago. Me sentía ofendido, más que otra cosa. Era muy malo aceptando las derrotas y aquello había sido un gol en toda regla. Tras la muerte de don Miguel, el caso del asesino se convertía en una cuestión personal. Lo sentí por el comisario de pacotilla y sus secuaces. Me prometí a mí mismo que no pararía hasta dar con él, aunque me costara la vida. El comedor se encontraba vacío, a pesar de que el hotel tenía todas las habitaciones reservadas. Bebí agua y miré por la ventana. Esa mañana ya no me esperaba nadie. Ni siquiera Lara Membrillos llamaba a deshoras. La historia había ido demasiado lejos y pensaría que me quedaría grande. No me importaba un bledo. Cualquier reportero que viniera de Madrid o Barcelona tendría poco que hacer allí y, en lo que a mí concernía, no estaba por la labor de colaborar con nadie.

Dejé el desayuno y regresé a la habitación con el ánimo de darme una ducha y aclarar las ideas. Tenía que decidir cuál sería el siguiente paso. Esa misma tarde se representaría la primera parte del *Misteri* en el interior de la Basílica de Santa María. Por la noche, una vez fallecida la Virgen, los ilicitanos recorrerían las calles por las que pasaría el entierro, todos con un cirio en la mano. La noche de la *Roà* era conocida por el carácter religioso que ésta guardaba, donde muchos de los ciudadanos recordaban a sus fallecidos, pedían favores a la Virgen o daban gracias a la Virgen por las promesas cumplidas de los años anteriores. Una noche en la que toda la ciudad se volcaba y salía a la calle mezclando lo místico con lo profano, donde los bares tenían el permiso legal para sacar las bebidas de sus locales al exterior, donde las calles formaban una barra infinita que llegaba hasta el final del casco urbano. Sin duda, era la noche perfecta para cometer un crimen y pasar desapercibido entre tanta multitud desbocada. Entré en la habitación, me miré frente al espejo del baño y le recé a la Virgen todo lo que supe. Le pedí que me mantuviera vivo, despejado. Tan sólo quería algo de consuelo, un soplo de ánimo para que ese hijo de perra errara en su propósito. De pronto, escuché una ligera vibración. Era mi teléfono y en la pantalla aparecía un número desconocido procedente de una extensión telefónica.

—¿Sí?

—Gabriel Caballero... ¿Verdad?

Una voz masculina, gangosa y preocupada hablaba al otro lado. Era la primera vez que la escuchaba.

—Así es —dije—. ¿Quién llama?

—Mi nombre es Alejandro Salero... —dijo con desgana—. Soy el alcalde de Elche.

Al fin le ponía rostro. Me imaginé al tipo grandullón y entrado en carnes, con el escaso pelo que le quedaba, rizado a los lados y sudoroso, como siempre aparecía en las fotografías.

Su llamada no era el consuelo que había pedido.

—¿Cómo ha conseguido mi número?

—Eso no importa ahora, señor Caballero —respondió. Parecía ahogado, como si se quedara sin oxígeno—. Le llamo por una simple cuestión... No me queda otro remedio que pedirle que abandone su investigación inmediatamente.

—Un momento, un momento... —repliqué—. ¿Qué me está diciendo? Sólo hago mi trabajo.

—Su trabajo ya nos ha causado suficientes problemas —explicó—. Repito, inmediatamente.

—No puede obligarme a hacer eso —dije—. Estoy en mi derecho de...

—Y a marcharse de la ciudad, también —intervino antes de que terminara mi frase—. Me temo que le vamos a declarar persona ingrata en este municipio.

—Esto es absurdo —insistí—. No me pienso ir a ningún lado.

Entonces la conversación dio un brusco giro.

—¡Escúchame, imbécil! —Vociferó al otro lado—. ¡Harás lo que digo o te vas a enterar de lo que vale un peine! ¡Hombre!

La llamada se cortó y la sensación que ese hombre dejó en mí no fue, en absoluto, agradable. El ego de Caballero se encontraba inflamado y malherido. No sólo me había equivocado de culpable sino que me había convertido en persona ingrata. Era inaceptable.

Dudé en llamar al mismo número y decirle lo que pensaba de él y de sus empleados públicos pero, para cuando hubiese terminado la conversación, estaba seguro de que me esperaría uno de sus matones en la puerta de la habitación. Respiré hondo, abrí las ventanas y reflexioné buscando algo más inteligente. Soledad, ella era mi salida.

—Hola, Soledad —dije cuando escuché descolgar el teléfono.

—No es un buen momento —contestó con un tono neutro y poco amigable—. No llames a este número, no quiero que me contactes. Será mejor que vuelvas a casa. Haz lo que te digo.

Y la llamada se cortó de nuevo. Furioso, agarré el teléfono y lo lancé contra la cama. Aquello no quedaría así.

Alguien tocó a la puerta.

—¿Sí? —Pregunté antes de abrir.

—Recepción —dijo una voz joven masculina—. Por favor abra la puerta.

—Estoy desnudo.

—Señor Caballero, hemos intentado contactarle a través del teléfono, pero parece que lo tiene desconectado.

Era cierto. Lo había hecho.

Abrí la puerta y encontré a un treintañero vestido de traje. Su rostro expresaba decepción. Estaba a punto de hacer algo incómodo. Estaba a punto de echarme del hotel.

—¿Qué sucede? —Pregunté desconfiado—. Todavía no son las doce y le dije a la señorita que limpiara a partir de la una.

—Esa no es la razón por la que estoy aquí, señor Caballero —dijo el chico—. Desde la dirección, me han pedido que le invite a marcharse.

—¿A dónde? —Fingí sorprendido—. Tengo reserva hasta mañana por la noche. Ya dije que lo pagaría de mi bolsillo.

—No, no se trata del dinero… —explicó—. Es usted, su presencia. Está espantando a los huéspedes y da mala

imagen a nuestra firma. Le reembolsaremos el dinero restante, pero debe marcharse lo antes posible.
—¡Válgame Dios! ¿Vosotros también?
—Le pediré un taxi —dijo antes de retirarse—. Correrá a nuestra cuenta. Lo siento mucho.
El taxi me llevó hasta el mismo hotel en el que se había hospedado Lara Membrillos. Si me iba a quedar unos días más, mejor hacerlo con clase. Me vendría bien un cambio de aires. La recepcionista, que no parecía leer las noticias, me registró sin problemas y le pedí anonimato absoluto a cambio de una buena propina. Recogí el coche del aparcamiento y lo llevé hasta allí. El hotel Huerto del Cura, un lujoso espacio para turistas de clase alta, sería mi escondite perfecto. Ahora sólo tendría que ser precavido y evitar los lugares transitados por turistas y cizañeros.
Acomodado en el interior de mi habitación bungalow y con un vaso de Jack Daniel's en la mano, volví a conectar todos los puntos para encontrar qué me había pasado por alto.
Fernando Sempere y Miguel Fenoll quedaban descartados por razones más que obvias.
Antonio Boix había sufrido un infarto en lo alto de la torre.
Rufián Miralles se encontraba junto a él. Era su coartada.
De todos los posibles culpables, cada una de mis sospechas apuntaban a un nombre.
Matías Antón Cañete.
Resultaba de locos pensar así pero, ¿acaso no era el protagonista de esa historia un chalado?
Preguntarle y salir de dudas.
Saber cuan lejos estaba dispuesto a llevar su venganza personal.

Crucé el puente que se encontraba al lado del restaurante y caminé calle abajo hasta llegar a la iglesia. Nuevamente, me encontraba allí, en la biblioteca donde había visto vivo por última vez al archivero. A pesar de ser festivo, debido a lo sucedido, las puertas estaban abiertas. Cuando intenté alcanzar el pasillo que me llevaba al claustro, un guardia de seguridad me detuvo.
—Disculpe, ¿a dónde va? —Preguntó. Era el tipo grandullón que se quedaba durmiendo en la garita—. No puede pasar.
—Si he estado aquí ya antes. ¿No me reconoce?
—No puede pasar.
—Me dirijo al archivo.
Encontré un atisbo de duda en su mirada. Como en los juegos de apuestas, dudar era un síntoma de derrota.
—No puedo dejarle pasar.
—¿No sabe quién soy, verdad? —Pregunté. Su rostro se encogió. La incertidumbre le sobrepasaba. No quería meterse en problemas—. En unas horas se celebra el *Misteri* y hay un asesino suelto en la ciudad. Si no me deja entrar ahí, estará interfiriendo en una investigación oficial.
—Pero… —balbuceó sudoroso—. Me han dado órdenes de que no pase nadie.
—Vaya, les dije que llamaran… —contesté. Agarré el teléfono y se lo puse delante—. Llame, llame al comisario Casteller y pregúntele usted mismo.
Estuvo cerca. Podría haberme metido en otro lío.
Quien quiera peces que se moje el culo.
Por suerte, mi farsa fue tan creíble que no tuvo más remedio que dejarme entrar.
—Pero sea rápido, por favor.
—Serán unos minutos —dije—. De todos modos, no le diga a nadie que estoy aquí. Hay mucha prensa merodeando.

—Sí, señor —dijo—. Aquí tiene.

El guardia jurado me entregó la llave y caminé hasta la puerta del salón que llevaba al archivo. Un precinto de color rojo y blanco cruzaba la entrada de madera.

Al entrar, una extraña sensación recorrió mi cuerpo. Era un recuerdo demasiado vivo como para olvidarlo. El mapa de la ciudad de Elche seguía allí, donde siempre había estado. Recordé la broma del hombrecillo sobre el Santo Grial. Un montón de periódicos locales se acumulaban hasta el día de la muerte del archivero. Todo parecía en orden, tal y como lo había dejado don Miguel antes de cerrar su oficina por última vez. En un rincón encontré la caja que había sacado para mí. Supo que volvería y por eso no llegó a dejarla en su sitio. Caminé hasta ella y la abrí. Temí que el autor volviese a actuar. Desconocía si habría dejado algún mensaje junto a su víctima, aunque daba por supuesto que sí.

Me animé a empezar con los crímenes y la obra del *Misteri*. Esa misma tarde, se celebraba la muerte de la Virgen, y al día siguiente, la fiesta y subida a los cielos. Dos momentos sumamente importantes para que el asesino actuase de nuevo, pero… ¿Cuándo?

Saqué las notas y recortes de prensa que el archivero había sacado para mí. Estaban ordenados por fecha cronológica y llevaban una nota amarilla en la parte superior. Lamenté haber desconfiado de él. Don Miguel sólo trataba de ayudar, aunque fuese a regañadientes.

Entre los últimos recortes, se encontraba el asesinato de un jubilado con sordera que había sido acuchillado en el Hort del Monjo por negarse a entregar su cartera. Puede que él también estuviera descifrando el rompecabezas que nos había dejado el asesino.

No lo supe.

Es difícil deducir lo que una persona tiene en su cabeza, y más aún, cuando ya está muerta. Por el contrario, me pregunté cómo se me había pasado por alto un crimen tan reciente. Tuve la sospecha de que alguien había tratado de

entorpecer mi investigación. De haberlo sabido, no hubiese dudado dos veces de que ese cretino actuaría allí.
Antes de malhumorarme, dejé el artículo de prensa a un lado y concentré todas mis energías en dar con su próxima jugada.
En alguna parte de esa sala tenían que estar los registros de las personas que habían manipulado los documentos del archivo. Puede que aquello me brindara un soplo de esperanza. Comencé a rebuscar entre las cajas y los cajones hasta que di con un armario lleno de papeles y archivadores con documentos sellados. Durante diez minutos, no pude encontrar nada que no fueran facturas. Después, por un golpe de gracia y en un archivador de color amarillo, hallé el registro de las personas que habrían manipulado los documentos del archivo.
Cargué el fichero y lo llevé hasta la mesa.
Luego comencé a comprobar los registros uno por uno.
Encontré mi nombre, el de Fernando Sempere, don Miguel y después di con un elemento que me sobrecogió. Entre la visita de Fernando y mi registro, una persona había visitado el archivo en dos ocasiones. El sujeto firmaba como David Miralles Valero. El nombre me resultaba insultantemente familiar, aunque era la primera que lo leía en voz alta. Angustiado, no pude evitar la tentación de encenderme un cigarro allí dentro. Me ayudaba a pensar. Entre calada y calada y con la mente en forma de interrogante, me dirigí al montón de noticias que había sobre la mesa. Ninguna de ellas me decían nada. Guiado por la clarividencia, la mirada se desplazó hasta el montón de periódicos de días anteriores que había apilado bajo el mapa de la ciudad. El primero de todos mostraba una foto de la ciudad y señalaba el titular sobre el asalto a Sempere. Cañete había tomado la foto y la noticia estaba redactada por David Miralles. El pulso se me revolucionó como el motor de un Ferrari.
No podía ser una coincidencia, no a esas alturas.
Se había regodeado de mí, en mi propia cara.

Dejé el periódico a un lado y tomé otro ejemplar más viejo. En la portada, aparecía la foto de la iglesia de El Salvador y una instantánea del crimen firmada también por Pacheco.

La noticia había sido redactada por David Miralles.

Las manos me temblaban.

Saqué el teléfono de mi bolsillo y telefoneé a la agente Beltrán, pero saltó el contestador automático. Lo intenté varias veces hasta que abdiqué y dejé un mensaje de voz.

—Soledad, soy Gabriel —dije—. He encontrado algo relevante para la investigación, estoy en el archivo. Por favor, llámame en cuanto puedas. Es urgente.

14

David Miralles Valero. Diecinueve letras y ocho vocales. Un nombre desconocido que estaba a punto de saltar a las portadas de los tabloides. Un joven periodista cerca de convertirse en un asesino en serie. Me pregunté qué llevaría a un chico de su edad terminar así, de esa forma, con su vida y carrera. Me pregunté cuál sería la causa para que un ser humano acabase haciendo algo tan horroroso.
Tomé una foto del registro con el nombre y los apellidos del sujeto. Después busqué un programa de fiestas de la ciudad en los periódicos que había apilados. Agarré un papel y un bolígrafo. Escribí los crímenes y sus fechas y, a la derecha, los eventos ya pasados y los que todavía estaban por celebrarse. Luego saqué el teléfono y busqué en mi correo electrónico la copia del *Misteri* que Sempere me había enviado. Siguiendo los acontecimientos cronológicamente, el asesino tenía veinticuatro horas para actuar. No más. No, si estaba tras un plan. Visto a gran escala, su obra pretendía ensangrentar cada uno de los días festivos. Sin embargo, el desencuentro con Sempere le llevó a reestructurar su plan. Miré el reloj y eran las siete de la tarde, el tiempo había corrido demasiado rápido y las redacciones de los diarios se hallarían cerradas. Imaginé el centro de la ciudad y los alrededores de la basílica con un dispositivo policial mucho más fuerte que el de la noche anterior. Imaginé a Casteller y a sus verdugos buscando a alguien a quien tachar de culpable. Las altas celebridades se habían presentado para visitar la obra, que se celebraba mientras yo me encontraba allí.

Me maldije a mí mismo y lo hice con todas mis fuerzas. Después razoné que, si el autor de los crímenes era un periodista como yo, posiblemente me conocería. Cañete tenía razón y eso acotaba la rueda de sospechosos. El autor debía ser una persona relacionada, de algún modo, con ambos y dolida por el pasado. Comprendía que no siempre había sido justo con todos, pero jamás pensé que hubiera alguien lo suficientemente afligido como para meterme en una encrucijada así.

Probé a llamar a Cañete, a sabiendas de que se encontraría en el interior de la basílica. De nuevo, saltó el buzón de voz.

Volví a revisar cada una de las noticias de los diarios, con el fin de encontrar un dato que revelara una pista por la que dejarme llevar, pero no encontré nada nuevo. Regresé hasta la garita y vi de nuevo al guardia jurado que estaba a punto de quedarse dormido, como acostumbraba a hacer, sobre la silla giratoria.

—¿Ha terminado? —Preguntó incorporándose—. Es hora ya de irnos a casa, ¿no cree?

—Sólo unos minutos más... —dije—. Por casualidad, ¿no tendrá la prensa de hoy?

Con amabilidad, el hombre se agachó y sacó un diario arrugado.

—Aquí tiene —respondió. Lo agarré y regresé a la mesa del archivo.

En la portada, la noticia acerca del asesino del Misteri que había leído horas antes estaba firmada por él. Pasé las páginas y busqué, busqué con ansia un rastro, una pista de quién sería el próximo. Y finalmente tropecé con una señal.

UN DOCUMENTAL MANCHADO DE SANGRE

La dirección del Festival Internacional de Cine de Elche ha cancelado el documental protagonizado por Gabriel Caballero, escritor alicantino y colaborador de televisión, para analizar la historia negra de la ciudad y compararla con la ficción. Un proyecto que ha causado mucho revuelo debido a los sucesos acontecidos en la ciudad en los últimos días. Las instituciones públicas han declarado abiertamente que no habrá financiación futura para este proyecto.

La noticia estaba firmada por David Miralles.
Respiré hondo y borré todo aquello que habitaba en mi cabeza.
No necesitaba más evidencias, pues estaba en lo cierto.
Tenía al cazador y también a su presa.
El próximo era yo.

No estaba dispuesto a morir. Me negaba. El miedo a que alguien intentara acabar conmigo, me paralizó y me proporcionó fuerza. Una de las sensaciones más extrañas que jamás había experimentado. Vivimos soñando con un futuro que cambie el presente, arrastrados por lo que nos hizo el pasado. Sin embargo, los pilares de nuestros principios, la base que forma las ambiciones y los deseos, todo se viene abajo cuando nos enfrentamos a la idea de que vamos a morir algún día y no podremos hacer nada para detenerlo. La vida y la muerte. El fin de nuestra existencia. Entonces vivir se convierte en algo bello a la par que insignificante. Algo que ni siquiera nos pertenece, puesto que cualquier persona nos lo puede arrebatar.
Leer la noticia fue como repasar un obituario prematuro. Aquel cabronazo lo había hecho antes. Yo no sería una excepción. A esas alturas de la historia, lo más seguro era que conociera mis pasos, con quién me relacionaba, dónde me hospedaba y cuál era mi bebida favorita. Fue un duro revés, una patada directa a la boca del estómago, de esas que te dejan dolorido y sin habla durante días. Pero no estaba todo perdido. Encontrar la evidencia me dio esperanza, un halo de confianza que no había tenido hasta la fecha. La certidumbre de saber quién era, me hacía sentirme más cercano a él. Ahora sólo tendría que ponerle rostro, jugar en el mismo tablero hasta dar con su paradero. Tendría que empezar a pensar como él si quería ponerme a su altura, pero el tiempo corría, pronto llegaría el ocaso y me encontraba en una zona apenas transitada.
Guardé los registros y los recortes de prensa en una carpeta de papel y le entregué la llave al guardia jurado.
—¿Cuál es la forma más rápida de llegar al hotel Huerto del Cura? —Pregunté—. A pie, claro. A estas horas, dudo que pase por aquí un taxi… No he visto ni uno desde que estoy en esta ciudad.

El hombre se rascó el mentón.
—La forma más rápida, a pie... —dijo—. Tendrá que cruzar el barrio del Raval. Saldrá a la calle Ángel y de ahí hasta su hotel, no hay más de cinco minutos.
—¿No me perderé?
—No, por favor... —dijo con una sonrisa—. Camine por el puente y siga recto, suba la cuesta y verá como no tiene pérdida alguna.
Le devolví el periódico y agradecí sus indicaciones. El sol se ponía dejando un cielo rojizo propio del verano. Abandoné el viejo convento y me escabullí por una callejuela que me llevó hasta un puente. Las calles estaban desiertas, no se escuchaba nada y sólo encontré a varios transeúntes que paseaban a sus perros en las laderas del río Vinalopó.
Aceleré el paso, ansioso por llegar a la habitación y beberme una copa. Después encendí un cigarrillo y alcancé el otro extremo de la pasarela. Frente a mí, vislumbré la fachada de una casa que imitaba a los balcones cordobeses. Tres viviendas formaban un mosaico de formas y colores. No tenía tiempo ni ganas para detenerme a observar el paisaje. Al final del puente, no podía seguir recto. Aquel hombre me había indicado mal. Debía tomar una salida, derecha o izquierda y ambas no hacían más que rodear las casas y subir hacia arriba. Salí por la salida de mi derecha y entré en un pasillo de fachadas y casitas de planta baja que me recordaban a las calles de un poblado. Entonces, escuché el ruido de un zapato sobre la grava. Miré al pavimento, pero allí no había arenisca ni nada que pudiera hacer ruido. Una fuerte presión se apoderó de mi pecho. Caminé más rápido hasta una bocacalle que daba a una plaza pequeña que separaba el barrio de la ciudad. En ella se encontraba un reloj de sol a lo alto, varios arcos que hacían de entrada y una estatua de hierro de un zapatero con un yunque. Las pisadas se acrecentaron y observé la figura de un hombre que corría a lo lejos.
—¡Eh! —Bramé—. ¡Tú!

Eché a correr tras él y se perdió por otro callejón. Cuando seguí su rastro, aparecí en otra plaza con naranjos y fachadas antiguas. El final de la plaza llevaba, de nuevo, al río. Lo había perdido. Estaba seguro de que era él, mi verdugo. Pero un ligero ruido despertó mi atención y vi cómo se ocultaba tras un edificio. Salí disparado una vez más, seguí tras él con toda mi ansia. El rostro, eso era lo que quería ver, su rostro. Identificarlo, saber que estaba en lo cierto, que no me equivocaba. El hombre desapareció nuevamente y arribé a una calle de edificios y casitas que no sabía a dónde me llevaría. El sol se había puesto, las luces amarillentas de las farolas iluminaban y ensombrecían las calles y todo el mundo se encontraba cenando en los restaurantes del centro, velando por la Virgen o guardando reposo en sus casas. A lo lejos se podía escuchar el ruido de las bandas musicales que tocaban los himnos tradicionales.

—¡Mie-e-e-r-d-a-a! —Grité furioso a pleno pulmón, pero tampoco funcionó para llamar su atención.

Tomé una de las calles que parecía terminar en otra más grande y alejada del barrio.

Llegué a una tercera plaza, más amplia y renovada. Estaba harto y agotado. También se encontraba desierta. Caminé recto por un callejón de soportales cuando sentí la fuerza de una presencia extraña.

Me giré en posición de guardia, pero no vi nada. Entonces sentí un fuerte porrazo en la nuca y golpeé al aire. Un horrible dolor emergió en lo alto de mi cabeza y se amplió como una onda expansiva. Empecé a verlo todo borroso, como una lluvia de estrellas sobre mi retina. Vi su imagen, el rostro cubierto hasta la nariz con un pañuelo. Era él, me había encontrado y yo, moribundo, me desvanecía lentamente ante sus ojos como la última canción de un álbum de pop.

15

Un mal sueño. Eso es lo que había sido todo. Debía de estar sufriendo la peor de las resacas porque me ardía la cabeza. Una brisa me golpeaba la cara a ráfagas. Desconocía dónde me encontraba, cómo había llegado hasta allí. Estaba tumbado en un sofá de color gris y mis pies apoyados sobre una almohada. Con esfuerzo, abrí el ojo izquierdo y vi un ventilador en el techo. Apenas tenía energía para salir de allí. Por mucho que lo intentaba, no lograba recordar nada. Levanté el otro párpado y todo volvió a dar vueltas. Fue lastimoso. Me pregunté qué me estaba pasando, por qué me sentía así. Un olor dulzón procedía del otro lado de la puerta. Dentro de mi malestar, me sentí cómodo, como si estuviera en casa de un familiar cercano. Tenía que darme prisa, moverme, ponerme los zapatos y salir de allí. De repente, escuché unos pasos que se acercaban y mi estómago se encogió.
—Has despertado —dijo desde la puerta. Era Soledad, la agente Beltrán, vestida con los vaqueros negros rotos por las rodillas y una camiseta de Van Halen—. ¿Cómo te sientes?
—¿Tienes una pastilla? —Pregunté—. Algo que me quite este taladro craneal...
Me acerqué la mano a la parte inferior de la cabeza y toqué un montón de gasas.
—No te toques —ordenó—. Has recibido una fuerte sacudida.
No lo había soñado. Las imágenes comenzaron a revolotear por mi cabeza. El golpe. Me habían sorprendido

con un buen porrazo.

—Maldita sea… —dije. Pero algo no encajaba en ese escenario. No sabía qué diablos hacía en casa de la agente Beltrán. La última persona que me había visto era ese chico. Se me escapaban algunas piezas. ¿Trabajaban juntos? ¿Quería hacerme creer que había sido todo una farsa? La cabeza no me daba tregua y a cada pensamiento se sumaba una sacudida inaguantable. La agente Beltrán se retiró y fue al cuarto de baño a buscar lo que le había pedido. Levanté una pierna y después la otra. Con esfuerzo, me apoyé en la pared y di varios pasos al frente. Vi la puerta de la casa al final del pasillo. Era el pasillo más largo que había visto jamás. Tenía que largarme de allí, no estaba seguro de qué sucedía y sólo me hacía sentir más incómodo. Cuando había alcanzado la mitad del corredor, Soledad me descubrió. Giré el rostro y vi su silueta al contraluz.

—¿A dónde te crees que vas? —Preguntó con voz seria—. Será mejor que regreses al sofá, Gabriel.

—Tengo… que salir a la calle… —dije tembloroso—. Volveré en un minuto…

La chica dio dos zancadas y me alcanzó. Intenté resistirme pero fue inútil. Después me agarró por los hombros y me puso contra la pared. Su rostro estaba muy cerca del mío. Podía sentir su aliento mentolado, pero no quería besarla. Iba a hacerme daño. Apreté los dientes y los ojos.

—El golpe te ha dejado más idiota de lo que estabas —dijo con una sonrisa—. No voy a hacerte daño.

—Sé que colaboras con él —dije abatido—. Sé que soy el siguiente.

Sin respuesta, me sujetó del brazo y me ayudó a caminar hasta el sofá.

—Tómate esto —dijo ofreciéndome una infusión—. Te sentará bien.

Husmeé la taza. Olía a té verde.

—¿Le has echado arsénico?

—Todavía no, pero no me hagas cambiar de opinión.

—Está bien… —contesté y di un ligero trago. La caliente bebida entró como un analgésico. Después me tomé una aspirina que había sobre la mesa—. Si me muero, que sea en este sofá.

—No digas tonterías, Gabriel —dijo ella con tono maternal—. Todos los hombres sois unos lloricas. No te vas a morir.

—Entonces explícame cómo he llegado hasta aquí —dije desanimado—. ¿Dónde estoy?

—Estás en mi casa, Gabriel —explicó y se sentó a mi lado. Olía a rosas. Era agradable estar junto a ella. Me sentía débil y tenía ganas de besarla—. Te he encontrado hace unas horas en la calle, tirado en el suelo y con una herida en la cabeza… No es como lo había imaginado para una primera cita. ¿En qué lío te has metido?

—¿Cómo sabías dónde estaba? —Pregunté abrumado—. La calle se encontraba desierta…

—La comisaría parecía una caldera con lo que sucedió ayer, la visita de los políticos hoy… —dijo—. Cuando escuché tu mensaje, fui hasta la Biblioteca Municipal Pedro Ibarra, pero ya te habías marchado. El hombre de la entrada me dijo que habías tomado el barrio del Raval, así que te seguí el rastro con la intención de alcanzarte. Al llegar a la plaza, vi que alguien estaba siendo golpeado. Fui hacia el ruido, pero escuché como otra persona huía. Eras tú, te estaban agrediendo, Gabriel. Después, llamé a un compañero y te trajimos a casa.

Tenía sentido. Encajaba. De no haber sido por ella, estaría muerto.

—¿Le viste el rostro? —Pregunté—. ¿Viste cómo era?

—No, sólo sé que era un hombre —respondió—. Lo habría seguido, pero no podía dejarte allí.

—¿Por qué no llamaste a una ambulancia?

—¿Estás loco? —Preguntó sorprendida—. Todo el cuerpo se ha enterado de tu conversación con el alcalde… Cuantas menos personas sepan que sigues en la ciudad, mejor que mejor.

—Gracias... —dije y me acerqué a ella. La cabeza me dolía, pero eso no me frenó a besarla. Nuestros labios se juntaron y ella sostuvo el peso de mi cuerpo sujetándome los hombros. Después me despegué, con los ojos cerrados y una sonrisa infantil. Su rostro también sonreía y eso alivió toda la tensión que albergaba en mis músculos—. Gracias por salvarme la vida.
—No me las des, no ha sido para tanto —respondió con cierta vergüenza. Había sido el beso—. ¿Qué has encontrado, Gabriel?
Miré alrededor de la sala, pero no encontré ninguna carpeta de color amarillo.
—¿Dónde están los documentos que llevaba conmigo?
Soledad levantó los hombros.
—No tenías nada —respondió—. ¿Qué era?
—Un momento... —dije y toqué los bolsillos de mis pantalones—. ¿Dónde está mi teléfono móvil?
Ella miró alrededor.
—Te juro que no he tocado nada, Gabriel...
—¡Joder! —Exclamé y sentí un puñetazo en el cerebro—. ¡Uf! Qué dolor...
—Debes relajarte... —dijo—. La pastilla tardará un poco en hacer efecto.
—El nombre de ese tipo, lo había encontrado.
—¿No lo recuerdas?
Apreté la sien y sentí el napalm mental recorriendo mi corteza.
—No... no puedo... —lamenté—. Maldita sea, dime que tienes un periódico de los últimos días.
La agente Beltrán se levantó y buscó por el apartamento. Mientras tanto, hice un esfuerzo sufrido por recordar las iniciales de aquella persona, pero todo era inútil. El golpe me había dejado aturdido, hasta el extremo de no recordar algunos fragmentos de lo sucedido.
Vi una foto en un marco que se apoyaba junto a la televisión. Era la imagen de una chica adolescente morena en una playa. Supuse que era ella, de eso podía estar

seguro. Siempre había sido guapa, incluso de adolescente, pero no reconocía el lugar. No debía de ser muy lejos de la ciudad.

Minutos después, Soledad entró en la habitación con un diario. Al ver que contemplaba la fotografía, me acercó el marco a las manos.

—Es mi playa favorita, Playa Lisa —dijo ella—. Nada especial, pero mis padres me llevaban allí de pequeña... Cuando no sé dónde esconderme, voy allí.

Tumbado en el sofá y con los ojos casi cerrados, di un sorbo a la infusión y dejé la foto sobre el sofá.

—Busca alguna noticia relacionada con las muertes, el Misteri o el documental de Sempere —ordené sin aliento—. Su nombre tiene que aparecer ahí...

Soledad abrió el periódico sobre una mesa y comenzó a pasar las páginas.

De pronto, se escuchó un teléfono. Era el de ella. La chica miró a la pantalla con cara de preocupación.

—¿No lo vas a coger? —Pregunté irritado—. Ese timbre me va a derretir el cerebro...

Ella volteó el aparato.

—Gabriel, es tu número.

En efecto, la llamada se efectuaba desde mi número. Un crudo momento que rara vez experimentamos. Reconozco que me sentí como Whoopi Goldberg en *Ghost* atendiendo la llamada de un difunto.

—Cógelo tú —dijo la agente—. Estoy segura de que quiere hablar contigo.

—Yo no estoy en condiciones de entrevistarme con nadie.

Ella me entregó el aparato y no me opuse.

—¿Hola? —Dije. Yo nunca empezaba las conversaciones saludando. Era obvio que una persona humana estaba tras el aparato. Estaba tan nervioso y molesto que no supe qué decir—. ¿Hay alguien ahí?

Escuché un bullicio y una respiración. El asesino se encontraba en un espacio abierto. La respiración era profunda. Alguien hablaba al fondo con reverberación. Varios segundos después, oí a unos hombres cantar y percibí una ligera carcajada.

La llamada se cortó.

—¡Está en la basílica! —Exclamé y me eché, otra vez, las manos en la cabeza—. Demonios, tengo que dejar de hacer eso...

—¿Cómo lo sabes? ¿Qué te ha dicho?

—No me ha dicho nada —contesté—, pero se escuchaba a gente cantar, había eco y parecía un espacio amplio.

—¿Estás seguro?

—Como que él era el asesino.

La agente me miró preocupada.

—Dame el teléfono —ordenó y así hice. Soledad marcó el número y se puso el aparato al oído, pero esa vez nadie contestó. El dispositivo se encontraba apagado o fuera de cobertura—. ¡Será cabrón!

—A todo esto... —comenté—. ¿Dónde estamos?

—¿También amnesia? —Preguntó abrumada—. Ya te he dicho que estamos en mi apartamento.

—No, eso ya lo sé —dije—. En qué parte de la ciudad.
—En Reina Victoria, cerca del casco urbano —explicó—. Tengo que avisar a mis compañeros.
—No lo hagas... No servirá de mucho.
—Tómate la infusión, ¿quieres? —Dijo enfadada—. No nos ha ido muy bien siguiendo tus consejos.
La agente marcó un número y se puso en contacto con otro agente de la Policía Nacional. Después le explicó lo que había sucedido y le pidió que fuera discreto antes de crear una situación incómoda en la basílica. Si los asistentes sabían que el asesino se encontraba entre ellos, saldrían corriendo en estampida y eso no provocaría más que caos, terror e incidentes con un final desastroso. A toda costa, debían evitar encender las alarmas.
—Nos está provocando —dije desde el sofá. Tras la infusión y la píldora empecé a sentirme revitalizado—. Este tipo de actos son propios de alguien con aires de grandeza, una persona con la autoestima bien baja.
—Gabriel, esto no es uno de tus libros en los que todo se resuelve por un golpe de suerte —dijo muy tensa—. Esta es la vida real y salvar una vida vale tanto como salvar la Tierra.
El comentario me dolió, pero sabía que estaba nerviosa y atormentada por la idea de que ese cretino diese rienda suelta a sus instintos.
—Me quiere a mí —dije. Ella continuaba buscando entre las páginas—. No matará a nadie más.
—¡Por favor! ¡Baja de las jodidas nubes! —Exclamó—. ¿Cómo puedes ser tan egocéntrico?
—Es difícil de explicar, Soledad, maldita sea...
—Pues ya puedes empezar si quieres abandonar esta habitación.
La miré con desprecio. Su insolencia me enfermaba.
—Desde el principio, ese desgraciado ha dejado un rastro que hemos sido incapaces de ver —expliqué—. El primero de todos, yo... Es periodista, trabaja en el diario Información y ha escrito y firmado cada una de las noticias

relacionadas con los asesinatos y sus víctimas, siempre relacionando al fallecido con su próxima víctima.

—Eso puede ser una coincidencia —argumentó la policía—. No hay tantos redactores en la redacción.

—No, no lo es —dije—. Este tipo ha escrito lo que quedaba fuera de su sección. Eso no es una coincidencia. En todo momento, el mensaje ha ido para mí... Cada mañana que leía las noticias, lo ignoraba mientras buscaba por otras partes dando palos de ciego...

—¿Cómo has llegado a esa resolución?

—Me reuní con Cañete —expliqué—, un viejo... en fin, no importa, pero llegamos a trabajar juntos, de algún modo, en el mismo diario. Las pistas me llevaron a él, ya que era el único nombre que quedaba por tachar en mi lista. Luego me contó la historia de los becarios que tuvo que despedir de la redacción y cómo todo se fue a la mierda. Ese verano coincidió con una rara historia en Alicante...

—¿Qué tiene que ver tu historia y la de tu amigo con el asesino?

—Existe una gran posibilidad de que el asesino sea uno de los becarios —dije con cierto arrepentimiento en mis palabras—. Puede que todo se trate de una venganza personal.

—En todo caso, se vengaría de tu amigo, que para algo fue su jefe.

Mientras las palabras salían de mi boca, un recuerdo vívido se apoderó de mí.

David Miralles, el becario de gafas de pasta negra. Un ilicitano joven, con ganas de trabajar y aprender, a pesar de que los tiempos que llegaron soplaban en su contra. Habíamos compartido muchas horas en la redacción, aunque, por aquel entonces, yo me comportaba como un idiota libertino que trataba al resto de la humanidad sin respeto. Su llegada coincidió con verano difícil que se llevó a Ortiz por delante y con aquella turbia historia de sectas que me catapultó a mi primer contrato editorial. El chico era el encargado del archivo del diario. Tuvo que organizarlo todo desde cero en su primer mes de trabajo. Durante las comidas, compartimos algunas opiniones sobre las noticias de sucesos que llegaban a la redacción. Como a mí, le interesaban las novelas criminales y el jazz. No tardó mucho en dejar la redacción por la falta de pagos y la intensidad a la que le obligaba a trabajar a cambio de nada. Jamás le di las gracias, ni siquiera cuando estaba todo terminado. Por entonces, clasificaba a los becarios como mano de obra gratuita. Eran otros tiempos. Yo también lo había sido y me estaba cobrando lo invertido en el pasado. Al final, abdicó y se fue por la puerta de atrás. Aprovechó el cambio de jefe para hacerlo a la francesa. Reconozco que fui severo con él y le utilicé en gran medida sin una pequeña mención en mi libro a cambio. Me sentí mal por ello, totalmente arrepentido. Los empresarios solían tratar a los becarios como esclavos en lugar de personas con ganas de trabajar. Siempre con la norma de que estaban ahí para curtirse en el mercado laboral, la función del becario no era otra que tragar el resentimiento reprimido de los empleados y hacer esas tareas que nadie deseaba. Sólo aprendían a odiar.

Allí sentado y con las gasas en la cabeza, no me extrañó que quisiera cobrarse su propia revancha. Sin embargo, la vendetta se le había ido de las manos. Como decía Jobs, los puntos conectaban cuando eché la vista hacia atrás. La intuición no me había fallado. El mensaje se había dirigido a mí en todo momento.

El chico sólo me estaba probando.

—Será mejor que te pongas cómoda —dije—. Acabo de encontrarle el sentido a esta historia.

A las diez y media de la noche, la ciudad de Elche estaba preparada para permanecer en vilo hasta el día siguiente. Los vendedores de velas se colocaban alrededor de la basílica para hacer el agosto y vender cirios a los creyentes. En el apartamento de Soledad, comíamos arroz tres delicias y tallarines fritos que nos había traído a domicilio un repartidor chino. A esas horas, era un milagro encontrar algo abierto. Poco a poco, puse al corriente a la agente del historial que existía detrás de mí y lo que me unía con el asesino. El verano de las islas llevó a los cangrejos del julio siguiente y terminó con la calurosa noche en la que conocí a Eme. Omití los detalles de mi relación con la millonaria y me centré en la sórdida trama que me había convertido en quien creía ser. Soledad escuchaba dando sorbos a una Coca-Cola Light y picando con los palillos de madera en el pollo que acompañaba al arroz. Como no podía faltar, en la historia también hubo espacio para Rojo. Era la primera ocasión en la que hablábamos sobre él. La chica se quedó sorprendida al escuchar la relación que tenía con el oficial y cómo, un simple accidente, había dado lugar a una hermandad tan férrea.

—Esto parece un confesionario —dijo ella—. No sé, te agradezco que me estés contando todas estas cosas.

—Lo siento así, debía hacerlo.

Ella esbozó una risita traviesa y agachó la mirada. Jugueteó con su comida y retomó la conversación.

—Yo también conozco a Rojo —comentó—. Un poco más allá de lo profesional, quiero decir.

Se ponía interesante el tema. Entre tanto cadáver, no estaba de más escuchar algún chisme.

—No tenía la menor idea.

—Él era amigo de mi padre —dijo ella. Su voz se volvió triste—. Teníamos muy buena relación y se dejaba caer por casa cuando no estaban en el trabajo.

—Vaya, jamás esperé que fuera un ser social.
—Te equivocas, es una persona bastante abierta —explicó—, hasta que se obsesionó con la enfermedad de su mujer o, bueno... lo que él creía que era una enfermedad.
—¿Qué pasó con ellos? —Pregunté curioso—. Con la amistad entre tu padre y él, quiero decir...
—Una misión en Torrevieja —dijo—. Ya sabes cómo están las cosas por allí. En cuestión de años, es un paraíso de rusos y narcotraficantes. Una ciudad tan bonita que ha terminado convirtiéndose en un enjambre de problemas... Era verano, uno de tantos, de esos en los que no sucede nada... Yo era pequeña, mi padre estaba preocupado y tenía grandes discusiones con Casteller. Desde Madrid pidieron cooperación entre los policías de la provincia. Casteller todavía no era comisario ni Rojo formaba parte de la Brigada de Homicidios. Durante la operación, varios hombres salieron heridos de una refriega en uno de los apartamentos de playa. Tres narcotraficantes eslavos cayeron. Mi padre murió desangrado a causa de un disparo en la garganta...
—Lo siento, de veras...
—No te preocupes, fue hace tiempo —respondió—. Murió haciendo lo que creía y protegiendo a los suyos.
—¿Qué pasó con el que disparó?
—Quedó libre —dijo—. Así funciona la justicia de este país. Un verano después, se encontraba de nuevo en su apartamento, como si jamás hubiera pasado nada. Para ellos, matar a un policía era como una medalla.
—Así, sin más —respondí anonadado—. ¿Qué pasa contigo?
—Bueno, aquí es donde entra Rojo... —contestó—. Desde el funeral de mi padre, no había vuelto a saber de él. Sé que se marchó a Finlandia en busca de su mujer. Veranos más tarde, cuando yo había ingresado ya en el cuerpo, Rojo apareció un día por el trabajo. Casteller ya era comisario y nunca se llevaron bien. Me citó en el puerto de Santa Pola, tomamos café junto a los barcos y puso una

bala en mi mano. Me dijo que había dado con el paradero del ruso y que estaba dispuesto a cubrirme.
—Es su estilo.
—No fue una decisión fácil —contestó con la voz rasgada—. Además de pensar en mi carrera profesional, entré en un conflicto de intereses. Me preguntaba qué habría hecho mi padre en caso de haberme perdido a mí. Casi enloquecí, pero no me quedó más remedio que tomar una decisión.
—Lo hiciste.
—Le devolví la llamada al oficial —contestó—. Días más tarde me encontraba en una vieja casa en ruinas a la altura de la carretera de Guardamar. Era de noche, el hombre había sido apaleado y amordazado por Rojo y quién sabe si alguien más. Observé su mirada azul libre de culpa y arrepentimiento. Le dije que era la hija del hombre al que había matado y no se molestó ni en mandarme al infierno. Sin más, Rojo puso un arma en mi mano para evitar evidencias, quité el seguro de la pistola y descargué el cargador en su pecho. Después, Rojo regresó a su puesto de trabajo, Casteller encontró el cadáver en una playa de Los Arenales del Sol y se relacionó el arma con otro traficante. Aunque el comisario sabía que formaba parte de una treta, todo quedó en un ajuste de cuentas y no se pudo demostrar lo contrario.
—Rojo es una caja de secretos —contesté. Aunque no me sorprendía lo que había hecho, la historia era digna de ser escrita. Sin embargo, no podía hacerlo. Esas palabras desaparecerían allí, en aquellas cuatro paredes—. Ahora entiendo que sea tan parco en palabras.
Soledad rio y me miró a los ojos.
—Me siento bien al habértelo contado.
Me acerqué a ella de nuevo, esa vez con más fuerza bajo mis brazos y la besé con intensidad. El choque agitó cada uno de los átomos de nuestros cuerpos. Las manos se deslizaban por los torsos como dos mariposas que aleteaban con fuerza.

Rojo me dijo que no me enamorase de ella, pero no entendí por qué. Tal vez, para él, fuese como la hija que nunca tuvo.

Los besos llevaron a las caricias y a los toqueteos, y nosotros terminamos desnudos, uniendo nuestros cuerpos y haciendo el amor sobre el sofá en el que había dormido, mientras los feligreses daban vueltas alrededor de la basílica.

Fue mágico y sentí que, mientras estuviésemos pegados, estaríamos a salvo. Pero, por desgracia, el asesino seguía en la ciudad.

Desde el campanario, el reloj marcaba las doce. Segundos después, el teléfono de Soledad Beltrán vibró en la mesa. En ropa interior y con los pechos descubiertos, puso a un lado mi brazo, agarró su camiseta nera y se levantó del sofá para atender la llamada.

—¿Sí? —Dijo con un tono relajado. Su semblante cambió en un momento—. Está bien, no se mueva, quédese donde está y no abra a nadie. Estaré ahí en quince minutos.

Soledad tiró el teléfono sobre la mesa y se puso los pantalones.

—¿Quién era, Soledad?
—El párroco de El Salvador.

16

La llamada inesperada del párroco de la iglesia de El Salvador nos puso en marcha hacia su casa. Tan rápido como nos hubimos vestido, salimos raudos en su encuentro. El tráfico de la ciudad estaba cortado por todas las calles del centro. El único acceso que se tenía en automóvil era por los puentes más alejados. El dispositivo policial que Casteller había instalado, tenía agentes de policía que controlaban todas las esquinas. Con un asesino en la ciudad, lo último que deseaba permitir era que se diese a la fuga en un vehículo. Don Luis, el párroco de la iglesia, vivía en la misma calle donde estaba la parroquia, a unos diez minutos de dónde nos encontrábamos nosotros. A paso ligero atravesamos la muchedumbre que caminaba agolpada en una de las calles principales frente al ayuntamiento. La ciudad silenciada por un eterno funeral que duraría horas y alumbrada por las velas que portaban los participantes en sus manos, le daba un color fúnebre y tétrico a la noche. Sentí respeto por la tradición y las personas que allí se encontraban. Eran de todas las edades y parecían tomárselo más que en serio.
—Esas mujeres mayores —dijo señalando a un grupo de octogenarias—, son capaces de dar vueltas hasta que sale el sol.
El respeto de los creyentes se fundía con otro rostro más joven y familiar de grupos animados que salían a reventar la noche. Un contraste que mostraba las dos caras de una

sociedad en constante cambio. La fiesta y las creencias fluían de tal manera que llegaban a ser compatibles. Asombrado por la forma en la que aquella ciudad mantenía sus raíces pese al transcurso del tiempo, nos adentramos en el estrecho callejón de El Salvador sorteando a las familias que caminaban con tranquilidad y a las parejas que paseaban cogidas de la mano.
—Es aquí —dijo Soledad tras detenerse en un portal. Buscó el timbre que el párroco le había indicado por teléfono y dijo su nombre en alto. Después sonó cómo alguien nos abría—. Vamos, entra.
Cruzamos la entrada y caminamos hasta un ascensor. Al pasar, nuestros cuerpos se encontraron separados por una ligera distancia. Fue ella quien me besó, sin esperar a que le mirara a los labios, y los músculos se relajaron. La presencia del otro nos hacía sentir invencibles.
Cuando llegamos a la puerta del domicilio, el hombrecillo grueso y sin pelo se encontraba asustado y tembloroso. Entramos y escuchamos el bullicio de la gente que pasaba por la calle que acabábamos de dejar.
—Dios mío, perdóname, Dios mío… —musitaba con un rosario en la mano. Dio varios pasos hasta un salón y seguimos su dirección. El apartamento era pequeño, austero y los muebles pertenecían a otra década. El salón estaba decorado de imágenes religiosas, una figura de Cristo de madera y una Sagrada Biblia sobre la mesa camilla. Una vieja televisión de unas quince pulgadas cogía polvo junto a una estantería. A su lado, una radio emitía canciones de hacía veinte años—. Gracias al Señor que está aquí, agente…
—¿Cómo ha conseguido mi número?
—Llamé a la comisaría, para declarar sobre el asesino de las noticias… —explicó—. Un compañero suyo me dio su número.
—¿Ellos también lo saben? —Le pregunté a la agente.
—Somos compañeros, nos cubrimos las espaldas —dijo ella—. Tuvimos suerte, podría haber llegado a Casteller.

—¡Fantástico! —Exclamé con ironía.
—¡Calma, calma! —Gritó el sacerdote—. No sabía qué hacer, estaba desesperado...
—¿Qué es lo que sabe?
—Señor, perdóname, pero no puedo cargar con esta culpa... —dijo compungido elevando la mirada al cielo—. David, es el pobre David.
—David Miralles —dije—. De pobre no tiene nada.
—Hijo, más vale que cuides tus palabras.
—Don Luis, tiene que explicarnos qué pasa con este chico.
—¡Está a punto de cometer otro crimen! —Exclamó en voz alta—. Él es quien está matando a toda esa gente inocente...
—¿Se lo ha confesado?
—En cierto modo... —respondió—. Se confesó, sabiendo que no podía contárselo a nadie... Pero ya no aguantaba más, no con ese peso sobre mí... ¡Oh, Señor mío! Perdóname...
—Estoy seguro de que el Señor ya le ha oído —intervine—. Deje de lamentarse y díganos lo que sabe.
El cura se tranquilizó y bebió agua de un vaso que Soledad le había traído. Después se sentó en una butaca y puso las manos sobre su enorme tripa.
—Es un chico bueno, trabajador y con una fe insaciable... —explicó—. Pero el demonio se lo llevó por los caminos oscuros del odio y su presencia no hizo más que confundirle.
—¿La presencia de quién? —Pregunté.
—¡La suya! —Indicó—. ¡Por eso le dije que se marchara! Pero no me hizo caso... ¡Ni usted ni su amigo Sempere! ¿Se puede saber qué le hizo a ese muchacho?
Sus palabras me conmovieron por todo lo que había acontecido. Quizá no fuese el culpable de que David se hubiese convertido en un asesino en serie, aunque tal vez mi aportación ayudase a crear al monstruo.
—Nada que no hagan otros... —expliqué avergonzado—. Le di un poco de caña, sólo eso... Era un becario.

—¡Ay, hijo! —Lamentó—. A veces, los débiles no necesitan más que un empujón para caer por el precipicio de los infiernos.

—No sea tan dramático, que no fue para tanto.

—¿Dónde se encuentra?

—No lo sé, hija... —contestó el sacerdote—. Le rogué que se detuviera, que se fuera bien lejos antes de que todo empeorara... Tendría que vivir toda la vida en pecado pero el Señor Padre algún día le perdonaría.

—Entiendo que se cargara al hijo de ese empresario e intentara terminar a golpes con la vida de Sempere —comenté—. Pero... ¿Por qué el archivero?

—Don Miguel le traicionó —dijo el hombre—. Me confesó su muerte después de matarle... El archivero era quien le ayudaba. Era divertido para él, tan sólo quería asustarles a ustedes dos... Pero David temía que se fuera de la lengua cuando don Miguel le recriminó haberse pasado de la raya... Se citaron por última vez anoche y los tres sabemos como terminó.

—Menudo hijo de puta... —dije.

—La boca, señor Caballero —me recriminó el párroco—. Vaya una lengua impura.

—No lo sabe usted bien.

—Dice que David es un chico creyente, de lo contrario no habría venido a confesarse —dijo la agente Beltrán—. Hoy nos ha llamado por teléfono. Parecía estar en el interior de la Basílica de Santa María... ¿Cree que tiene intenciones de atacar a alguien?

—Por supuesto que es un chico creyente... —replicó el cura con seguridad—. Saca todo los años el trono de la Virgen de la Esperanza por Semana Santa y asiste a misa los domingos... No me extraña que estuviera en el Misteri, es un gran admirador de la obra y él mismo me invitó a acompañarle este año.

—¿Sabe dónde vive?

—Eso sería saltarme mis votos, hijo...

—¡No me venga a joder ahora, hombre! —Exclamé

levantándome de un salto. El sacerdote abrió los ojos asustado. Ninguno esperaba mi reacción—. ¡Díganos dónde vive!
—¡Está bien! ¡Está bien! —Exclamó protegiéndose con las manos como un niño acobardado—. Tienes razón, hijo…
—Don Luis, hay mucha gente inocente ahí fuera —dijo la agente Beltrán—. No se vaya por las ramas… Tenemos que capturar a ese chico hoy.
El sacerdote no sabía donde meterse. Podía oler su cuerpo desprendiendo litros de culpabilidad. Se levantó del sillón, sacó un papel y escribió una dirección.
—Aquí es —dijo—. Vive solo… Es un buen chico, no le hagan daño, no sabe lo que hace.
—Gracias, le mantendremos informado.
Cuando salíamos, el hombre me agarró del brazo y tiró hacia su posición. Tenía sus ojos clavados en mi sien.
—Que el Señor Todopoderoso te proteja, hijo… —murmuró para que la agente Beltrán no le escuchara—. Tú eres el siguiente en su lista.
—Y él es el primero en la mía, padre.
Me aparté de un espasmo y salí de allí sin mirar atrás. Aquel hombre me había puesto los pelos de punta.
Cuando salimos al portal de la calle, Soledad se giró.
—He visto que se te ha acercado cuando nos íbamos… —comentó—. ¿Te ha dicho algo de valor?
—Sí—contesté—. Que se pudra en el infierno ese cabrón.

Atravesamos una marea humana que se había multiplicado como un virus durante nuestra visita al domicilio del párroco. La agente Beltrán me guiaba y yo intentaba no perderla de vista. Regresamos a las callecitas del centro hasta una peatonal de tres esquinas. Después cruzamos al otro lado de la vía evitando la procesión de personas que continuaba su tramo en círculos alrededor de la basílica y llegamos a una plaza donde se encontraba el mercado de abastos de la ciudad. Una gran lonja plagada de personas que ocupaban las mesas que los bares habían sacado a las terrazas. Muchos tomaban vino y otros comían churros con chocolate caliente, como mandaba la tradición. Las fachadas bajas, de no más de una altura, mantenían los balcones tradicionales propios de los siglos pasados y nos observaban desde lo alto. Soledad me hizo una seña y vagamos hasta una entrada de edificio que conectaba la plazoleta con otra de las calles que salían a la Glorieta.

—Es aquí —dijo ella entre el mogollón de personas.

Nos apartamos y esperamos a quedarnos solos para que ella pudiera forzar la cerradura. De lo contrario, habría llamado demasiado la atención, pero no fue necesario. La puerta de la entrada estaba abierta.

—Mejor por las escaleras —dije—. Evitemos sorpresas.

A medida que subíamos, sentí que las piernas me flaqueaban, ya fuese por los nervios o la tensión acumulada. Estaban siendo días frenéticos cargados de hechos difíciles de asimilar. Mi cuerpo se resentía cuando me veía inmerso en problemas de ese tipo. Subimos al primer piso como nos había indicado el sacerdote y llegamos a una vieja puerta ordinaria y vieja de madera. La agente sacó un arma de su cintura y se colocó en posición de asalto. Había visto eso ya antes. Sólo traería problemas.

Después tocó el timbre, pero nadie respondió. Miré a Soledad y me hizo un gesto para que me echara a un lado. Observamos la cerradura y probé a poner la oreja cerca de la puerta, con el fin de escuchar algo procedente del otro lado, pero era complicado con la algarabía de la calle.

Finalmente, guardó el arma y sacó su llave maestra, la introdujo y se oyó un ligero chasquido.

La puerta se abrió.

Soledad irrumpió con sigilo y apuntó con el arma en todas las direcciones. Sin mencionar palabra, me indicó que me echara atrás y se aseguró de que no hubiese nadie en el resto de habitaciones. Estaba oscuro, no era un piso muy grande y olía a rancio, a aire viciado y a aceite recalentado. La entrada daba a un salón de tamaño medio con muebles viejos y una ventana daba a la plaza en la que habíamos estado.

—Está despejado —dijo—. Será mejor que no toquemos nada, por si decide volver.

Asentí con la cabeza y acaté las órdenes. Tenía razón, si encendíamos las luces, cabía la posibilidad de ahuyentarle. El apartamento parecía la vivienda de un surfista abandonado. La pintura blanca de las puertas se había desconchado por el paso de las décadas y la humedad del entorno. Di varios pasos hacia el salón y encontré un ejemplar de la Sagrada Biblia y un calendario con la imagen de Jesucristo y su corazón espinado. Cogí un portarretratos familiar en el que aparecían unas personas mayores y él, jovencito y sin gafas. También encontré un ejemplar polvoriento de El sueño eterno de Raymond Chandler, otro de Vicio Propio de Pynchon y Asesinato en el Orient Express de Agatha Christie. Los dos primeros libros parecían sacados de una biblioteca pública. Guardaban el sello en sus primeras páginas, que estaban amarillentas. Me dirigí hacia el comedor y me encontré con la cocina de un estudiante universitario: cajas de pizza, restos de comida a domicilio, cubiertos y platos amontonados sobre el fregadero, una bombona de butano conectada sin protección y una bolsa de basura a punto de reventar por los costados. La cocina era escueta, estrecha y antigua. La grasa era tan visible que temí quedarme pegado a ella.

Dispuesto a dirigirme al baño, Soledad me interrumpió.

—Ven aquí, Gabriel —dijo sorprendida—. Mira esto.

Salí de allí y me dirigí hasta el dormitorio donde ella me esperaba apoyada en el marco de la puerta, con una linterna en la mano. Se apartó con mi presencia y crucé el umbral de un habitáculo tenebroso que jamás hubiera imaginado.

Las paredes de la habitación estaban empapeladas de recortes de prensa e instantáneas en blanco y negro. Desde el armario hasta la ventana, el asesino había recopilado y pegado con cinta adhesiva todas las noticias aparecidas en los diarios. Todas sobre sus crímenes, incluso las escritas por él. La entrevista a Sempere en su despacho antes de haberle atacado. La fotografía tomada en la puerta del restaurante El Extremeño, en la que aparecían los peces gordos de la ciudad. La cronología de recortes era un paralelismo de lo que había en otra pared. Cada uno de los recortes de prensa relacionados con los crímenes que él ya había simulado se encontraban también allí, pegados al yeso, como si se tratara de un póster musical: el crimen de la parroquia de El Salvador publicado por diferentes diarios de la época. Reliquias de archivo que habían sido robadas. Copias del asesinato de las quinielas, testimonios del autor principal antes de ser ejecutado y un artículo sobre la planificación del crimen. Y así, hasta el último acto conocido, en el que ese hombre sordo había perdido la vida acuchillado. Pero eso era todo, no había más. Todo parecía culminar ahí, aunque yo no estaba tan seguro de ello. Al lado de los recortes de prensa encontré otros retales menos agradables. Eran extractos de noticias en los que aparecía yo, mucho antes de aterrizar en aquella ciudad. Noticias del pasado, relacionadas con mis aventuras por la isla de Tabarca, el misterio de los cangrejos y los narcotraficantes finlandeses. Titulares en negrita en los que el autor había tachado con un rotulador negro todo lo que iba tras el verbo de la frase para escribir insultos y vejaciones personales. Empecé a dudar sobre mí mismo y el alcance de mis acciones sobre aquel chico. Me pregunté si de verdad éramos tan maleables como seres humanos. Resultaba repugnante contemplar aquello. Junto a los titulares encontré fotos en las que aparecíamos los dos. Eso fue sorprendente. Fotografías de archivo que me habían hecho durante actos públicos o presentaciones. Entre la audiencia, siempre se encontraba el chico de gafas, con diferentes peinados, pero siempre él. Al lado de las imágenes, un mapa de Elche igual que el que poseía Sempere y el archivero en su lugar de trabajo. Todo encajaba aunque, sin duda alguna, lo que más me llegó a impresionar fue algo que reservaría para el final. Además de las imágenes religiosas que abundaban por la habitación, el chico tenía una bandera con los colores verde y blanco y un escudo del equipo de fútbol local en el centro. Junto a la bandera, tres bufandas con las insignias "ANTIHERCULANO", "ELCHE O MUERTE", "ILICITANO O BARBARIE". Un odio absurdo por la ciudad rival nacido de dos aficiones futbolísticas que habían llevado su lucha política a los estadios. Sin embargo, David no tenía el aspecto de un hincha poseído por el alcohol y las ganas de romperle las costillas a alguien del equipo rival. Esos tipos, por muy peligrosos que parecieran, terminaban siendo predecibles. Por el contrario, David era un asesino que estaba a punto de llevar a cabo su siguiente obra.

—Esto es una maldita locura —dije aterrado y conmocionado por lo que tenía antes mis ojos. El último detalle fue una entrada de fútbol clavada en la pared. Pertenecía al partido que se celebraría al día siguiente. El trofeo Festa d'Elx. La entrada estaba incrustada sobre una fotografía mía de cuerpo entero. El chico la había hundido en mi cabeza—. Este chaval está como una regadera.

Miré por encima del escritorio donde había un ordenador portátil apagado, los documentos que me había robado, mi teléfono móvil con la pantalla rota, una luz de mesa, un cuaderno con la transcripción de la obra del Misteri y una carpeta. El cuaderno estaba abierto por una página.

Vos seáis bien arribada
a reinar eternamente,
donde enseguida, inmediatamente, por Nos, seréis coronada.[6]

---

6 Traducción del original:
Vós siau ben arribada
a reinar eternalment,
on tantost, de continent, per Nós sereu coronada.

Volví a contemplar la foto con mi rostro agujereado.
—Sigo sin entender el por qué de toda esta obsesión —dijo la agente Beltrán con los brazos en jarra.
Puse a un lado el cuaderno abierto y agarré la carpeta que había debajo. Deshice el nudo que la protegía y la extendí.
—Aquí lo tienes —respondí con la mirada fija en el documento que albergaba en su interior. El recuerdo se convertía en una vívida diapositiva de aquellos días. Sobre la mesa se hallaba la propuesta para un festival de cine, novela negra y crímenes en la provincia de Alicante—. Ahora lo recuerdo... Nos encontrábamos trabajando en el archivo. Se había convertido en una pieza clave de la redacción... Le dije que lo redactara y pusiera su nombre en él, puesto que había sido idea suya... Le prometí llevar el proyecto a cabo una vez hubiésemos terminado de documentar la historia de Tabarca... Pero esa ayuda jamás le llegó. Siempre fui yo... Sólo intentaba llamar mi atención.
—No sé por qué no me sorprende...
—¡Venga ya! —Exclamé ofendido—. No hables como Rojo.
—Tu amigo Sempere le robó la idea.
—No, no sé... —dije—. Las ideas son libres y no valen nada, la cuestión es ejecutarlas.
De pronto, se escuchó un ruido. Procedía de fuera.
—¿Has oído eso? —Preguntó Soledad.
La puerta se cerró de un golpe.
Alguien echó el cerrojo desde el exterior.

Encerrados en aquel cuarto, la situación no parecía que fuese a mejorar por momentos.

—¡Eh! —Grité y golpeé la puerta. Después se escuchó otro portazo desde la entrada—. ¡Maldita sea! ¡Nos han encerrado!

—Huele a gas, Gabriel… —Dijo ella—. Mantengamos la calma… Ese desgraciado nos ha tendido una trampa.

La única habitación que daba al exterior era el salón. Allí, falleceríamos asfixiados por una muerte dulce, siempre y cuando a nuestro amigo no le diese por fumar.

—Nos vamos a convertir en pollo frito —dije—. Tenemos que pensar rápido.

—¿Cómo es posible que la habitación se cierre desde el exterior?

—Hombre precavido —contesté—, vale por dos. ¿Qué hacemos, Sol?

La agente dio un primer golpe con el cuerpo, pero la puerta sólo tembló. Después me abalancé con una patada, pero fue inútil.

Soledad sacó su arma y apuntó al pomo dorado.

—¡No! ¡Volaremos por los aires!

—Apártate —dijo y descargó dos balazos contra la cerradura. El ruido hizo temblar las paredes. Sonaron casquillos rebotar en el suelo—. ¡Vamos!

Abrimos las ventanas y cerré la llave del gas. Por fortuna, el butano no había llegado a toda la casa. Corrimos hasta la entrada del edificio, pero la muchedumbre impedía ver la calle.

—La basílica —dije agitado. Tenía un fuerte presentimiento. Nos ubicábamos a escasos metros de ella. La casa se encontraba a la espalda del edificio—. Vayamos allí.

Vagamos separados por escasos centímetros hasta un pasaje más estrecha plagado de mesitas de madera y

atiborrado de gente a los laterales de los bares. Desplazarse resultaba complicado. Soledad se alejaba por la marea humana y yo la seguía con la vista. Segundos después, me encontré solo frente a la gran puerta de la Basílica de Santa María, rodeado de gente que caminaba a mi alrededor con velas en sus manos, de vendedores de cirios y personas que se unían a la romería. Las puertas se encontraban abiertas de par en par y al fondo, en el interior de la basílica, podía ver a la Virgen tumbada sobre el pedestal, rodeada de flores y oropel de una cola humana que esperaba para despedirse de ella. Angustiado, busqué a la agente Beltrán por la plaza del Congreso Eucarístico, pero no la encontré por ninguna parte. El bullicio era intenso y el calor agotador. Agarré el teléfono y marqué su número, pero Soledad no lo oía. Lo intenté hasta tres veces sin éxito. Sudores empaparon mi frente. Me sentí desvalido y acobardado por la idea de ser atacado en cualquier instante, entre sonrisas y miradas silenciosas, entre las estrellas de una noche de agosto y las campanas que colgaban de lo más alto. Me sentí preso de mis temores, arrepentido por todo lo que había hecho aunque no hubiese sido tan grave como para acabar así. Saqué fuerza de donde pude, pues no era momento de lamentarse sino de encontrar a ese cretino. Nadie en esta vida merecía vivir con el miedo infundado por otros. Gabriel Caballero tampoco. Me abrí paso entre los transeúntes y caminé hacia el interior de la basílica. Las luces iluminaban el interior, bello y sagrado.
Allí no tendría el valor necesario para atacarme.
—La cola está ahí —dijo una mujer acompañada por su marido. Llevaban una vela apagada en la mano. La mujer me miró desconfiada por el montón de gasas que cubrían mi cabeza. Asentí y me puse tras la fila de feligreses que se movía con lentitud hacia el altar. En cada esquina, una pareja de policías controlaba la situación. Mientras, buscaba con la mirada el rostro de aquel joven, que podía parecer cualquier cosa. Avanzamos unos metros hasta que

alcancé los escalones que llevaban a la Virgen. Allí tenía una vista panorámica del interior, pero no logré topar con nadie que me resultara familiar. Cuando saqué de nuevo el teléfono para llamar a la agente Beltrán, un hombre se me aproximó por la espalda.

—No puede hablar por teléfono aquí dentro —dijo con voz relajada y juvenil. Guardé el aparato y sentí una ligera punzada en la parte lumbar. Me apuntaba con algo afilado. Giré el cuello y vi su rostro. No llevaba gafas ni tenía el aspecto del becario que había conocido veranos atrás. Era otro, un joven castigado por el sufrimiento y con la cara atacada por un acné mal cicatrizado. Me costó reconocerle, pero su mirada era la de la de aquel niño de la foto.

—David… —dije y guardé el dispositivo en el bolsillo sin haber colgado la llamada. El movimiento de la cola nos desplazó unos pasos hacia el frente. Nos acercábamos a la Virgen. Tenía que encontrar el modo de escapar. Él sonreía y parecía tranquilo, como si tuviera el control absoluto de la situación.

—Te ha costado saber quién era… —murmuró. La sonrisa perenne parecía grapada a su rostro—. Has perdido facultades, Gabriel.

—Yo que tú bajaría esa navaja, David —dije sintiendo la presión en mis riñones—. No seas necio, esto está lleno de policías. Todavía puedes marcharte por donde has venido.

—Las órdenes se acabaron hace tiempo.

Dimos unos pasos más. La gente sospecharía si nos acercábamos juntos a la Virgen.

—¿Qué es lo que quieres?

—Ha llegado tu hora, Gabriel —dijo—. Ahora, camina… No intentes nada o te mataré.

Tragué saliva y di un paso al frente. Mi cuerpo se separó del arma.

Miré a las pinturas que decoraban lo alto de la cúpula, subí los escalones y caminé hasta los pies de la Virgen. En silencio, le pedí me salvara. No estaba nervioso, ni siquiera tenía miedo. Por alguna extraña razón, sentí que ese era el

fin de todo y hasta allí había llegado. Delante de la multitud, besé los pies de la figura y cerré los ojos.
Escuché un grito a lo lejos.
—¡Gabriel! —Exclamó una mujer.
Soledad.
Se formó un revuelo agitado en el interior de la iglesia y corrí hacia la salida protegiéndome la cabeza. Se oyeron gritos de pavor. Los creyentes que allí esperaban, salieron desbocados como pollos de granja ante la presencia de un lobo. Me protegí tras un banco ante tal escena caótica y vi, a lo lejos, el rostro de David sereno y sonriente con la daga en la mano. La agente Beltrán corrió hacia mí y me abrazó preocupada con la pistola en su mano—. ¿Estás bien?
Sentí algo húmedo y frío en la zona lumbar. La punta de la cuchilla me había provocado una pequeña herida. Pero yo señalé al chico, que se alejaba entre la muchedumbre pavorosa que huía como moscas en verano. David, nuestro hombre, el asesino del Misteri, caminó hacia la salida y desapareció por una de las puertas laterales.
—¡Es él! —Grité—. ¡Que no escape!

La fotografía del Rey me observaba con atención. Un coche patrulla me había llevado hasta allí. Junto a mí, ella, Soledad, aunque más agente Beltrán que Soledad. Ella fue quien me había obligado a que subiera a ese vehículo. A las tres de la madrugada, la comisaría parecía la entrada de un centro comercial. Todos los agentes estaban nerviosos e intranquilos por lo sucedido en el interior de la Basílica de Santa María, todos, incluso ella. Un agente espontáneo comentó mi situación con otro que sacaba café de una máquina. Ambos pensaban que debía pagar por los daños ocasionados. Otros policías deambulaban indignados por las instalaciones. La agente Beltrán, otro hombre que se encargaba de que no me marchara y yo, esperábamos en el interior del despacho del comisario Casteller. Mientras las fuerzas del Estado trataban de dar caza y captura a David por las calles de Elche, yo pensaba en las respuestas que le daría al cuello encogido del comisario.
—Tienes que contarle la verdad, Gabriel —pidió la agente Beltrán—. El comisario ha de saber todos los detalles. Se acabaron los juegos. Se acabaron las segundas oportunidades.
Sentí la distancia en sus palabras. Era otra persona, lejos de la mujer con la que había hecho el amor horas antes. Ya no le importaba y actuaba de una forma fría conmigo.
—Ahora entiendo lo que Rojo me dijo sobre ti.
Ella levantó una ceja. El compañero seguía con la mirada fija en la puerta.
—Eso no importa ahora —dijo evitando una confrontación privada frente al compañero.
—Me dijo que no me enamorara de ti —respondí desde el resquemor—. Tendría que haberle hecho caso... Tarde o temprano me traicionarías.
Soledad se quedó boquiabierta. Antes de argumentar la defensa, un portazo echó a un lado al otro policía. Era

Casteller y su cabeza humeaba. Sin saludar, caminó hasta su mesa y se puso frente a mí.

—¡Tú! —Gritó con el cuello y la cabeza colorados. El dedo índice apuntaba hacia mí a escasos centímetros del rostro—. ¡Tú! ¡Tú! ¡Tú! ¡Por mis santos cojones! ¡Tenías que ser tú otra vez!

—Señor...

—¡Cierra la boca, Beltrán! —Exclamó. Del cuello se hinchaba una arteria gruesa y encarnada. Respiró con profundidad, infló los pulmones y abrió la ventana del despacho. Después exhaló y tomó un tono de voz sereno—. Quiero respuestas a todas las preguntas... ¿Me oyes? ¡A todas! ¡Y las quiero ya! Así que... explíqueme... señor Caballero... ¡Qué cojones hacía en esta ciudad! ¡Explíquemelo! ¡Por Dios!

—¿No lo entiende? —Pregunté compungido—. Estaba ayudándoles con la investigación...

El comisario respiró de nuevo, se acercó a mí y me asestó un bofetón que me volteó la cara. Un fuerte picor recorrió mi rostro.

Estaba en lo cierto. A los policías les gustaba abofetearme.

—¡Primer aviso! —Contestó. Tenía la palma de la mano enrojecida—. Conteste a mi pregunta.

—Está bien... —dije recuperándome del dolor que se había juntado con el de la cabeza—. Buscaba al asesino.

—¿Estaba seguro de que era él?

—Sí.

—¿En qué se basa?

—¿Qué preguntas son estas? Se lo puedo explicar todo...

El comisario me regaló una segunda bofetada que me agitó el riego sanguíneo.

—Respuestas, Caballero, respuestas...

—Como quiera... —respondí. Sentía una llamarada en el interior de la cabeza—. Trabajó conmigo como becario, hace unos años. Pude reconocerle cuando nos encontramos en la basílica.

—¿Cómo se llama?

—Gabriel Caballero —dije, aunque rectifiqué al ver al comisario embravecido—. David Miralles Valero, si no me equivoco.
—Apunta eso, Ruiz —ordenó al policía—. Quiero saberlo todo sobre ese desgraciado... No te pases ni un pelo, Caballero.
—Lo siento.
—Señor, puedo explicárselo todo —dijo la agente Beltrán—. El señor Caballero me ha ayudado a descubrir algo que podría poner en jaque al asesino.
—No te eches flores, nena...
—Tú cierra el pico —me dijo—. Continúa, Beltrán...
—Primero, intentó tenderle una trampa llevándolo hasta su propio domicilio —dijo omitiendo que ella también se encontraba allí—. Todo apunta a una obsesión compulsiva y resentida hacia el señor Caballero. Su intención es terminar con él, en todos los sentidos.
—Quiere terminar con mi carrera profesional —añadí.
—De eso... no me cabe la menor duda —dijo el comisario—, yo también lo haría... ¿Qué sugiere Beltrán?
—Mañana es el trofeo *Festa d'Elx*. Este año se celebra un gran derbi —explicó la policía. Me estaba robando la historia—. Como ha estado haciendo hasta ahora, buscará la forma de llamar la atención de Caballero.
—Matará, estoy seguro de ello —dije convencido—. Sigo pensando que se le ha ido de las manos.
—La única forma de detenerle es poniéndole a Caballero en bandeja, como cebo —respondió el comisario—. Si te entregamos, lo detendremos.
—¿Y si me niego? —Pregunté. El comisario se echó hacia atrás—. Estoy en mi derecho, ¿no? No, no me golpee de nuevo, por favor...
—A ver, listo de pacotilla... —dijo el comisario—. En estos momentos no tienes demasiadas opciones. Se te puede acusar de alteración del orden público, incitación al terrorismo, vandalismo, allanamiento de morada e intento de homicidio.

—Pero eso no es cierto. Yo no he hecho tales cosas.
—La agente Beltrán declarará en tu contra —respondió estirando su cuello de botella. Miré a Soledad y desvió sus ojos avergonzada—. A no ser que quieras colaborar con nosotros... Entonces, la cosa cambia... Tú decides.

17

El comisario Casteller no estaba dispuesto a sentarse a negociar las condiciones de mi entrega. Seguiríamos su plan, de principio a fin, comandado por un equipo de agentes que no me quitarían el ojo hasta dar con el asesino. Esa fue mi última noche en el hotel, a solas. No juzgué lo que hizo Soledad, fue su decisión, pero ya no me sentía cómodo durmiendo con ella. Demasiadas emociones en tan poco tiempo. Con los años me había convertido en un lobo viejo que necesitaba su espacio tras un periodo de intensidad. Me dieron una medicación para aliviar los nervios y el dolor de cabeza que me había producido el golpe. Cuando llegué a la habitación, pese a lo que me hubieran dicho, me descalcé, abrí el mini-bar y preparé un vaso con whisky para relajarme. Después sintonicé la radio. En la televisión no había nada interesante a esas horas. Miré el reloj, eran las cinco y media de la mañana y el cielo empezaba a clarear. En unas horas, la luz entraría por la habitación, pero no me importaba. Sólo quería vivir, que mi corazón latiera y que esa pesadilla pasara del modo más rápido posible. Busqué en la radio alguna emisora que me calmara, un piano o un saxo que me llevara a mundos imaginarios, infinitos, alejados de problemas y cargas emocionales. Entonces sonaron unas notas por la trompeta de Chet Baker y, al rato, su voz decía eso de que hay una parte de mí que siempre es real. Me tiré en el colchón con el vaso en la mano y di un largo trago a la copa que me rasgó la garganta. No quería pensar. Deseaba evitar cualquier tipo de reflexión pero sabía que, tan pronto como cerrara los ojos, los demonios se apropiarían de mí. Pensé en todos pero, sobre todo, en mí. Algo me picaba en el interior de mi pecho, y no era otra cosa que un lastimoso sentimiento de distancia y decepción a causa de la agente Beltrán. ¡Soledad! Ya lo decía su nombre y así fue como terminamos los dos, en la más profunda soledad.

El plan del comisario no era otro que echarme a la piscina como quien lanza un pedazo de carne a un grupo de tiburones hambrientos. Los sorbos de whisky me relajaron y pude ver las cosas de otra manera. La combinación de narcóticos y alcohol no era la más recomendable, aunque logró hacerme olvidar el golpe de la cabeza.

David no era un obseso por matar. De haber sido así, habría dejado su distinción, la forma en la que todos le recordarían. Pero no lo había hecho. Empecé a creer que no era más que un aficionado dispuesto a conmocionar a una ciudad. Un niño adulto traumatizado por una mala experiencia en el pasado. Lo mío no fue más que un objetivo en el que concentrar todas sus fobias. La sociedad estaba llena de gente así. Cada uno de nosotros se sentía acomplejado por razones diferentes. Normalmente, salían a la palestra víctimas de la opinión pública, aquellos quienes peor lo pasaban, aquellos con episodios realmente crudos. Así clasificaban a los dementes, los culpables a quienes todos señalaban. Las dianas de una sociedad enferma. En un segundo y tercer plano se reunían quienes no habían sufrido lo suficiente para poder hablar de ello, justificarse y sentir la aprobación. Quienes se apoyaban en el dolor ajeno para conformarse de que otros lo tenían peor. Pero el tiempo pasaba factura y toda la mierda salía a flote llegada la edad adulta. Los complejos, las manías, la programación obsoleta implantada desde niños. Quienes habían sido como yo no tardarían en luchar contra el mundo para demostrar que ninguno de ellos tenía razón. Mi problema, como el de mucha otra gente, no era más que la rabieta atascada de un niño con el ego dolorido que se había hinchado con el paso del tiempo. La falta de atención, de sentirme importante, era la fuerza motora que me había arrastrado para dar lo mejor de mí. Supe canalizarlo encontrando el balance entre el placer y lo moral. Luego existían otros, faltos de habilidades sociales y dispuestos a hacer de su realidad, un mundo feliz e imposible. En el caso de David, el pobre había sido un mártir de su propio personaje, pero el traje de villano que llevaba, le quedaba demasiado grande.

Lentamente y con Baker en el altavoz, mis músculos se entumecieron y sentí cómo los ojos se cerraban. Hacía calor, podía sentir el sudor en mi cuerpo, pero no me importaba, estaba cómodo, a salvo, por un rato, por un instante, por fin… estaba.

Alguien intentó forzar la puerta de la habitación dos veces. Me desperté por los golpes y miré a mi alrededor. El vaso de whisky estaba volcado sobre la cama. Encontré una mancha de líquido a la altura de mis pies. Después, golpearon de nuevo.

—¡Váyase! —Exclamé. Sentí la lengua dormida. Había hecho mal en beber la noche anterior—. ¡Pagaré otra noche, se lo dije a la recepcionista, pero márchese!

—¡Abre la maldita puerta, Gabriel! —Exclamó una voz al otro lado de la puerta. Era la agente Beltrán.

—Joder... —murmuré al levantar la cabeza. Las gasas se habían despegado de mi nuca. Había sangre reseca sobre las sábanas. Seguía vestido, como había llegado. En la radio ya no sonaba la trompeta de Baker sino una canción basura propia del verano. Adiós al rock, a las chicas en patines, al sueño californiano de The Mamma's and The Papas y a dormir más de siete horas en agosto. Me incorporé como pude y sentí un vaivén en mi cabeza. Tenía la tensión baja y todavía flotaba bajo el efecto de las pastillas. Puse una mano sobre la puerta y tiré hacia dentro. Vi a la agente Beltrán junto a otros tres policías vestidos de uniforme.

—¿Vienes a traerme el desayuno? —Pregunté con la mirada borrosa. Los agentes me miraron con vergüenza.

—Abre, Gabriel —dijo ella—. Tenemos que prepararte.

—Ah, ya sé... —respondí—. Una fiesta sorpresa... Dame un par de horas, necesito dormir algo más.

Intenté cerrar, pero ella puso el pie en la puerta. Antes de que me resistiera, volcó su cuerpo contra la superficie, salí despedido hacia atrás, perdí el equilibrio y caí al suelo.

—¿Y este tío es el cebo? —Preguntó un agente contemplando el cuadro de Picasso que tenía como habitación—. Malditos escritores bohemios...

—Este lugar apesta, necesitas darte una ducha —dijo

Soledad cogiéndome del suelo. Parecía una completa desconocida. Luego me miró a los ojos—. No fastidies, Gabriel... ¿También te has drogado?

—No, joder... —dije con la garganta apagada—. Han sido las pastillas que me dieron para la cabeza.

La agente Beltrán me llevó hasta la ducha, me quitó la camisa y le pedí que se marchara, que sería capaz de desnudarme y hacer el resto por mi cuenta. Cuando salí, un poco más despejado aunque todavía con problemas de atención, encontré a los agentes sobre la cama esperando a que saliera y con un chaleco antibalas en sus manos. Me dirigí a la bolsa de equipaje y cogí una camisa limpia y unos pantalones. El trío se miraba esperando a que colaborara.

—¿Qué hora es? —Pregunté.

—Las doce del mediodía —dijo ella—. Tenemos el tiempo justo, así que no te demores.

—Podríais haber traído algo de comida, digo yo...

—Te compraremos un bocadillo por el camino.

—¿Cuál es el plan?

Los dos policías se miraron.

—Creo que eso es lo menos relevante ahora mismo —dijo uno de los policías—. Primero, vamos a explicarte cómo funciona el equipo, así te podrás comunicar con nosotros.

—No soy un tarado —dije señalando a sus manos—. Lo que llevas ahí es un puto micrófono. No es la primera vez que veo uno, ¿vale?

—Por si acaso... —dijo el otro—. Que la gente se pone muy nerviosa en estos casos.

—No me extraña —replicó el primero—, sobre todo si sabes que te pueden matar.

—¡Basta ya! —Gritó Soledad dando un golpe en la puerta con el puño—. No va a suceder nada, ¿entendido? Atraparemos a ese indeseable, Gabriel. No te preocupes.

A mí ya no me preocupaba nada. La embriaguez de la mezcla entre sedantes y alcohol me dejaba en un estado neutro que me impedía alterarme. Era como dormir sobre una nube imaginaria, blanca, suave y perfumada, a

sabiendas de que las nubes no olían a nada.
—¿Voy a morir? —Pregunté con los ojos enrojecidos a Soledad mientras me ponía un auricular invisible.
—Ya te he dicho que no te pasará nada.
—Puede qué esté drogado —dije—, pero un chaleco no parará las puñaladas.
—Debemos estar preparados para cualquier sorpresa.
—Ya...
Una vez vestido, los agentes me colocaron el chaleco que me protegería de los posibles proyectiles. Me pusieron un micrófono a la altura del plexo solar y una batería en el bolsillo. Con eso encima, no tendría por qué angustiarme, aunque me hubiese sentido más cómodo si me hubieran entregado una pistola.
—Escucha bien, Gabriel —dijo uno de los agentes. Por su forma de mirar y el lenguaje corporal agitado, deduje que sería el negociador—. Tienes que seguir las indicaciones.
—Entendido.
—No, entendido, no —dijo—. Las indicaciones.
—Ya te he dicho que sí, a ver si el que no entiende eres tú.
—Pon atención, Gabriel —dijo la agente Beltrán—. El agente Callosa tiene razón.
—Hoy habrá mucha gente en el estadio —explicó sacudiendo la mano en vertical—. Es un derbi y eso significa que cualquiera la puede liar y bien gorda, ¿te enteras?
Me había equivocado de persona.
—Tú no eres el negociador, ¿verdad?
—¡Escúchale! —Ordenó la agente. El policía restante probaba el dispositivo de radio y dificultaba la conversación—. ¡Tú! Estate quieto, coño...
—El anillo del estadio estará cubierto de agentes vestidos de paisano —prosiguió el compañero—. No hables con ninguno. No están autorizados a hablarte. Me sigues, ¿verdad?
—Te sigo.
—No improvises, ni comentes demasiado por radio —

ordenó—. No harás más que llamar la atención del objetivo.

—Que sí, venga…

Se escuchó una interferencia. El policía le dio varios golpecitos con la mano.

—¿Todo en orden, Sánchez? —Preguntó la agente—. ¿Tenemos que llamar a los TEDAX?

—Que sí, que ya está, que se le había movido la pila…

—Recuerda, Gabriel —dijo el policía—. Cuando te encuentres frente al objetivo, tendrás que comunicarte con nosotros. Para que no se note, harás una referencia al partido de fútbol.

—Dirás lo siguiente —añadió Beltrán—. No hay victoria sin sufrimiento.

—Esa es buena —contesté—, pero un poco macabra, ¿no crees?

—¡Qué importa eso!

—Está bien, recibido… —acepté sin rechistar—. No hay victoria sin sufrimiento… Por lo menos, espero que gane el Hércules…

—Intentaremos atraparlo antes de que se acerque a ti —comentó el agente que me explicaba el plan—. Tendrás a varios policías a tu alrededor, pero aún así, en la peor de las situaciones, quiero que mantengas la calma, por lo que pueda pasar…

—Tú no eres el que salva a los suicidas, menudo chasco.

—Todo saldrá bien, Gabriel —repitió el hombre—. Todo saldrá bien.

—Terminemos con esto de una maldita vez.

—Esa es la actitud —dijo Beltrán.

Se escuchó otra interferencia y finalmente una señal.

—¡Funciona! —Gritó el tercer policía.

Los aledaños del estadio Martínez Valero rebosaban de aficionados a los que no les importaba estar a treinta y cinco grados bajo el sol. El último día de unas fiestas accidentadas parecía alegrar a los hinchas, que intentaban olvidar lo sucedido durante los días anteriores. Como en cada derbi, el cordón policial era reforzado más de lo habitual para evitar altercados entre los grupos más radicales. A cientos de metros, en la terraza de un bar irlandés, dos grupos de radicales se enzarzaban en una pelea que los antidisturbios no tardaron en disolver. Banderas franjiverdes y blanquiazules ondeaban por el aparcamiento. El chaleco antibalas se había solapado a mi piel a causa del calor.

—A partir de aquí, caminas tú —dijo uno de los agentes. Nos encontrábamos en el interior de una furgoneta de reparto camuflada—. No te preocupes, Gabriel. No estás solo.

—Muy reconfortante —dije—. Nos vemos luego.

La puerta se movió hacia un lateral y me apeé del vehículo. Después, la furgoneta Volkswagen de cristales oscuros se puso en marcha y se acercó a una de las entradas del estadio. Miré a mi alrededor en busca del rostro del que todos estábamos pendientes. Me pregunté si sería tan imbécil de encontrarse allí. En su lugar, me hubiese marchado bien lejos para no volver. Caminé hasta uno de los túneles para entrar al campo. Por los altavoces se podía escuchar la música que animaba antes de dar comienzo al partido. Antes de alcanzar la cola, alguien me agarró por el brazo.

—¡*Ché*, el juntaletras! —dijo Antonio Boix, que parecía haberse recuperado del ataque al corazón recibido días antes—. ¡Miralles! Mira a quién me he *encontrao*...

—Señor Caballero —dijo el tipo largo de bigote fino, vestido igual que siempre—. En menudo berenjenal te has

visto, ¿eh?
—Yo también me alegro de veros... —comenté—. Tenéis buen aspecto.
—Pues claro, como debe ser... —dijo Boix moviendo la papada interminable—. Ahora, espero que gane mi Elche, porque si no... ¡De otro infarto no salgo! ¿Eh?
Los dos se rieron hasta ahogarse.
—¿Vienes a apoyar al Elche, no? —Preguntó Miralles.
—Pues claro, *home*... —dijo Boix dándole golpes en el brazo con los dedos de la mano, como si tuviera una raqueta de ping-pong—. Sería de *imbésil* apoyar al que pierde...
Volvieron a reír.
Me hubiese gustado decirles que estaba allí para encontrarme con el asesino que había puesto en jaque a la ciudad. Pero no lo hice y sonreí.
—¿Cómo está Sempere?
—Ahí va, el pobre... —dijo Boix con el rostro encogido—. Necesitará algo de tiempo para recuperarse.
—Una desgracia...
—¿Dónde está Matías? —Pregunté—. Me dijo que vendría al partido.
—¿Ése? —Exclamó Boix—. Estará por ahí... Siempre llega tarde.
—Ha sido un placer veros, que gane el mejor.
—Pues eso... —dijo Miralles—. El Elche.
Me despedí, ellos se dirigieron al palco y yo continué en la cola del túnel que me llevaba a la tribuna. Un agente me miró con complicidad y me dejó pasar sin cachearme. Tembloroso, anduve despacio hasta las butacas y busqué una fila que estuviese vacía. Las familias llegaban al estadio con bocadillos y bebidas. Olía a puro que alguno se fumaba a mis espaldas. Frente a mí, un campo verde y un sol de escándalo que llenaba de luz la otra parte del estadio, donde los aficionados soplaban por sus trompetas y tocaban las bocinas para animar al conjunto local. El fútbol se había convertido, desde hacía décadas, en el

espectáculo circense de la antigua Roma. Unas reglas simples hechas para que cualquiera las pudiera entender, doce personas sobre la hierba, un balón y unos cuantos jueces que pusieran orden. Eso sí, como deporte, no era muy diferente a otro: compañerismo, juego en equipo, rivalidad y competitividad, pero resultaba fascinante cómo un pasatiempo tan simple era capaz de generar sentimientos y emociones que otras competiciones o agrupaciones políticas no habían logrado desatar jamás. El balompié seguía siendo el motivo de conversación de muchas personas, en su mayoría hombres, que hacían una vida en torno a él, y muchas de esas personas se encontraban allí continuando una tradición, siendo parte de una competición insulsa que enfrentaba a las dos ciudades de manera simbólica.

Durante la primera media hora, no vi nada que resultara sospechoso excepto a esos hombres con el cuello colorado que comían pipas de girasol y esperaban eufóricos la salida de los jugadores. Entonces sonó el Aromas Ilicitanos en el estadio, un pasodoble tradicional que puso vello de punta a muchos de los que allí estábamos. Cuando éste hubo terminado, el marcador digital mostró los escudos de los equipos y un locutor cantó las alineaciones. El gran derbi estaba a punto de comenzar. Los conjuntos hacía años que no se veían en el campo. Contemplé mi alrededor y todo seguía con normalidad, a pesar de que las butacas se encontraban ocupadas en aquella calurosa tarde de agosto.

—¿Todo en orden? —Dijo la voz del agente por el pinganillo. Los jugadores se colocaron en sus respectivas áreas y el árbitro puso el balón en el centro del campo para hacer el saque oficial.

—No he reconocido a nadie, por el momento.

—Aparecerá, dale tiempo.

—Descuida, pienso quedarme hasta el final —dije y fruncí el ceño. Los agentes estaban totalmente convencidos de que David haría su aparición por la grada. Con la cabeza más despejada y los efectos de las pastillas rebajados, sopesé y analicé los hechos de las noches anteriores. Lo sucedido en la basílica carecía de sentido. Me pregunté por qué no me habría matado allí mismo, aunque las posibilidades de salir con vida sin una bala en el pecho eran mínimas. David sabía que una vez terminadas las fiestas locales, mi presencia se extinguiría y regresaría a la ciudad o Dios sabía a dónde. No me cabía la menor duda de que su planificación se había ido por la letrina, algo muy usual en los homicidas pasionales. A diferencia de lo que ocurría en Hollywood o en las novelas policíacas de antaño, la realidad presentaba otro escenario. La mayoría de noticias que había cubierto para la sección de sucesos en mis años como periodista solían ser de crímenes movidos por el arrebato, sin importar del tipo que éste fuera: celos, venganza, envidia, lujuria, dinero… Detrás de un cuerpo sin vida, cortado en pedazos y lanzado al mar, existía un desamor, una infidelidad o un ajuste de cuentas. Rara vez se podían leer historias que no procedieran de los Estados Unidos en las que un asesino en serie traumatizado actuara como un artista. Lo que David estaba haciendo, no sería una excepción. La venganza para asustarme, en el peor de los casos, se le había descontrolado. Asesinar a otra persona era un asunto muy serio que resultaba muy fácil de llevar a cabo, pero casi imposible de digerir. Se hubiese comido unos veinte años entre rejas si hubiese sido listo, pero la negativa de marcharme de allí y seguir en la ciudad, le hizo perder la cordura. Con el segundo intento de crimen no sólo rozó el ridículo sino que cambió sus intenciones: buscaba la provocación, llevarme a su terreno para amilanarme. Finalmente, lo logró, pero me iba a reservar los aplausos porque lo había conseguido sin mérito alguno.

Llegar a aquella conclusión mientras los aficionados se echaban las manos al rostro, me dio fuerzas para seguir adelante. Mirándolo desde esa perspectiva, puede que el chico se achantara una vez me tuviera delante, como habría ocurrido la noche anterior. Derrumbarse era una

posibilidad. También cabía la opción de que, nada más verme, me rebanara el cuello como quien corta un melón de agua. Todo podía ocurrir en el interior de ese coliseo rebosante de gente a la que sólo le preocupaba, no que su equipo ganara, sino que el rival perdiera. Todo, incluso que nuestro amigo nunca llegara a presentarse por allí.
Pasaron los minutos y el partido se volvía de lo más aburrido que contemplaba en años. El calor cargaba contra unos jugadores que faltos de ganas para dejarse la piel en el césped. Miré al marcador y vi el empate a cero, estático y mustio, y me pregunté si sería una analogía de mi propia vida.
—Hay un sujeto con gorra caminando por la fila cinco.
—Recibido.
—Es un hombre mayor —dijo la agente Beltrán por el pinganillo—. Regresad a vuestras posiciones.
Entonces alguien se sentó a mi lado. La garganta me tembló y sentí una contracción en el diafragma que se relajó cuando la brisa y el tufo a colonia.
—Hombre, Gabri, casi te encuentro... —dijo Cañete y se sentó a mi lado. Llevaba una camisa de rayas blancas y rojas, como los surfistas californianos. En su mano, un cigarrillo y una botella de agua—. Vaya derbi más triste... ¿Quieres un cigarro?
—Anda, Cañete, tú por aquí... —murmuré y escuché una ligera interferencia por el auricular. Me toqué el oído con molestia—. ¿Qué sucede?
Cañete me miró pensando que la pregunta iba para él.
—¿Qué sucede? —Preguntó—. Pues que este año así el Hércules no sube... Por cierto, estamos sentados en zona ilicitana.
Le miré a los ojos y sospeché por qué él no había sufrido ningún ataque. No lo entendía.
Cogí el filtro que me ofreció, me lo puse entre los labios y lo encendí.
—De vez en cuando —dije y tiré una bocanada—, conviene salir de tu zona de confort.

—Si tú lo dices…
Los agentes hablaban entre ellos por la emisora. El partido resultaba denso y aburrido y Cañete me estaba alterando con su nerviosismo. Se mostraba inquieto, fumaba ansioso. Terminaba un cigarro y volvía a encender otro mientras se mordía las uñas.
—¿Qué te pasa, tío? —Pregunté—. Pareces una chimenea…
—El partido.
—Los cojones, Cañete —respondí—. ¿Qué es?
Me miró con la mirada turbia, encogida por la neblina del miedo y la incertidumbre.
—Me voy a casar, Gabri… —confesó. Meneaba la pierna como si fuera a desencajársele del cuerpo—. Eso es lo que pasa.
Casarse. Contraer matrimonio. Un verbo inanimado en mi vocabulario. Reconozco que jamás había llegado tan lejos en el juego de la vida como para plantearme tal cosa. Por alguna causa que todavía desconocía, pese a que relaciones personales hubieran cambiado con el tiempo y las personas gozaran de una libertad y una variedad de opciones de las que no disponíamos cincuenta años antes, las formas de pensar sobre los amoríos y el matrimonio seguían siendo las mismas. La programación mental se había quedado obsoleta y los enlaces nupciales llegaban a ser una pesadilla.
Para mí, era mucho más simple que todo eso.
—¿La quieres? —Pregunté mirándole a los ojos—. Dime la verdad, no seas un cretino.
—Pues claro que la quiero… —dijo con sinceridad—. No me la merezco.
—¿Y ella te quiere a ti?
—Sí —respondió Cañete. Una sonrisa nació en su cara y sus ojos se volvieron a iluminar—. No sé cómo, pero sí.
—Pues olvídate del resto de tonterías que tienes en la cabeza —contesté—. Si os amáis y estáis unidos, todo saldrá bien. Habla con ella, cuéntaselo, seguro que te

entenderá.

Cañete se quedó absorto frente a unas palabras repetidas hasta la saciedad en las películas americanas, aunque cargadas de significado. Era cierto. Nos habíamos acostumbrado a dudar de todo, incluso de lo más insignificante; a vivir en una burbuja de miedo paralizador por temor a lo que opinaría el entorno de nuestras acciones. Nos habíamos acostumbrado a vivir entre barrotes mentales, incluso Cañete. Ni el dinero ni las buenas familias podían librar a alguien de eso. No era de extrañar que cada vez hubiese más libros de autoayuda y superación en las tiendas. Libros, cursos, seminarios, conferencias y mentores en los que buscar la llave de la felicidad. Una llave que se encontraba en el fondo del mar de cada uno.

Al carajo con todo aquello.

Era tan simple como hacer, pegarle un bofetón a los temores y seguir adelante. Quien no tomaba acción durante su existencia, terminaba secándose como una planta sin agua. Pero la falta de adversidades de un estilo de vida cómodo e inmediato, nos había convertido en una sociedad frágil e insegura.

—Eso era lo que necesitaba escuchar.

—Nihil novum sub sole.

—¿Qué?

—Pues eso... —contesté—. Simplemente, a veces, necesitamos que nos recuerden lo que ya sabemos.

De pronto, el público se puso en pie con un fuerte grito cargado de emoción. Gol para el Elche por la escuadra de la portería. Me lo había perdido. Los aficionados se dejaban la voz manifestando su alegría. Matías y yo nos miramos y aplaudí para pasar desapercibido.

—¿Qué estás haciendo? —Me dijo.

—Tú, aplaude —ordené—. Por si las moscas...

Le señalé con la mirada a unos aficionados radicales que había al otro lado de la grada. Lo último que deseaba, era hacer saltar las alarmas. Provocar a otros no haría más que

buscarnos problemas, sobretodo a mí. No obstante, daba por hecho que, a esas alturas del encuentro, el chico me tendría localizado.
Seguir vivo no era una cuestión de suerte, sino de tiempo.
Si no había aparecido todavía, guardaría la sorpresa para el final.

La primera parte del partido llegó a su fin sin cambios. Cañete me habló de su futura esposa, Rosario, y los planes que tenían para los próximos años. Todo muy bello y romántico para una tarde calurosa que presentaba un final incierto. Compramos unos refrescos y el partido se reanudó sin demasiado interés. Por la radio, los agentes hablaban y comentaban lo que veían en el resto de butacas. Nada parecía levantar las sospechas. A mi alrededor, un agente de incógnito comía pipas y me vigilaba con complicidad.
—Menudo bodrio —dijo Cañete—. De verdad. Hubiese preferido quedarme en casa con este calor…
—Deja de quejarte, hombre —dije—. Ni que te fueses a morir.
—Calla, hombre, calla… —murmuró y se puso blanco como una pared—. Ni la menciones…
—¿A quién?
—A la parca, a quién va a ser si no… —contestó—. Ese mal nacido todavía anda suelto por ahí. ¿Es que no lo sabías?
—Sí, sí, ya lo sé… Pero a saber dónde estará ahora… Veamos el partido, ¿quieres?
—*Ché*, Gabri —dijo nervioso—. Por la cuenta que nos trae, deberías estar menos relajado.
—Eso me faltaba —respondí—. Que me quite el sueño un majara…
—Pues para mí, después de lo ocurrido estos días, podría ser cualquiera.
—Hombre, cualquiera, cualquiera… no.
—¿Tú qué sabes? —Vociferó. Estaba nervioso y los asistentes podían notarlo. Cañete lo iba a arruinar todo—. Podría ser el tipo ese de las pipas y la gorra, que no deja de mirarnos.
Me giré. Era el agente infiltrado.

—No, ese no es…
—¿Cómo estás tan seguro?
—¡Coño! —Exclamé. Alguien nos mandó callar desde la grada—. Estamos armando follón, ¿no lo ves? Relájate, anda…
—Podría ser yo.
Un puño helado me golpeó el pecho. Me costó respirar.
Giré el rostro lentamente hacia Cañete, que me miraba pálido y tenso.
—No, tú no eres —dije. Me costó terminar la frase. Todo podía suceder en ese momento. Nadie se daría cuenta.
Cañete se echó hacia atrás y apretó los dientes. Después me señaló con el dedo acusador.
—Podrías ser tú, entonces —dijo—. Porque ya no me quedan candidatos.
—Pero mira que eres cazurro —contesté y le di un manotazo al dedo acusador—. Cálmate, ¿quieres? No nos va a pasar nada. Concéntrate en tu boda, piensa en tu futura mujer o en quien te dé la gana, pero deja el tema… Me estás poniendo de mal humor.
El encuentro continuó sin sobresaltos y estábamos llegando al final. Minutos más tarde, giré el cuello de nuevo y vi a Cañete dispuesto a marcharse.
—¿A dónde vas?
—Al baño, no me aguanto más… —dijo—. Ahora regreso, se me ha atascado la paella de hoy…
Lo perdí de vista. Alguien habló por la radio.
—Vaya con tu amiguito —dijo el agente mediador—. No sabe estarse quieto.
—Está alterado, por muchas razones —expliqué.
—Pues que se mantenga al margen o nos va a aguar la operación —dijo la agente Beltrán—. ¿Cómo estás Gabriel?
—No tan bien como tú —contesté—. Además, voy a perder dos kilos como lleve el chaleco mucho tiempo… ¿Qué es lo siguiente?
—Aparentemente, no hay señales de riesgo —dijo el

agente—, pero no debemos bajar la guardia. Seguimos buscándolo.
—Puede tener cualquier apariencia —dije—. No creo que sea tan estúpido de aparecer con una camiseta de fútbol…
—Barajamos todas las posibilidades, Gabriel —dijo la agente Beltrán—. Por cierto, ¿dónde está tu amigo?
Miré alrededor en busca de la cámara por la que la agente me observaba, pero no supe a dónde mirar.
—Ha ido al baño, algo que tendré que hacer pronto…
—Espera a que termine el encuentro —dijo la chica—. Quedan unos minutos para el pitido final.
Y así fue. El árbitro sentenció un partido sin gracia y la afición ovacionó al equipo local que ganaba el trofeo y el derbi. Me puse en pie junto al resto de aficionados para no ser objetivo de burlas y busqué al agente de la gorra, que también había desaparecido.
Oí una ligera interferencia por el auricular. Algo sucedía. La línea se cortó.
—¿Hola? —Dije en voz alta. Una pareja que se encontraba a mi lado me miró.
—Gabriel, soy Soledad —dijo—. Al parecer, dos agentes han detenido a un individuo en la salida de los baños de hombres. Ha intentado a atacar a tu amigo con un puñal.
—¿A Cañete? No tiene sentido… —contesté—. ¿Le han identificado?
—El agente Ruiz está en ello —dijo ella—. Tú no te muevas de ahí, ¿entendido?
—No te preocupes.
—¿Perdona? Pero no puedes estar aquí —dijo ella—. Pero qué…
—¿Qué está sucediendo, Soledad? —Pregunté confundido—. ¡Soledad!
Se escuchó una interferencia. El auricular dejó de funcionar. Ese maldito aparato. Las gradas parecían mantener la tranquilidad que había reinado durante el encuentro. Los jugadores seguían en el campo dispuestos a retirarse a los vestuarios. Tenía dos opciones, seguir ahí y

esperar noticias de la agente o desobedecer sus órdenes.
Di otro vistazo a la situación y alcé la vista hasta las escaleras que llevaban al túnel.
No tenía otra opción.
De vez en cuando, convenía salir de mi zona de confort.
Sin embargo, yo no necesitaba a nadie que me lo dijera.
La vida se encargaba de repetírmelo a diario.

18

Me apresuré a abandonar el estadio cuando un torbellino de personas decidió interponerse en mi salida. Blasfemé en voz alta, preguntándome si era una señal del de allá arriba para que me quedara quieto. Pese a la adversidad, logré escurrirme entre los cuerpos sudados hasta que alcancé el túnel. Por mucho que insistiera en repetir el nombre de la agente Beltrán, la emisión parecía haberse cortado. Caminé hasta el túnel junto a un grupo de aficionados con camisetas del equipo local y miré a ambos lados. No encontré nada ni a nadie que llamase la atención. Pregunté a alguien que pasaba por allí dónde se encontraban los baños y seguí las indicaciones. Por supuesto, aquel espontáneo me había dirigido a los baños más cercanos. La posibilidad de que Cañete hubiese ido allí era una de muchas. Cuando llegué a la entrada, crucé el umbral y eché un vistazo, pero solo vi hombres que orinaban de cara a la pared. Regresé al pasillo y me vi desbordado por otra marea de personas que caminaban en sendas direcciones. Golpeé el auricular contra mi oído intentando recuperar la frecuencia, pero fue inútil.
Mi vida o la de esa chica.
Tal vez, ya se encontrara sin vida, pero debía eliminar esa posibilidad de mi cabeza. La idea de que Soledad muriera, me revolvía las tripas.
Me apresuré todo lo que pude y salí al exterior del aparcamiento. Deseé pedir ayuda a uno de los muchos agentes que por allí circulaba, pero un sólo mensaje alarmaría a quien estuviera con Soledad. Sin Rojo

cubriéndome las espaldas, tomé la responsabilidad de los hechos. La salida del estadio daba a la amplia explanada de vehículos en la cual me habían dejado, empero, el vehículo no se encontraba allí. El perímetro era demasiado extenso como para recorrerlo a pie en poco tiempo, más todavía con la gran cantidad de coches en marcha que regresaban a sus casas.

Deambulé sin rumbo en busca de una furgoneta. Escuché un ligero zumbido por radio.

—¡Déjame! —Gritó la agente. De fondo, el ruido de las bocinas. La emisión se cortó, pero fue suficiente para saber que la furgoneta se encontraría en la parte trasera del recinto. Corrí como una gacela rezando todo lo que sabía. Vi el furgón aparcado junto a una de las salidas de emergencia. El corazón bombeó con más y más fuerza. Saldría por mi garganta. Las piernas me temblaban. Estaba asustado, pero tenía que hacerlo. Me acerqué al Volkswagen de cristales oscuros y escuché los gemidos de la agente Beltrán en el interior.

Estaba viva.

Nadie les podía oír.

Era demasiado tarde para pedir ayuda.

Con los nervios a flor de piel, corrí la pesada puerta hacia un lado y encontré una horrible escena que tardaría años en olvidar. Soledad Beltrán se encontraba en el suelo, con el rostro contra la superficie, un pañuelo en la boca que le impedía hablar y un golpe en la cabeza. Estaba maniatada por las muñecas. Encima de ella se encontraba David Miralles, el homicida más joven de la ciudad de Elche y la persona que había burlado al cuerpo de Policía Nacional. El chico sujetaba los brazos de la agente para que no se moviera. Observé su rostro sudado, ido y cargado de venganza, con la mirada puesta en la espalda de la chica. Todo el miedo acumulado se transformó en una energía poderosa que emanó de mi pecho, una fuente cargada de valentía y ganas por evitar aquello. El ruido de la puerta sorprendió al chico. Me abalancé contra él y lo eché a un lado. La agente seguía inmóvil, pues era incapaz de levantarse. David agarró un cuchillo de cocina y me propinó un corte en el pecho que rajó el chaleco antibalas. Aquel invento me salvó de una desgracia. Confundido al ver que no sangraba, aproveché el despiste para asestarle un puñetazo en la nariz que lo tiró encima de la agente.
Beltrán gritó, pero poco podía hacer.
Cuando intenté hacerme con el arma, el chico se levantó aturdido y me asestó una patada en la cara que me empujó hacia atrás. Choqué contra los asientos frontales y un fuerte dolor emanó de la herida que aún tenía en la nunca. Nos iba a matar, primero a la agente y después a mí. Había sido un estúpido plantándome allí sin ningún tipo de ayuda, pero ya era tarde y tenía que pensar cómo salir con vida de ese furgón. Empuñó el cuchillo y se acercó a mí. El furgón era alto y largo, tanto, que casi podía ponerse de pie sin tocar el techo con la cabeza. David iba vestido como los empleados de mantenimiento del estadio. Un movimiento inteligente para burlar toda la seguridad

policial que había instalado Casteller. La eficacia del comisario, una vez más, brilló por su ausencia. Nos miramos a los ojos como dos pistoleros y busqué un punto de apoyo con el que levantarme y agarrarle desprevenido. Cuando intenté moverme, el chico sacó una pistola de su bolsillo y me apuntó con ella, primero al pecho, después al entrecejo.

—Una tontería más y te lleno la cabeza de plomo —dijo apuntándome con el arma—. Ahora date la vuelta y dame tus manos.

Le había quitado el arma reglamentaria a la agente Beltrán.

La situación no hacía más que empeorar.

—Deja a la chica en paz —dije—. Haz conmigo lo que quieras pero déjala a ella tranquila.

—No te hagas el machito, Caballero... Nunca lo has sido.

La agente Beltrán guardó silencio. Parecía exhausta y desesperanzada.

Le entregué las muñecas y las inmovilizó con una brida de plástico. Sacó una cuerda y me juntó los pies por las espinillas.

—Muy bien... —murmuró y me propinó una patada en el costado.

Grité con fuerza. El dolor era insoportable. Temí que me hubiera roto una costilla—. Hay que ver, cómo hemos acabado.

—Eres un sádico, cabrón —dije—. Esto está lleno de policía, no tardarán en dar contigo.

—Eso ya lo veremos —dijo con una sonrisa—. Tuviste suerte ayer, pero hoy no te salva ni la Virgen.

Agarró el arma y me hizo un corte en el tríceps derecho.

Bramé.

Y se rio.

Un corte intencionado. Así tendría más dificultades para deshacerme de la brida.

—¿Qué te hemos hecho?

Dejó el cuchillo encima de un altavoz de radio por el que los agentes se comunicaban y me apuntó con las dos

manos. Se relajó.
En el interior de la furgoneta hacía demasiado calor y el aire acondicionado se encontraba apagado.

—Pensé que nunca me lo preguntarías —dijo con una actitud altiva—. No ha sido fácil traerte hasta aquí, ¿sabes? Al ver que no aparecías, me entretuve con tu amiguita…

—Te queda grande el disfraz de asesino, David —respondí—. Tú no eres así.

—¡Tú qué coño sabes cómo soy! —Gritó—. ¡Me ignoraste todo el tiempo que te ayudé!

—Es eso, lo sabía…

—¿Y por qué no hiciste nada? —Preguntó. Se derrumbaba—. Me hubiese bastado con una simple llamada, un correo, una disculpa… Pero no… El escritor estaba demasiado ocupado tirándose a todo lo que se movía, disfrutando de la fama conseguida gracias a una labor de investigación que yo hice… ¡Que yo hice sin ayuda de nadie! No me jodas, Gabriel, no me digas ahora que lo sabías…

—Tienes razón, no lo sabía —expliqué—. No, hasta que llegué aquí y encontré la relación con todo esto… Pero, joder, David… ¿Matar?

—Te dejé un mensaje y no lo quisiste ver.

—Mataste a un hombre a puñaladas… —dije—. Tú no eres un asesino.

—¡Eso fue un accidente! ¿Vale? Él estaba borracho, no tenía intenciones de matarlo, pero me cogió haciendo la pintada y empezó a gritar… forcejeamos y una cosa llevó a la otra… —explicó abrumado y movió el arma. El temor y el arrepentimiento hacían huella. Perseguí el cañón con los ojos. No quería ponerle nervioso. Podía apretar el gatillo en cualquier arranque de furia y sería el fin de todo—. Me refiero al mensaje de la biblioteca… Ese cura, me dijo que funcionaría.

—Así que el párroco también estaba metido en esto —respondí—. Que sepas que te traicionó…

—Me da igual ya… —dijo y chasqueó la lengua. Estaba al

borde de rendirse—. Es un pobre viejo... Sin embargo, a ti... no te bastaba con burlarte de mi trabajo que tuviste que venir a mi ciudad para regodearte y hacer el documental que te propuse hace años, ¿recuerdas?

—Una casualidad —dije—. Fue Sempere quien me llamó a mí.

—Ya... —contestó—. Ese amigo tuyo aburguesado... Maldita sea, qué tirria le tengo...

—No hace falta que lo jures —dije—. Todavía estás a tiempo, David, de dejarlo todo, marcharte por esa puerta y empezar una vida... Si te cazan, la has cagado.

—Demasiado tarde, Gabriel —respondió mirándome a los ojos—. No he llegado hasta aquí para terminar como un sanguinario de medio pelo. Puestos a hacerlo, hagámoslo bien... Si me voy a pasar el resto de mi vida en la cárcel, al menos, quiero irme con la cabeza bien alta.

—Los jóvenes son carne para buitres en la cárcel.

—No lo decía por ella —respondió riéndose—. Hablaba por ti. Contigo, habré sumado tres homicidios, asesinato en serie y llenaré la crónica negra de esta ciudad por una buena temporada. Eso, si me cogen, porque si no, seré como el lunático ese del zodiaco...

Ante todo, seguía pensando que ese chico era un pobre idiota que desconocía a lo que se enfrentaba. En todos los asesinos existía, en mayor o menor medida, un ápice de ego infantil que se manifestaba al hablar.

Observé que sus pies se encontraban cerca de los míos. Si me impulsaba con fuerza, podía tirarle al suelo. Si fallaba, estaba muerto, pero eso iba a ocurrir de todos modos. Los milagros no suceden si uno no está dispuesto a arriesgar y, a veces, tampoco llegan cuando más se necesitan.

—Te equivocas, David... —dije calculando el golpe. A unos metros, en la oscuridad observé el cuerpo de la agente moviéndose. Por ella, por mí y por ambos, tenía que mantener ocupado a ese chico—. Te arrepentirás cuando estés en Picassent entre barrotes luchando por tu vida cada vez que salgas al patio... Todavía estás a tiempo,

David.

El rostro encogido, los ojos del chico llenos de lágrimas.

Una marea emocional se estrellaba a sus pies y lo arrastraba hacia dentro.

—No, eso no va a suceder, explicaré que fue un accidente... —dijo con el brazo tembloroso—. Buscaremos un buen abogado, eso, un buen abogado...

Estaba en jaque. Esa última frase activó la fuerza necesaria para impulsarme hasta él. Salté y mis pies golpearon sus espinillas. Desprevenido, cayó hacia atrás pero se apoyó en uno de los laterales del vehículo. Fui demasiado estúpido obviando tal detalle. El arma se disparó contra el suelo y un estruendo ensordecedor me tapono los oídos. Sentí la quemazón de la bala acariciar mi pierna. El corte del brazo sangraba y me dolía un infierno. Cuando se dispuso a rematarme, la agente Beltrán le asestó otra patada por detrás y el arma cayó a mi costado.

—¡Serás zorra! —Dijo y le golpeó en las piernas—. ¡Tú serás la siguiente!

Giré como una salchicha y me puse encima de la pistola para impedir que la cogiera. Si se disparaba el arma, me reventaría entero. Malherido, hice un esfuerzo por evitar que me echara hacia un lado. Se puso encima de mí y me pateó la espalda. Algo crujió en mi interior.

Tras varios golpes en el rostro, no aguanté y me echó hacia un lado. Agarró el arma, vi la silueta de la agente Beltrán de pie. Todo sucedió a cámara lenta. Primero cortó las bridas con el cuchillo. El asesino se recomponía a un lado. Después Beltrán se aproximó al chico y le clavó el puñal en el lomo. Rodé como una salchicha alemana y se oyó un disparó que agujereó el cristal delantero. David ni siquiera gritó. Soledad le golpeó las manos y lo paralizó en el suelo. El chico se quejaba lastimado y perdía sangre.

Soledad se acercó a mí y me miró como quien se encuentra con un ser querido tras un largo período.

El tiempo se detuvo por un instante.

Después me besó en los labios.

De pronto, lo olvidé todo: el dolor físico, el psicológico.
Estábamos a salvo, todo parecía haber terminado.
Eso queríamos creer.
Eso quise yo creer.

19

La agente Beltrán agarró una brida de plástico e inmovilizó a David, que sangraba por el costado con el rostro húmedo por las lágrimas. Una situación extraña llena de emoción e incertidumbre.
Sentí aflicción al contemplar cómo Soledad trataba con esa frialdad al chico. Resultaba difícil entender que ese mismo chico que ahora lloraba como un niño pequeño había intentado acabar con nuestras vidas. El aire de la furgoneta se agotaba. Una vez la agente me hubo soltado, me recompuse y abrí la puerta del vehículo. Aspiré el aire fresco con ganas de vivir de nuevo y miré al horizonte donde un grupo de personas se dirigía hacia nosotros. Sentí dificultad para distinguir. Había perdido sangre, acumulaba cansancio. La agente avisó por radio al resto de policías y no tardaron en presentarse subidos en un coche patrulla. Se escucharon sirenas que se mezclaban con la entrega del trofeo que se celebraba en el interior.
Una grada separaba el terror de la alegría.
Después vi una ambulancia que llegaba a toda velocidad.
—¿Estás bien? —Me preguntó uno de los agentes mientras me sacaba de la furgoneta—. No te preocupes, ya estás a salvo.
Dos policías se aproximaron a la agente Beltrán y hablaron con ella. El ruido ensordecedor del estadio me impidió entender qué decían, pero ya no importaba, habíamos dado con nuestro asesino. De un coche patrulla bajó el hombre que me había dado las órdenes por radio. Parecía más preocupado por su compañera que por mí, algo que

no tuve en cuenta. Dos médicos retiraron en una camilla a David y lo metieron en una ambulancia que salió directa hacia el hospital. Otra médico, de unos treinta años, con gafas y una mirada agradable, se acercó a mí.
—¡Estás sangrando! —Dijo ella preocupada—. Necesitas ir al hospital, pero ahora mismo.
—Me las he visto en peores situaciones... —respondí haciendo presión con una gasa sobre el corte—. Saldré de esta... ¿Y el chico? ¿Se recuperará?
—Sí... —contestó ella con desgana, como si hubiese preferido haber encontrado su cadáver—. Ha sido un puñalada poco profunda. No parece haber afectado a los pulmones.
—Ha tenido suerte.
—Más que otros —murmuró por lo bajo—. Esto te va a doler... Aguanta.
La enfermera me puso una inyección. Después desinfectó el corte y me dijo que presionara con una gasa limpia que posó en mi mano.
—¿Puedo irme ya?
Ella se rio.
—Pues claro que no... ¿Te has visto, muchacho? —Dijo sonriente mientras me limpiaba la herida de la cabeza—. Pareces un cuadro de Picasso.
—Menudo piropo me echas.
—Me temo que tendrás que pasar la noche en observación, aunque no sea nada grave —explicó—. Tienes un golpe fuerte en la cabeza.
—Tranquila, no creo que me afecte demasiado...
—Tú eres el escritor, ¿verdad? —Preguntó ella con una sonrisa mientras sanaba la herida. Era doloroso aunque su compañía lo hacía todo más fácil—. Te he visto en el periódico. Menuda has liado estas fiestas.
—Perdona, que yo no he hecho nada...
—No, si a mí no me tienes que dar explicaciones —dijo ella riéndose. Me gustaba la gente que desprendía optimismo. Demasiadas desgracias había ya como para

seguir hablando de ellas—. Ya le tendrás que pasar el parte a los de azul.

—Ya podrían ser todos tan simpáticos como tú.

—¡Oye! Que estoy casada y tengo una hija... —dijo y nos reímos—. Además, creo que ya te han echado el ojo.

—¿Por qué lo dices?

—La agente delgadita, la morena, sí... —confesó. Soledad se encontraba a mis espaldas, así que no podía ver nada—. ¿Os conocéis de antes? No voy a ser yo aquí la Celestina ahora...

Me reí de forma traviesa.

—Le debo una a esa mujer —respondí—. Me ha salvado la vida.

—Entonces invítala a cenar —contestó—, pero no seas tacaño y llévala a un sitio bonito que perdure en el recuerdo. Estoy segura de que accederá.

—Pues algo de Celestina sí que tienes.

Nos reímos de nuevo.

Era la complicidad de una mujer que había visto de todo.

Siempre resultaba agradable provocar una sonrisa.

Otra ambulancia entró en el aparcamiento del estadio. Pasados treinta minutos, los agentes cubrían la zona para que los curiosos no se acercaran a la furgoneta. La prensa, que merodeaba para cubrir el evento deportivo, no tardó en dejarse caer para sonsacar información y llevarse la exclusiva. El asesino del *Misteri* había sido detenido. Titulares sensacionalistas para poner fin a unas vacaciones y a una semana negra. Imaginé a los jefes de redacción frotándose las manos. Los juegos de palabras, los mensajes en las redes sociales y el deseo de hacer historia en la red, aunque fuese por unos instantes. Les había tocado la lotería. Ya no había misterio que resolver ni cabeza a la que poner nombre. David tenía razón, todo era una cuestión de fama y la había conseguido. Lo que desconocía era que esa fama, que tanto ansiaba, terminaría pronto. Tan pronto como entrara en prisión. Sería olvidado para siempre, porque los medios jugaban así, esa era su forma de mantener entretenido al vulgo. En cuestión de días, sólo su familia se acordaría de él e iría a visitarle a donde le metieran. Las noticias, como las canciones, desaparecían en un universo virtual de basura que sólo alimentaba al famoso 'Big Data'. Necesitábamos que una catástrofe pusiera patas arriba a todo un país para que el impacto resonara. Sin embargo, lo que había sucedido no ocuparía más que varias páginas en el archivo municipal, a partir de ahora regentado por un nuevo empleado. Me acordé de don Miguel, en cómo el odio y la envidia terminaron con él.

—Voy a hablar con mi compañero —dijo la mujer—. Cuando te avise, vienes y te llevamos al hospital… No te vayas muy lejos, que pareces muy pillo.

—Entendido —respondí asintiendo—. Puedes confiar en mí.

Me apoyé en el morro del vehículo, la mujer se separó unos metros y establecí contacto visual con Soledad. Pese a las heridas y las manchas en el rostro, pese a los rotos de su ropa y la cantidad de imágenes que rondaban por mi cabeza, la agente estaba bella, más hermosa que nunca. Puede que fuera la inyección, el sol anaranjado que se ocultaba tras sus hombros o la falta de azúcar en mi sangre. Qué sabía yo y qué importaba todo. Su sonrisa risueña, esos ojos verdes como el reflejo del sol sobre el agua del mar y el oscuro cabello me habían embelesado.

—Hola —dijo ella a escasos centímetros de mí—. Gracias.

Su rostro permanecía cerca, pero no tenía intenciones de besarme. La presencia de los compañeros parecía incomodarle.

Como buen observador, con los años, había aprendido a detectar las señales, a comportarme de un modo u otro en según qué situaciones y, sobre todo, a saber cuándo era el momento de besar a una mujer.

—No tienes que agradecerme nada —respondí y busqué un cigarrillo que no tenía.

—¿Cómo te sientes?

—Vivo —dije y suspiré mirándole a los ojos. Mi respiración se compenetraba con la suya—. Más vivo que nunca… Esta vez, ha estado cerca…

—Gabriel… —dijo ella con un tono de voz quebrado. No era lo que quería escuchar en ese momento, no quería una explicación, ni discutir por lo que había sucedido antes. No me importaba. Era su trabajo. No tenía nada que echarle en cara. Me había salvado la vida y estaba allí, frente a mí. Eso era lo único que me importaba.

—¿Vendrás conmigo? —Pregunté interrumpiéndola—. Al hospital, digo… Quieren que pase la noche allí.

Agachó la mirada con aprobación.

Entendió mis intenciones.

Por muy racionales que creamos ser, continuamos siendo insensibles a la emoción, a lo que guía nuestra vida en las decisiones diarias que tomamos. Somos el resultado de una raza que desarrolló el lenguaje para comunicarse mejor, pero que era capaz de hacerlo sin él.

La ambulancia nos llevó hasta el Hospital General Universitario de Elche, a las afueras de la ciudad y frente a un gran huerto de palmeras. No volvimos a ver a David, aunque no debería de encontrarse muy lejos puesto que los agentes de policía entraban y salían de la zona de Urgencias. Los médicos del hospital sanaron las heridas y me dieron varios puntos en el corte. Por suerte, no había por qué preocuparse de mis golpes ni tampoco de las contusiones de Soledad. Entre camillas, bastidores y sueros, la agente retomó conversación que había dejado a medias.
—Escucha, Gabriel...
—Ahora no es momento, Sol —dije abreviando su nombre, a pesar de que no era ése—. Hay muchas emociones rondando por aquí.
Un policía entró en la sala con paso firme.
—Agente Beltrán —dijo a escasos metros. Tenía el cabello engominado, llevaba gafas sin montura y era imberbe—. ¿Cómo se encuentra?
El tono en el que se trataban era más que oficial. Debía de ser un superior enviado por Casteller.
—Estoy bien, me recuperaré pronto... —dijo—. ¿Ocurre algo?
—El comisario Casteller quiere verle —respondió serio—. Ya nos han informado de su coraje ante ese... sujeto.
—Bueno... —dijo ella y nos encontramos. Le transmití con la mirada que guardara silencio, que lo guardara para nosotros y que no me mencionara. Ella era la protagonista de esa historia, no yo, ni David tampoco. Ese cretino tenía razón, aunque se había equivocado. Aquí no había héroes, sino heroína y esa era la agente Beltrán—. Está bien. ¿Me puede dar un minuto?
El oficial me miró y mostró a la agente cierta desaprobación.

—¿Y usted es? —Preguntó confundido.
—El actor, el de las series...
—Ajá... —respondió incrédulo—. Bueno, es igual. Nos tenemos que marchar, Beltrán.
—Tira, tira... —le señalé levantando el mentón y regalándole una sonrisa. Ella me entregó sus ojos a modo de respuesta.
Estaría bien, por supuesto que sí. Sabía cuidar de mí mismo, llevaba toda una vida haciéndolo.
Pedí ayuda a un enfermero para que me dijera cómo salir por otra parte y me subí a uno de los taxis que esperaba frente a la puerta del centro para que me llevase al hotel. El coche se abrió paso entre un paisaje oscuro de palmeras y edificios. La prensa se escondía a la espera de una foto que tuviera el rostro de la agente Beltrán. Se había corrido la voz. Estaba expectante por leer los titulares del día siguiente. Estaba feliz por ella. Ese idiota de Casteller tendría que condecorarla por mucho que le fastidiara. Por fin, la Virgen había escuchado las plegarias del pueblo y las mías también. Esa noche los ilicitanos dormirían tranquilos.

Brillaba el sol y su calor me iba llegando poco a poco, como cantaba Triana. Abrí los ojos y me desperté una vez más en el interior de aquel bungalow de lujo, en el interior del hotel Huerto del Cura. Libre de persecuciones, de un asesino que nunca llegó a serlo en serie y de periodistas rancios en busca del sensacionalismo, me incorporé de la cama como si todo hubiese sido un sueño. Resultó demasiado extraño. Escasas horas antes, un grupo de policías me sacaba de allí para llevarme al estadio. Una auténtica pesadilla. Con la cabeza bajo la almohada, alguien tocó el timbre de la habitación.

—Oh, no... No puede ser —dije en voz alta sintiendo un ligero *deja-vu* del día anterior. Agarré una bata del cuarto de baño y me dirigí hasta la puerta. Al abrir, un simpático joven esperaba al otro lado. Parecía un empleado del hotel—. Buenos días, ¿es la prensa?

—Buenos días, señor Caballero —dijo con voz nerviosa y una sonrisa falsa en su rostro—. Mi nombre es Julián y soy uno de los encargados del Hotel Huerto del Cura...

—Encantado, Julián —dije y le estreché la mano—. ¿Qué he hecho ahora?

—Nada, señor —respondió—. Sólo quería asegurarme de que todo está en orden.

Miré hacia dentro bromeando delante del empleado y regresé a él.

—Sí, eso parece.

—También decirle que es un honor para el hotel que se hospede aquí —contestó—. Como agradecimiento por su labor en esta ciudad, nos gustaría regalarle una noche más con pensión completa y todos los gastos pagados. Creemos que le vendrá bien descansar después de todo lo ocurrido.

Soledad. Había sido ella.

—¿El mini-bar también?

—Así es.

—Gracias —dije ocultando la emoción—. Son ustedes muy amables.

—Que disfrute su estancia, señor Caballero.

Al cerrar la puerta, me subí en la cama y di varios saltos. Era absurdo, pero estaba feliz. Un detalle tan insignificante me había devuelto la alegría. Durante mi carrera como periodista o escritor, nadie se había molestado en tratarme así, fuera donde fuese. Las dietas pagadas en los hoteles siempre eran a regañadientes. El dinero público se utilizaba para cubrir presupuestos, pero siempre bajo alguna condición. Al parecer, había que salvar a una ciudad para que te dejaran dormir en su hotel más caro, pero había merecido la pena.

Salí duchado y perfumado bajo mis gafas de sol negras y caminé hasta la terraza donde se encontraba la piscina y el restaurante. Me senté en una mesa redonda frente a la piscina redonda en la que una mujer rubia de aspecto escandinavo se bañaba en soledad. Pedí café solo doble, pan con tomate rallado, jamón serrano y queso y un zumo de naranja natural. También pedí la prensa local y nacional. No podía esperar a comprobar las portadas de los diarios. Con una cara de satisfacción que brillaba como el sol que se reflejaba en el agua de la piscina, me dispuse a tomar el café y abrir los periódicos. La reacción no pudo ser otra que una risa de complicidad, de trabajo bien hecho y compañerismo.

LA POLICÍA DA FIN A LA CAZA DEL ASESINO DEL MISTERI

Ayer por la tarde, una agente de la Policía Nacional, Soledad Beltrán, detuvo a David Miralles Valero, joven redactor ilicitano de veinticuatro años, conocido como el asesino del Misteri y autor de los dos recientes asesinatos que han conmocionado a la ciudad estos últimos días. La agente sorprendió al homicida en los aledaños del estadio Martínez Valero, durante la entrega del trofeo Festa d'Elx.

David Miralles forcejeaba con su presunta víctima, el famoso escritor alicantino Gabriel Caballero, que en todo momento ofreció su ayuda al CNP para dar con el autor de los crímenes y que sin ella, según afirma la agente Beltrán, no habría sido posible detenerlo. Miralles se encuentra detenido a la espera de pasar a disposición judicial. La agente Beltrán ha sido propuesta para recibir la Medalla de Plata al Mérito Policial por su servicio al CNP.

Lo había logrado. Era famoso en la ciudad vecina antes que en la mía. Siempre sucedía. Había que darle la razón al dicho popular.

Me alegré por ella y le agradecí en silencio lo que había hecho por mí. Me pregunté cómo se tomaría Casteller las declaraciones. Desayuné con placer mientras el sol caía sobre mis pómulos y esa mujer de pelo rubio mojado contoneaba su cuerpo en el agua. Por fin empezaban mis vacaciones. Emprendería un largo viaje de reflexión y digestión por todo lo sucedido. Tal vez la historia diese para un libro aunque no estaba seguro si desearía escribir sobre Soledad una vez la hubiera conocido mejor. Cavilé sobre lo que vendría más tarde c0n un océano de incertidumbre ante mis ojos. Lo reconozco, tenía ganas de más, pero debía echar freno a mis emociones. Bastaba de aventuras por una temporada, necesitaba descanso, bajar a la playa de San Juan, oler el aceite de coco que la brisa robaba a las chicas bronceadas y contemplar el vuelo de las gaviotas. Eso junto a una cervecita y la brisa del Mediterráneo. Era el momento perfecto. Regresar a casa, hacer de aquel día un momento privado y montarme en el descapotable, al cual echaba de menos. Volver a Alicante.

No había terminado la tostada con tomate cuando vi las brillantes y morenas piernas de una mujer alta con gafas de sol y pamela caminando por las instalaciones del hotel. Era ella, había venido a buscarme. Nunca se daba por vencido. Era su receta para el éxito. Lara Membrillos llevaba un vestido más escotado de lo usual. A esas alturas, nadie creía en las casualidades.

—¡Lara! —Exclamé levantando los brazos y llamando la atención de todos los clientes. Para su fortuna, en la terraza sólo había algunos extranjeros más la mujer de la piscina.
Membrillos se acercó con paso agitado como si se sintiera avergonzada por mi reacción.
—¡Gabriel! —Respondí quitándose las gafas—. ¿Qué haces aquí? ¿Qué te ha pasado?
Como siempre, ese juego inocente y afilado no funcionaría conmigo, por mucho que insistiera en fingirlo.
—Siéntate, Lara —ordené—. No creo en las casualidades.
—¿Has leído la prensa? —Dijo haciendo referencia a los diarios que había sobre la mesa—. ¡Han cazado a ese demente! Al fin...
—Me sorprende que sólo leas los titulares.

Lara pidió un zumo de kiwi que acuñó con una palabra anglosajona que no logré memorizar. Después se dio por aludida y cambió de expresión.
—Está bien, Gabriel, no es una coincidencia... —explicó tocándome el brazo—. Me muero por escuchar tu versión, de verdad.
—¿Qué versión? —Pregunté con una sonrisa propia de un anuncio de Colgate.
—Venga, ahora no te hagas el ingenuo... —dijo apretándome el brazo. Estaba nerviosa. No sabía recibir una negativa por respuesta—. Dime, ¿cómo sucedió? ¿Cómo diste con él?
Agarré la taza de café y terminé lo que había en su interior. Después di un trago de agua fresca.
—¿Ves esta herida en la cabeza? —Dije señalándole el golpe de la cabeza—. Lo he olvidado todo...
—¡Vamos! ¡Gabriel! —Voceó—. No seas así... Sabes que esta historia puede lanzarte a lo más alto... Ya te imagino firmando en Madrid, llenando El Corte Inglés de Princesa... Lo veo, Gabriel.
Lara Membrillos no sabía lo que hacer para que le entregara un testimonio válido y así sacarse un reportaje de

la manga. A veces, las personas eran capaces de cualquier cosa con el fin de obtener lo que buscaban. Ni el fin justificaba los medios ni los medios el fin.

Quién me iba a decir muchos años antes, cuando Lara Membrillos me ignoraba en los pasillos de la facultad, que terminaría arrastrándose de esa manera a pesar de su reputación. En esta vida había que saber cuándo levantarse y decir que no, pero ella estaba dispuesta a persuadirme hasta el crepúsculo de la tarde.

—Escucha, Lara, me caes muy bien y entiendo que busques una exclusiva —expliqué cerrando el periódico y poniéndolo a un lado de la mesa—. Simplemente, no soy la persona que buscas, no estoy interesado en hacer de esta historia una gira por platós de televisión de programas de media tarde con concursantes de Gran Hermano…

—Eso no es así, Gabriel —insistió—. Esta historia será periodismo auténtico, no de segunda división.

—Disculpa —dije soltando su mano—, pero todo lo que está relacionado con la televisión, no entra ni en la categoría de periodismo…

Su rostro se encendió. Parecía haberle ofendido.

—¿Qué estás diciendo, Gabriel?

—Ya me has oído, Lara —dije y le acaricié el hombro—. No pretendo ser grosero. Haces un trabajo impecable.

—¡Quítame tus manos de encima! —Gritó y el servicio del hotel nos miró—. Tenía razón, esto es una pérdida de tiempo. Eres un grosero y un gilipollas. Siempre lo has sido.

—No te pongas así, mujer —respondí—. Debes entender que no quiera hacer de esto un circo.

—Olvídame, Caballero —contestó enervada. Se puso las gafas de sol y se levantó de la silla—. Encontraré a otra persona que sí quiera colaborar conmigo y te aseguro que te arrepentirás, ya lo creo… Te comerás tus palabras algún día.

Y por el mismo pasaje por el que había entrado, Lara Membrillos abandonó el hotel meneando sus piernas bronceadas, algo más nerviosa, en busca de la exclusiva. Me sentí como un cretino al responderle algo así sobre su profesión, pues a mí me hubiese molestado igual o más que a ella, pero comenzaba a ponerse pesada. Como en el juego, hay que saber hasta dónde llegar, aceptar las limitaciones propias y reconocer cuándo decir basta. De lo contrario, podemos perderlo todo, hasta la dignidad.

Tras el desayuno, regresé a la habitación, me puse un bañador que llevaba en la maleta y caminé hasta la piscina. En verano, es importante llevar un bañador sin importar a donde vayas. Nunca sabes lo que puede suceder. Para mi sorpresa, la mujer de cabello dorado ya no se encontraba allí, por lo que disfruté de un instante en soledad y relajado. Después de realizar unos largos y ejercitarme durante varios minutos, pedí un vermú a uno de los camareros y me lo sirvió en una bandeja al bordillo de la piscina. Salí, me envolví en la toalla y me puse las gafas de sol, con el cabello peinado hacia atrás con las manos. Luego me senté en una mesa cercana a la piscina y disfruté de mi trago. Aquel vermú supo a gloria bendita después de haber ejercitado el cuerpo. Mientras daba otro sorbo, vislumbré por el cristal del vaso una silueta que me resultó familiar. Esta vez era una visita más agradable. La agente Beltrán caminaba hacia mí con una sonrisa en los labios.

—Tú sí que sabes, Gabriel —dijo ella—. Unos trabajando y otros...

—No eres la única que tiene detalles conmigo —bromeé—. ¿Cómo te sientes?

Un empleado se acercó a nosotros.

—¿Desea algo la señora?

—Traiga dos copas de cava, por favor —dije antes de que ella contestara—. Qué demonios, una botella entera.

—Marchando —dijo el empleado con una sonrisa y se marchó.

—Espero que no estés de servicio...

Ella se rio tapándose los dientes con la mano.

—Eres único... —respondió—. Y no, no lo estoy...

—Estupendo, entonces…
—Me siento bien, todo esto es muy extraño, no me creo que se haya terminado.
—Por el bien de todos —respondí y di un trago al vaso—, me alegro de que sea así de raro… Enhorabuena por tu condecoración. Hoy en el cielo hablan de ti.
Soledad se sonrojó. Acaricié sus dedos sobre la mesa. El camarero trajo la botella, la descorchó y sirvió las dos copas.
—¿Puedo preguntar qué celebran?
—Celebramos su existencia, que no es poco… —dije guiñándole un ojo a la agente—. Esta mujer nos ha salvado a todos.
El empleado se quedó boquiabierto al reconocerla por la noticia del periódico.
—Vaya, debe de ser emocionante estar en su piel… —dijo sorprendido—. Gracias por su servicio.
—Es mi deber hacer un buen trabajo, como usted el suyo.
—Así es.
El camarero, agradecido, se marchó y regresó a su puesto. Soledad estaba sonrojada por el trato que había recibido.
—Tardaré un tiempo en asimilarlo todo.
—Brindemos —dije y así hicimos. Bebimos y nos miramos. Un silencio inundó la terraza.
—Gabriel…
—¿Sí?
—Hay algo que intento decirte desde hace un tiempo… —respondió. Esa frase. Esa maldita frase sólo me había traído problemas hasta la fecha. A mí y a millones de hombres. Sin embargo, no podíamos hacer nada por detenerla. El destino siempre debía fluir y anteponerse a la voluntad de la otra persona no era sino un esfuerzo banal—. Después de todo esto, me pregunto qué pasará entre nosotros.
Una cuestión complicada. No había pensado en ello lo suficiente como para responder como un hombre maduro. Primero Patricia, luego Blanca y ahora… ella. Después de

Eme, mi corazón se había alejado de relaciones con finales de película francesa, donde el amor sale mal parado y al final, el protagonista terminaba por suicidarse. Rojo me lo había advertido. Soledad era diferente a las demás chicas que había conocido, ya fuese porque era policía o por su forma de ser. Su ternura y su carácter, dos opuestos que podían dar balance a mi vida. Pero no estaba seguro de cómo responder a su cuestión.

—Debo ser sincero contigo… —dije estirando la columna vertebral—. Yo tampoco lo sé… pero se me ocurre algo.

—Algo… —dijo pensativa—. ¿Como qué?

—Es mi última noche aquí —expliqué—. Hace menos de veinticuatro horas que casi morimos en una furgoneta… Tengo una habitación para nosotros, pensión completa y una botella de cava que nos espera… ¿Qué tal si dejamos la respuesta para mañana?

—Sólo por esta vez —respondió ella con una sonrisa cómplice—, te dejaré ganar, Caballero, pero eso no fue lo que dijo la médico.

Sus palabras me produjeron una risita infantil.

—¿Cómo sabes tú eso?

—Para ser escritor, has leído bien poco… —respondió con mofa—. Te olvidas de Melibea.

—Dejemos a La Celestina para otros… —contesté haciendo referencia a sus palabras—. Esa historia termina fatal.

Sonreí, me levanté y le ofrecí mi mano. Ella me entregó la suya y la llevé hasta la habitación. Durante el trayecto que separaba la terraza del bungalow, miré atrás dos veces: una, para contemplar su belleza y dos, para asegurarme de que seguía ahí. Como en una película romántica, nuestros rostros se unieron por un magnetismo invisible que los atrajo. Sentí el tacto de sus labios acariciar los míos, de nuevo, tras haberlo hecho en el interior de ese furgón al salvarme la vida. Nos besamos, no una, ni dos, ni tres veces, sino durante un buen rato. El fuego acumulado que llevábamos dentro arrasó el interior de aquellas cuatro paredes. Soledad me hacía desaparecer con cada beso, con cada tirón del cabello. Su piel era fina como los pétalos de las rosas y su olor un placer para mis sentidos. Deseé perderme para siempre entre las curvas de su cintura, en la longitud de sus piernas y la distancia que las separaba entre sí. Deseé que nada de lo anterior hubiese sucedido y que aquella fuera la primera de muchas noches que íbamos a pasar juntos. Agitados y excitados como dos cuerpos calientes y húmedos que se deseaban como salvajes, nos desnudamos bajo las sábanas blancas e hicimos el amor hasta fundirnos con el sol de la tarde.

La velada se vio interrumpida por una llamada. En esa ocasión, no fue mi teléfono el que sonó. Nos habíamos dormido tras una sesión pasional. Soledad se levantó desnuda, se puso las braguitas y tomó prestada mi camisa. Casteller quería reunirse con ella.
Ese comisario me arruinaría la tarde.
—Es mi jefe —dijo avergonzada—. Me ha citado en su despacho.
—¿Volveré a verte? —Pregunté desde la cama tapado por la sábana—. De lo contrario, no te dejaré marchar.
Ella se rio.
—Te llamaré, ¿vale? —Respondió y agarró sus cosas para entrar en el baño—. Tenemos una conversación pendiente.
Soledad se despidió con un intenso beso en los labios. Inspiré su fragancia para guardar el recuerdo en mi memoria. Después cerré la puerta y planeé cómo pasaría el resto de la tarde. Emborracharme en soledad no era una mala opción. Beber en sociedad era lo que hacían todos. Recordé que todavía quedaban algunos cabos que atar e hilos que cerrar. Pequeñas cuestiones. Con el asesino en la cárcel, la agente Beltrán a salvo y mi pellejo vivo como el de un pavo, me duché y vestí y salí al aparcamiento del hotel. Allí estaba mi coche, rojo y reluciente como lo había dejado. Me subí y encendí la radio. Los Antideslizantes tocaban una oda a la playa del Carabassí y me ponían en sintonía con sus ritmos de surf y buenas vibraciones. Aceleré y cogí la circunvalación que llevaba al hospital donde se encontraba Fernando Sempere. Tal vez se alegrara de verme. Salí de la ciudad y tomé la carretera del polígono industrial. Al llegar allí, pregunté en recepción por la habitación del paciente, pero me informaron de que ya se había marchado.
Decepcionado, saqué el teléfono y marqué su número.
—¡Gabriel! —Dijo con alegría al otro lado del aparato—.

¡Estás vivo!

—Estoy en el hospital... —contesté—, pero veo que tú no... ¿Dónde demonios te encuentras?

Con la risa contagiosa y perdonable que le caracterizaba, Sempere tomó varios segundos para responder.

—Lo siento, se me olvidó avisar a la secretaria... —explicó—. Le dije que te lo comunicara.

—¿El qué?

—Mi familia decidió aislarme de la ciudad hasta que todo pasara —dijo en voz baja. Hablaba como si tratara de esconderse en una habitación—. Estoy en el apartamento de Los Arenales del Sol... ¿Por qué no vienes y cenamos juntos?

No era una mala idea. Los Arenales del Sol era la costa de Elche, una pedanía plagada de apartamentos en pendiente que daban al Mediterráneo. No viajaba por allí desde que era un niño pequeño. Podría ser agradable recordar viejos momentos. Posiblemente, todo habría cambiado desde entonces, pero no me importaba, me apetecía sentarme a charlar con el abogado.

—Está bien, iré para allá —dije—. Estoy a medio camino.

Tomé la salida del polígono y después la árida carretera que cruzaba el aeropuerto para ir hacia El Altet y finalmente salí por el camino que me llevó hasta Los Arenales del Sol. El paisaje de color marrón con tonos rojizos contrastaba con la abundancia de palmeras y edificios de fachadas amarillentas, propios de una zona que difícilmente se podía encontrar en otra parte de la geografía europea.

Los Arenales del Sol estaban compuestos por una larga carretera que dejaban atrás una montaña, un cabo y una larga playa de dunas de arena. A un lado de la carretera principal había un paseo y entradas a la playa. Al otro costado, una pirámide de apartamentos y urbanizaciones apilados entre callejuelas como una baraja de naipes. Me acerqué a un grupo de transeúntes y pregunté por el nombre de la calle que Sempere me había dado. Minutos después, aparqué en una cuesta junto a la entrada de un complejo de casas con piscina privada. El abogado sabía cómo vivir bien y no me extrañó en absoluto que algunos tuvieran ganas de que le sucediera una desgracia. Una cuestión tan absurda que seguía latente en la sociedad. El complejo de tener más o menos que el vecino, de sentirse desgraciado mientras que el resto tiene más suerte, el lastre de la comparación social en una época en la que cada uno era libre de tomar su camino. Para mí, el dinero no era más que un tipo de cambio, algo volátil que ocupaba una ligera parte de mi vida. Había tenido épocas en las que ganaba muy poco como periodista, pasaba hambre y no llegaba a fin de mes, y esos días quedaban bastante lejos del lujo y las comodidades que el éxito me había brindado, pero seguía siendo el mismo recordando que me encontraba en este mundo para escribir una pequeña página de historia. Mirar a otros sólo me había servido para saber que era posible. Si me hubiese comparado con mis compañeros, probablemente habría terminado como David. La vida era un camino de decisiones y cada uno debía tomar las suyas.

Toqué el timbre y la puerta se abrió. Después crucé una entrada de adoquines sobre la hierba y dejé a un lado una piscina vacía y tranquila. Era la hora de la cena y todo el mundo se encontraría en su casa o en los bares de la avenida. Una silueta me saludaba desde el balcón del tercer piso.

—Dame un minuto —dijo desde lo alto—. Bajo enseguida.

Fue un reencuentro extraño. Fernando todavía mostraba el rostro magullado y herido por los golpes que había recibido. Bajo el ojo derecho, un hematoma cubría de color morado su rostro. Tenía puntos de sutura en el pómulo y una venda que cubría una parte del cráneo.

Me acerqué y le di la mano, pero él me respondió con un fuerte abrazo y varias palmadas en la espalda. Nos alegrábamos de vernos, como quien se encontraba con un compañero de batallón después de un conflicto.

—Estás vivo, truhán —dijo con esa sonrisa que le caracterizaba. Puede que casi hubiese perdido un ojo, pero no le pudieron arrebatar esa chulería intrínseca en él—. He leído las noticias esta mañana.

—A decir verdad, casi lo cuento —contesté con un poso de amargura—. Me alegra ver que te has recuperado. Por suerte, todo ha terminado.

—Lo que peor me sabe… —respondió—, es que me he perdido la mejor parte.

Ambos nos reímos.

—¿A dónde me vas a llevar?

—No me dejan salir muy lejos… Iremos a pie a un lugar que te sorprenderá, confía en mí…

—¿Estás seguro? —Pregunté—. Cualquier bar servirá…

—¿Desde cuándo no lo he estado?

Paseamos hasta un restaurante de aspecto sobrio aunque con una buena selección de pescados y mariscos. Sempere estaba en lo cierto, el lugar me sorprendió. Nos sentamos en una mesa que tenía vistas al mar y observé cómo las olas rompían con violencia contra la orilla. De noche, la marea podía llegar hasta el muro que separaba a los edificios del agua.

Pedimos cocochas, un pulpo a la brasa trinchado y media docena de gambas rojas, acompañado todo de dos copas de Albariño bien frío. Sempere sabía cómo cuidar a un invitado, sin importar la situación o el entorno en el que se encontrara. Tras comentar su recuperación, volvió a reanudar la conversación sobre la noticia del periódico, la condecoración de Soledad y mi colaboración en el caso. Me dejé llevar por las palabras que afloraban en mi boca gracias al vino y a la selección de entrantes que Sempere había encargado. También le hablé de David, de quién era y por qué había actuado así. De cómo todo la envidia nos había envuelto en un asunto tan turbio poniendo a la ciudad de vuelta y media. No quise sacar el tema sobre su tío abuelo hasta estar seguro de que estaba preparado para enfrentarse a la verdad, ni preguntarle si recordaba cómo había sucedido todo, pero él insistió.

—Ahora le recuerdo... —dijo haciendo una pausa en su comida y acariciando la copa de vino. La noche era perfecta, cálida aunque con la brisa suficiente como para no pasar calor. Los dos vestíamos camisas remangadas y pantalón largo. En la terraza nos acompañaban otros comensales que disfrutaban en silencio. La luz del restaurante alumbraba lo suficiente aunque no llegaba a molestar. En el cielo azul se podían ver las estrellas y, a lo lejos, la inmortal isla de Tabarca, que tantos recuerdos me traía—. Ese chaval estuvo en mi despacho... Había hablado con él antes, por teléfono... Incluso llegamos a intercambiar algún correo electrónico... Maldita sea, le conté lo que quería hacer con el documental, caí en su propia trampa...

—No te fustigues, ya pasó —respondí condescendiente—. Era conmigo con quién la tenía cruzada... Puede que tuviésemos que haberlo dejado desde el principio.

—¿Estás tonto? —Preguntó molesto—. Hicimos lo correcto, nadie se debe echar atrás ante un puñado de amenazas...

Miré a Sempere a los ojos.

—¿Qué sentiste?

—¿Cuándo?

—Ya sabes... —dije buscando la forma más sensata de terminar la frase—. Cuando entró en el despacho y te asaltó...

Sus ojos se nublaron. Seguía reciente. Las imágenes empalidecían su rostro.

—No sé, todo sucedió muy rápido... —dijo y dio un trago de vino—. Yo estaba trabajando cuando eso sucedió, recuerdo que te llamé...

—No tenemos por qué hablar de ello si no quieres, sólo tenía curiosidad.

—Está bien —dijo respirando profundamente—, es algo que debo aceptar. Ese cabrón me atacó con un yunque...

Bastante es que sigo vivo... Recuerdo que entró en el despacho y yo estaba ordenando varios documentos cuando escuché un ruido. Alguien había entrado en el portal y, para la hora que era, pensé que sería un vecino... Después escuché otro ruido, pero hice caso omiso, estaba demasiado concentrado. Cuando quise darme cuenta, ese chaval estaba frente a mí, vestido de negro y con el yunque a la altura de mi cabeza. Le reconocí, claro que lo hice, incluso le grité algo, pero ni siquiera se molestó en saludar... Me dio todo lo que quiso... Todavía no entiendo por qué me dejó con vida.

—Alguien llamó su atención y huyó escaleras abajo —añadí—. Estuvo muy cerca de rematarte.

—De no haber sido por ti, me hubiese quedado allí, en el sitio...

—Bueno, no me des las gracias —contesté—. Llegados a este punto, todo es cuestionable. Soy un foco de líos y tiendo a meter en problemas a la gente que se cruza en mi camino...

—¡No digas eso, Gabriel! —Exclamó con una sonrisa levantando la copa—. Piensa en la historia que hemos vivido, eso sí que ha sido único... Y pensar que toda esa historia del *Misteri* no era más que una farsa...

—Siento decepcionarte, *amic* —dije—, pero me temo que así fue. Esto no era Roma ni tampoco una novela de Dan Brown...

—Bueno... —dijo melancólico—, al menos, nos divertimos... Eso no nos lo quitará nadie.

Resultaba gracioso contemplar a Sempere, satisfecho por mi presencia y por haber llegado al final de esa cruda historia. En su lugar, me hubiese ido bien lejos, a otra ciudad o, incluso, a otro país. Pero él, parecía entusiasmado por haber sido cómplice de la resolución de un crimen. Sin duda, todos necesitábamos una vía de escape en nuestras vidas y jugar a ser Watson era la suya.

—¿Por qué no me lo contaste? —Pregunté—. Lo de tu tío abuelo.

Sempere frunció el ceño.

—Lo descubriste.

—¿Qué esperabas? —Pregunté y le di una palmada en el hombro—. Tratabas con Gabriel Caballero.

El abogado sonrió.

—Me hubieses tomado por un idiota —explicó—. Estos días, tras el accidente, he tenido tiempo para reflexionar... En el fondo, lo único que buscaba era saldar una cuenta con el pasado. Jamás imaginé que terminaría en una aventura así...

—¿Sabes? —Dije apurando el vino que me quedaba—. Empiezo a estar mayor para estas cosas... Uno se siente más cómodo escribiendo novelas que noticias de sucesos.

—De eso mismo quería yo hablarte.

—¿Cómo?

—He iniciado los trámites para reanudar la filmación del documental —explicó—. Tal vez tengamos que hacer algunos ajustes en el guión, pero es el momento perfecto para plasmar la historia.

—¿Qué opinan los de Cultura?

—Me han dado el visto bueno —contestó—. Como ves, aquí todo va por hilos... Estoy seguro de que se alegrarán de verte de nuevo.

La noticia era satisfactoria aunque dudé si la ciudadanía estaría preparada para hacer frente a un suceso de ese calibre. Después me acordé de la biblioteca e imaginé al espíritu de don Miguel vagando por el claustro.

—Será mejor que cambiemos los emplazamientos —añadí—. No me siento muy cómodo al pensar que volveré a ese viejo convento.

Sempere dio una fuerte carcajada.

—Descuida, me encargaré de todo —dijo y contempló la oscuridad del mar—. Aunque todo esto queda bien lejos, ya que sería para el próximo año... Espero que no te moleste la petición.

—Mientras no sea resolver otro crimen...

Sempere suspiró y pidió dos cafés solos y dos whiskys con

hielo.

—¿Qué vas a hacer ahora, Gabriel? —Preguntó satisfecho—. ¿Escribirás otro súper ventas con esta trama?

Un camarero sirvió las bebidas. Bebí el café de un golpe y después agarré mi trago.

—No sé, Fernando... —dije y le di un sorbo al whisky—. Entre tú y yo, está esa chica, la policía...

—La morena, ¿verdad?

—Sí, la agente Beltrán —dije con timidez—. Durante estos días, han surgido, ya sabes... sentimientos. Me temo que si escribo esta historia, le salpicará a ella también.

—Siempre puedes obviar las partes amorosas, dotarlas de ficción.

Di otro trago más largo. El whisky quemó mi garganta.

—No, no puedo.

—Entonces no la escribas.

—Llevo demasiado tiempo sin escribir un folio —dije abrumado—. Comienza a ser una necesidad.

—Entiendo... —añadió—. Entonces, *amic meu*, me temo que tendrás que elegir... O una cosa... u otra.

Las palabras de Sempere revolotearon en mi cabeza como las gaviotas sobre el mar.

El silencio se apoderó de la mesa, de nuestras voces y de la noche. No hubo más que decir, pues todo estaba ya dicho. Pagamos y nos despedimos con un fuerte apretón de manos desconociendo cuándo sería la próxima vez. La calle estaba vacía, todos dormían en sus casas y la banda sonora de la noche corría a cargo del rugir de las olas que rompían a escasos metros del paseo.

Conduje hasta Elche, que se encontraba vacía con el fin de las fiestas locales. La mayoría de los habitantes había regresado a los apartamentos de playa o dormían antes de hacer frente a la jornada laboral. Aparqué bajo los pinos del silencioso hotel y caminé hasta la recepción cuando una empleada me detuvo.

—¿Señor Caballero? —Mencionó. Me acerqué hasta la entrada—. Han dejado un mensaje para usted.

—Interesante... —murmuré. No podía hacerme una idea—. ¿De quién se trata?
La chica abrió un libro de registros y sacó una tarjeta.
—El señor Antonio Boix —indicó—. Le espera mañana a las nueve en el restaurante para desayunar.
—Vaya, qué oportuno —respondí—. Parece que ahora todos quieren despedirse de mí...
Ella sonrió pero no esputó palabra. Me despedí con la mano y caminé hasta mi bungalow. Esa noche dormiría como un niño tras una excursión escolar. Tenía que recuperarme. Había cargado con demasiado. Por fortuna, mi estancia en ese lugar había llegado a su fin.
Me pregunté qué querría Boix, pero eso no importaba.
Tenía que encontrar una respuesta para Soledad.
Sabía que no me dejaría marchar sin ella.

20

A la mañana siguiente, cuando salí de la habitación, encontré a Antonio Boix embutido en una camisa blanca de Ralph Lauren, gafas de sol con cristales verdes y unos pantalones cortos de color crema. Parecía una rana disecada. Boix estaba peinado hacia atrás, inmóvil en su silla y con el sol matutino en pleno rostro. Leía la prensa, tomaba café y jugaba con la cucharilla del azúcar. Junto al café, un paquete de tabaco. Tan pronto como le encontré, me hice el sorprendido y aligeré el paso para nuestro encuentro.
—Dichosos los ojos, señor Boix —dije con tono amigable. Me sentía descansado y feliz. No podía creer que todo hubiese terminado.
Sin intenciones de levantarse, me alcanzó la mano y me dio un apretón. Sus manos estaban bronceadas tras pasar horas en un barco con rumbo a Tabarca. Boix chasqueó los dedos y el camarero del día anterior se acercó a la mesa. La piscina estaba vacía, el cielo despejado y nadie nos acompañaba a tan temprana hora.
—Buenos días —dijo con una sonrisa—. ¿Qué van a tomar?
—Café solo y tostada con jamón —dije—, por favor.
—Un carajillo y una botella de agua —respondió el hombre—. ¡Ah! Pero al carajillo, *unes gotetes*, ¿eh?
La forma de hablar de aquel hombre era, cuanto menos, graciosa, con esa mezcolanza de palabras derivadas del

valenciano y del castellano, una jerga local que él y los suyos habían creado combinando ambas lenguas.
—*Ché, quin día...* ¿eh? —Dijo abriendo los brazos y mostrándome las palmas como si rezara a un mesías—. Está hoy el *sielo* de *sine*.
—Cosas del Mediterráneo, Antonio.
El tipo se rio de mi comentario como un perro sarnoso.
—*Qué dises, home...* —comentó—. Esto es cosa de Elche, y nada más... Como aquí, en ninguna parte... ¿Y tú, cómo estás?
—Pues ya me ves —respondí—, a punto de volver a la ciudad.
—*¿No t'agrada el poble*, eh? —Contestó manteniendo la mirada—. La verdad es que no ha sido la mejor época, todo hay que decirlo...
—Puede que sea eso —dije—. Por lo todo lo demás, me habéis tratado como a un marqués.
—Para que luego digáis los de Alicante... —dijo. El empleado sirvió los desayunos y Boix se puso una servilleta de tela sobre las piernas. Cuando se marchó, dio un trago al carajillo y se inclinó hacia mí como si deseara compartir un secreto—. Gabriel, *xiquet*, imagino que te preguntarás qué hago yo aquí a estas horas... Pero que conste, que no he venido a aguarte el almuerzo.
—Nunca se me ocurriría tal cosa.
—Bueno, el caso... —prosiguió—. Esto que quede entre tú, Miralles y yo, ¿eh? Que luego nos vamos de la lengua y lo sabe hasta el párroco de la basílica y ya, lo que nos faltaba...
—Adelante...
—Los amigos del *Misteri* apreciamos mucho tu participación en este asunto y cómo te has involucrado para evitar que se manchara nuestro honor —dijo. Sus palabras me erizaron el vello. Fue hermoso. Después introdujo la mano en el bolsillo del pantalón y sacó una cajita azul de terciopelo como las que usan los joyeros para guardar los anillos de compromiso—. Por eso, y por el

estima que te hemos cogido, desde Sempere hasta Miralles...
—¿Cañete también?
—No, ese no sabe nada, y mejor así...
—Seré una tumba.
—Pues eso... —continuó y abrió la cajita como si me pidiera la mano. En el interior se encontraba un pin dorado con la imagen de la famosa granada abierta que bajaba del cielo y hacía honor a la obra religiosa, con el ángel en su interior—. Nos gustaría que fueses un miembro más de nuestra hermandad, siempre y cuando no sea un impedimento para ti, claro...
Orgulloso, cogí el pin y me lo puse en la camisa. Puede que no fuese la medalla que iba a recibir Soledad, pero reconozco que me sentí orgulloso al haber sido aceptado en su hermandad. Eran tipos singulares, autóctonos de la zona y, sobre todo, buena gente. Le mostré mi agradecimiento con el gesto y una sonrisa.
—Estoy maravillado, Antonio...
—Te queda de categoría —dijo y rio—. Me alegra que así sea, para que luego digáis que somos unas cabezas cerradas...
—La gente no sabe lo que se pierde con tanta estupidez...
—Si escribes un libro contando esta historia... —advirtió con el índice—, espero que me saques bien... A los otros, los puedes poner como quieras, eso sí.
—Creo que mantendré al margen de las letras por una temporada —contesté—, al menos, hasta que digiera lo sucedido...
—Hay que escuchar al cuerpo —dijo y se dio varias palmadas en el pecho—. Si te lo dise el cuerpo, hazle caso, que es más sabio que uno mismo.
—Por cierto, ¿cómo está Matías? —Pregunté desviando la conversación del libro—. No he vuelto a saber nada desde que le asaltaron en el estadio... Todos creían que era el asesino.
—¡Puf! ¡Ése! —Exclamó, dio un golpe en la mesa y se

echó hacia atrás como si estuviera indignado—. ¡Pues casi! Menudo tarambana... Se va al baño y se encuentra con uno de esos a los que le debía dinero... y no sólo un poco, tú ya me entiendes, ¿a que sí?

—Sí, claro —respondí a su pregunta retórica—. Sé de qué pie cojea Matías.

—¡Eh! *Achavo...*—Exclamó—. Pues eso, un bala perdida... Nada que no sepa su padre... Gracias a Dios, la cosa no pasó a mayores.

Imaginé a Cañete asaltado en los baños del estadio y no pude evitar reírme de la situación. Al final, tarde o temprano, todas las deudas se pagaban.

—Ahora que soy de la hermandad, espero que nos veamos más a menudo.

—Claro, *home...* —respondió con una sonrisa bajo sus gafas de sol y ese cuello prieto y grueso que le caracterizaba—. Te vienes y nos comemos un buen *arroset* todos juntos... Pues sí, chico... Anda, cuídate y no te metas en líos.

Con la misión cumplida, Boix se hizo cargo de la cuenta, pagó y se marchó dejándome un fuerte apretón de manos para el recuerdo. Con su andar único y fatigado, se subió en un Mercedes Clase C plateado y desapareció del aparcamiento. Un hombre entrañable y reputado al que había subestimado en un principio. Sentí la morriña de abandonar un lugar mágico en el que me había sentido como en casa durante algunos momentos. La fama no me había tratado demasiado bien y es que, dejando a un lado los hoteles y los restaurantes de lujo, la televisión no era más que un mundo de fantasía al que muchos querían acceder desconociendo la hipocresía que habitaba en ella. Un lugar de paso, como los aeropuertos o las estaciones de trenes.

Regresé a mi habitación y metí mis pertenencias en el petate que llevaba como equipaje. Di un último vistazo y caminé hasta el coche. Cuando me encontraba cargando el maletero, sentí la presencia de algo que se movió rápido a mi espalda. Era un gato pardo, delgaducho y tranquilo. Alguno de los empleados le habría puesto comida en el exterior de las instalaciones.

Agarré el teléfono y me acordé de las palabras de esa médico. Le debía una.

—¿Sí? —Preguntó la agente Beltrán al otro lado del teléfono—. ¿Gabriel?

—¿Estás ocupada?

—No, dime.

—Me gustaría comer contigo antes de marcharme —dije con cierta inseguridad que no tardó en sentir—. Nos debemos una conversación, ¿verdad?

—Sí…

Ella me dio la dirección en la que se encontraba y pregunté en recepción dónde quedaba el lugar. Gracias a Sempere, sabía a dónde llevarla. Llamé al restaurante y reservé una mesa para dos.

Todo estaba cerrado y listo para mi regreso.

Un horizonte de dudas me abrumaba.

Recordé con desazón las palabras de Rojo.

Sólo quedábamos ella y yo, una mesa acogedora a finales de agosto y una comida que determinaría el futuro de nuestra relación.

Recogí a Soledad frente a la estación de ferrocarril y bajamos hacia el centro cruzando el puente que había junto al Palacio de Altamira. Así era la vida, cuando más a gusto te sentías, llegaba el momento de marchar. Y es que, conduciendo por el entramado de calles de la ciudad, me sentía como si hubiese vivido allí toda mi vida y alguien me hubiera borrado la memoria. Soledad vestía de un modo casual. No tenía la menor idea a dónde nos dirigíamos. Me había puesto una camisa blanca y unos pantalones vaqueros desgastados que combinaban el par de zapatos marrones. Era mi atuendo y me había acostumbrado a él. Las camisas blancas, siempre que estuvieran planchadas, junto a los vaqueros y un par de zapatos limpios, eran las mejores prendas que un hombre podía llevar. La simplicidad hecha para el buen gusto y así evitar las combinaciones horrendas que muchos lucían por las calles pareciendo botes de detergente. Su pelo liso escalonado hasta los hombros se aireaba en el interior del coche. Soledad se había perfumado el cuello y yo podía oler su fragancia al volante. Dejé el coche en un aparcamiento de pago y vi la avenida a un lado y la iglesia a otro. Juntos, caminamos casi pegados rozándonos las manos pero sin entrar en contacto físico. Podía palpar la tensión que emanaba de nuestros cuerpos. No era sexual, sino algo más. Soledad estaba inquieta por lo que tenía que decir, o tal vez escuchar. Llegamos a la entrada del restaurante El Granaino, el primer lugar al que había ido con Sempere tras mi llegada a la ciudad. Era el sitio ideal para dar cierre a un episodio de mi vida que haría más mella que otros. En lugar de sentarnos en la barra entramos directos al comedor: un amplio salón con una barra que daba a la cocina y una decena de mesas preparadas al detalle. El interior tenía el aspecto de un restaurante clásico español con las paredes de azulejos y la decoración de madera. El

camarero nos llevó hasta la mesa que había reservado y pedí una botella de ese Ramón Bilbao que tanto me gustaba.
Pedimos ibéricos y un plato de quesos de entrantes y un arroz con verduras para los dos. Hablamos de la medalla que pronto recibiría, de lo orgulloso que estaba de ella y le mostré el galardón simbólico que Antonio Boix me había otorgado por ayudarles a resolver el caso del asesino. Ella sonreía con intermitencia, un tanto preocupada, como si algo le impidiera concentrarse en la conversación. Esperé a que el vino rebajara la tensión de nuestros cuerpos, pues si una copa de vino tinto arreglaba toda discusión, la botella de Bilbao esperaba por nosotros. Seguimos comiendo y bebiendo hasta que retiraron los platos y el camarero que nos atendía nos mostró una paella para dos personas con un aspecto maravilloso. Sólo tuvimos que esperar a que lo sirvieran cuando Soledad fue quien dio el primer paso.
—No sé si es el momento más indicado —dijo mirando a su plato—, pero hay algo que necesito contarte…
—Tú dirás.
Ella jugaba con el tenedor en su plato. Estaba insegura de sus palabras, temerosa a cómo podría reaccionar.
—Verás, he estado reflexionado sobre lo que ha pasado estos últimos días, ya me entiendes… —dijo sin mirarme a los ojos—. Todo esto ha sido una locura, han sucedido demasiadas cosas en muy poco tiempo… y bueno… nosotros… No te esperaba, ¿sabes?
Me encogí de hombros y esbocé una sonrisa inocente.
—Yo tampoco te esperaba, Soledad —respondí y probé el arroz. Estaba delicioso. Era una pena que se fuese a enfriar en el plato de la agente—. Iban a ser unos días de grabación. Si me llegan a avisar de que sucedería todo esto…
—¿No habrías venido? —Preguntó y me miró con los ojos llenos de brillo expectante a mi contestación.
—Eso lo digo ahora, que ya ha pasado.
—Ah… —contestó y regresó a su plato—. Hay algo que

debes saber, Gabriel. Antes de que llegaras tú…
—¿Qué?
—Estaba conociendo a otro hombre —respondió. Se escuchó el golpe del cubierto contra el plato. Se le atragantaban las palabras.
—¿Algo serio?
—Habíamos tenido algunas citas, lo de siempre.
Sentí que Soledad me estaba contando aquello porque quería ser sincera conmigo y fue un detalle que aprecié. Sin embargo, no podía juzgarla de haberlo hecho. Nadie me dijo, excepto Rojo, que llevara cuidado con ella, ni que terminaríamos juntos bajo las sábanas. De nuevo, me había dejado llevar y con quien no debía. Pero qué importaba, la pelota estaba en su tejado y poco podía hacer. La situación era más compleja de lo que había creído en un primer momento. Qué imbécil había sido todo ese tiempo creyendo ser el centro de sus pensamientos. La idea de que Soledad hubiese conocido a otro hombre me puso celoso. Me dejaba en otra posición, desencajado. Desde Patricia, me prometí no ser el segundo plato de nadie. Pero el tiempo y la experiencia también me habían enseñado que las relaciones carecían de normas y que éstas no hacían más que poner barreras a los sentimientos. Amor. Ese término intangible y esporádico que muchos se empeñaban en definir y del que tan poco sabíamos. El amor era otra cosa y no lo que creíamos forjar en una relación sentimental. Le atribuíamos su significado a un torbellino de emociones y estímulos que nos hacían colgarnos por la otra persona como si fuera una droga. Incapaz de controlar lo externo, más valía aprender a mantener la calma. El estómago me dio un vuelco, puse más vino en la copa y tomé un ligero trago. Soledad no había abierto la boca y esperaba a que dijera algo, aunque fuese una muestra de desaprobación.
—No sé, Soledad —respondí finalmente tras haber absorbido el alcohol—. ¿Qué esperas que te diga? Quizá sea una señal para que retomemos los caminos que

habíamos dejado… En ocasiones, la vida nos da una pausa para que reflexionemos, pero no es más que un poco de aliento, un instante ficticio y caduco, difícil de confundir con lo que realmente importa.

—Para darnos cuenta del valor de lo que ya tenemos.

—Por ejemplo… —dije y di un segundo trago. El alcohol comenzaba a relajarme—. Puede que hayamos llegado hasta aquí, que eso sea todo.

Sonreí y ella me devolvió la mueca. No parecía convencida con mi respuesta. Acaricié su brazo para rebajar la tensión. Sus músculos estaban contraídos. No entendí a qué venía tanta preocupación.

—Escucha, Soledad… —añadí con ternura—. Eres una mujer bella, valiente y noble… No me sorprende en absoluto que estuvieras conociendo a otro hombre, es lo más normal.

—Eso se lo dices a todas.

—Puede ser, porque todas tenéis algo que os hace únicas y hermosas… —respondí—. Una mirada, una sonrisa, un andar particular… No has hecho nada malo, así que no tienes por qué preocuparte.

—Lo sé, pero estoy confundida, Gabriel —argumentó ella—. No soy una mujer fácil, nunca lo he sido. Mi experiencia con los hombres no ha sido muy ejemplar, que digamos…

Agarré la botella, rellené su copa y la puse frente a la mía.

—Brindemos.

—¿Por qué?

—Por nosotros —respondí acercándome a su cuerpo—, por habernos cruzado, por habernos salvado la vida el uno al otro.

—Me parece bien —respondió rendida ante el exceso de empatía y bebimos.

Esa tarde no hubo besos en los labios, ni sexo desenfrenado de despedida. Tras la comida, tomamos café y la llevé hasta su apartamento.

—Hasta pronto, Gabriel —dijo con la mirada entristecida.

Ella ya había elegido, pero yo no. No me atreví a detenerla—. Espero que todo te vaya bien.

Con ausencia de romanticismo, aquello se parecía más a la despedida de una ruptura. Soledad me besó en la mejilla y abandonó el coche. Vi su silueta cruzar el portal del edificio.

Luego puse primera y pisé el acelerador.

Era el momento de regresar a casa.

21

No había tiempo para la pena, ni para el árbol ni para mí, cantaba Eric Clapton en *World of Pain*. Subí el volumen de la radio y miré hacia la costa, a los edificios que sobresalían por la playa de Urbanova, al tren regional que transportaba a cientos de personas cada día de la provincia de Alicante y parte de Murcia. Miré al infinito, a medida que me aproximaba a mi hogar. Minutos más tarde, no tardé en ver el Castillo de Santa Bárbara protegiéndonos de todos los males, el final de la costa que se ocultaba tras la montaña, la isla de Tabarca y, por supuesto, mi ciudad. No había tiempo para la pena, a pesar de que me hubiese marchado del municipio vecino de la forma menos deseada. ¡Ay! Soledad mía, mujer confundida entre dos hombres dispuestos a amarla como a ninguna otra. El amor de verano, de ese verano fatídico que guardaría en un archivo de la hemeroteca de los recuerdos. La sociedad nos había preparado para todo, menos para las relaciones humanas. Preparados para todo, menos para decir adiós. Tantos años relacionándonos y todavía éramos incapaces de entender los sentimientos de nuestro corazón. Por eso, hacía tiempo que había dejado de creer en la moral infundida por un grupo de políticos que nos decían lo que era bueno o no para nosotros. No los necesitaba. El rock me lo había enseñado todo ya y, escuchando a Clapton por la radio, me acordé de ese *Feel Free* que tanto me ayudó despertar en plena adolescencia. Aunque no quisiera llorar en alto con las manos al volante, una gran bola de plomo pesó sobre mi estómago aplastando a las últimas mariposas que aleteaban en él.

Olía a puerto, a salitre y hacía calor y humedad. Me colé en la ciudad rodeado de transeúntes en sandalias, camisas de manga corta de flores y camisetas veraniegas. El verano se terminaba pero las temperaturas seguían en alza. Vagabundos con perros que buscaban un rincón de sombra por los alrededores del mercado de abastos. Me sentí como Marty McFly en el final de Regreso al futuro: había pasado una semana en Elche, pero parecía toda una vida. Subí hasta el barrio y dejé el coche en el aparcamiento del edificio. En mi cabeza sólo existía la idea de echarme sobre el colchón y dormir durante doce horas. Al entrar en la casa, sentí un olor a apartamento cerrado y polvo. Había olvidado tirar la basura antes de marcharme y encontré una lata de Mahou aplastada, una taza de café sucia y varios cigarrillos en el salón. También vi mi ordenador portátil con la batería completamente descargada. Lo conecté a la electricidad y comprobé la última página que había visitado. Era una búsqueda sobre Soledad. No me sentí orgulloso al observar su foto. Cerré y abrí el gestor de correo electrónico. El número blanco que había sobre un círculo rojo creció hasta llegar a cien. Aunque vivíamos en una época digital en la que todos teníamos un teléfono inteligente en el bolsillo, me negaba a crear la necesidad de llevar siempre el correo electrónico conmigo. Ya no trabajaba en la prensa, por lo que nada era tan urgente como mi tiempo. Hacía un esfuerzo por entender a todas esas personas que, poco a poco, se habían convertido en ratas humanas, presas de sus notificaciones instantáneas e inhabilitadas para concentrarse en lo que realmente nos había traído hasta aquí: el presente, la vida.

Abrumado por la cantidad de correspondencia que tenía en la bandeja de entrada, me dije que encontraría otro momento para responder. Mi agente literario preguntaba sobre la próxima hora. Era momento de sacar algo nuevo y las ventas del último libro habían bajado. Otro de los correos era de Sempere. Me había enviado los recortes de

las noticias locales y nacionales relacionadas con el caso. En todas, se hacía referencia al escritor alicantino Gabriel Caballero. Hice clic en el botón de reenviar y escribí la dirección de mi agente. Estaba seguro de que le gustaría.
Plegué el ordenador y caminé hasta la cocina. La maldita nevera se encontraba vacía. Me reí en alto. Había vuelto a suceder. Así que cogí una lata de cerveza fría y caminé hasta el salón.
El teléfono sonó.
Tan sólo esperé que no fuera Membrillos, en un ataque de rabia o de sumisión, pidiendo que escribiera la historia para ella.
Miré la pantalla.
Un número desconocido.
—¿Diga?
—¿De vuelta en casa? —Preguntó Rojo al otro lado del aparato—. Te he visto cruzar Alfonso X… ¿Dónde paras?
—Joder, menudo susto, Rojo… —respondí y recuperé el aliento—. Estoy en casa, ¿dónde voy a estar?
—Celebrando tu éxito en el bar… —dijo—. Enhorabuena, amigo. Vuelves a estar en boca de todos.
—Nunca lo he estado, pero bueno… ¿Por qué lo dices?
—Pon la televisión, anda.
Encendí la pantalla y pasé los canales. En los informativos aparecía la ciudad de Elche y sus palmeras, el rostro de los policías y de la agente Beltrán y, por supuesto, imágenes y vídeos de archivo en los que salía mi nombre.
—Imagino que tendrás mucho que contar… —comentó el policía—. Es un buen momento para que te suban la nómina en ese programa de chicha y nabo en el que colaboras.
—¿Sabes? No volveré por allí… —dije—. Creo que necesito un descanso.
—Te pasas la vida descansando, Caballero —reprendió Rojo—. Anda, vayamos a tomar algo al Guillermo. Estoy por la zona y a ti no te pilla muy lejos.
Contemplé mi entorno. Eran las seis de la tarde, un poco

temprano para empezar fuerte. La soledad de un piso vacío, sin muebles, ordenado y exento de vida me ahogaron en un instante. Pasar un rato en la calle me vendría bien. Estar en el bar era mi hábitat natural.
Resultó extremadamente raro que el oficial Rojo fuese quien propusiera algo, pero él era una caja de sorpresas. Acepté. Necesitaba desahogarme. Todas las ocasiones en las que habíamos compartido la barra de un bar había sido de casualidad o con un fin determinado, una misión, una aventura. Lo sucedido en Elche no era razón para detener lo que estaba haciendo y encontrarse conmigo. Esa no sería la excepción. Sentí que Rojo ansiaba contarme un secreto, pero ese halo de misterio que guardaba bajo las escamas le impedía hacerlo tras el teléfono.

Fue la primera vez en mi vida que cruzaba la puerta del bar Guillermo y Rojo se encontraba ya allí, en el interior, en el mismo lugar en el que me había despedido de él. Rojo llevaba un polo de color azul marino, unos pantalones vaqueros y unos zapatos oscuros. Vestía de un modo casual, por lo que entendí que no habría trabajado ese día. Tampoco le pregunté, ya que era siempre él quien se encargaba de eso. El bar parecía tranquilo a esa hora con un camarero al mando. En la hostelería española existía un limbo temporal entre las cuatro y las siete de la tarde donde todos los bares y restaurantes del país se encontraban vacíos pero en funcionamiento. El momento ideal para tomar un vermú vespertino o pedir el café después de una buena siesta. Un fenómeno que ninguna universidad prestigiosa había estudiado, pero ni falta que hacía. Las ocho era la hora perfecta para ir entrando porque una hora más tarde sería imposible encontrar una mesa libre.

Así era España, el litoral mediterráneo y la gente que vivíamos en él.

Rojo estaba de espaldas sentado sobre un taburete de madera. Me acerqué a la barra y lo aproximé por la espalda. Su reacción fue la de un boxeador y casi me asesta un golpe.

—Coño, Caballero —dijo molesto—, no me des esos sustos y menos sabiendo cómo está el panorama y a qué me dedico...

Me eché hacia atrás y me senté en el taburete que había a su lado. Alrededor del oficial olía a coñac y junto al café vi una copa de licor pequeña que parecía un sol y sombra, una bebida típica española hecha de anís y coñac.

—Ya me extrañaba a mí lo del café... —dije con una sonrisa.

—¿Otro? —Preguntó el camarero.

—No —dije con un gesto de mano—, un whisky con hielo, por favor.
—¿No vas a pedirte un vermú? —Dijo choteándose de mí—. Con todo el rollo ese del hielo agitado, el vaso y demás…
—Vete al cuerno, anda —contesté y le di una pequeña palmada en el hombro—. ¿Qué te trae por el barrio?
Como si supiera dónde vivía. En todos esos años de amistad, el oficial Rojo jamás me había revelado su paradero. Puede que se tratara de un secreto profesional que los policías no pudieran desvelar en qué barrio vivían. Sea como fuere, nunca pregunté y él tampoco me lo dijo. Por eso, cuestionarle qué hacía por allí era la única forma de saber dónde dormía. Siempre precavido, respondía con sutileza albergando en mí la posibilidad de que algún día errara y me contara la verdad.
—Estaba haciendo una ronda —dijo y miró a su alrededor—. Lo de siempre… Ladrones, maltratadores y traficantes de poca monta… No todos pasamos el verano cazando asesinos.
—Noto cierta envidia en tus palabras —contesté y sentí el licor en mi boca—. ¿Puede ser?
—¿Envidia? —Respondió—. Ninguna, Caballero… Créeme, lo digo muy en serio.
—Sí, sé de lo que hablas.
—Me alegro de que esa historia cayera fuera de mis competencias… —explicó mirando al contenido de su copa. Alguien se acercó a una máquina de tabaco que había junto a Rojo y el oficial guardó silencio. Cuando el chico sacó su paquete y se marchó, el policía reanudó la conversación—. Este verano está siendo tranquilo, aunque no siempre va a ser así. Auguro un futuro muy negro en esta ciudad.
—¿A qué te refieres?
—Las líneas aéreas de bajo coste… lo están jodiendo todo… Son el agosto para la hostelería, la perdición para los que viven todo el año —replicó—. Cuando cae la

noche, no hay más que grupos de turistas borrachos intentando cepillarse sin éxito a alguna española... Tú ya sabes cómo termina eso y quién paga el pato.
—Sí, sé de lo que hablas.
—¿Qué tal con ella?
—¿Soledad, dices?
—¿Soledad? Eso sí que es una sorpresa... —contestó sorprendido y arqueó las cejas. Después se giró hacia mí y pidió otro sol y sombra. Cuando el camarero se lo preparó, pegó un trago. Hacía tiempo que no veía a Rojo beber tan rápido—. Cuéntame, Caballero, cuéntame...
—Digamos que primero le salvé la vida y después ella me la salvó a mí.
—No, eso no, joder... —dijo—. Que me cuentes de ella... Os habéis hecho amiguitos.
—Dices eso porque estás borracho.
Rojo se rio.
—He tenido un día duro —contestó con una sonrisa en los labios—, pero todavía aguanto más que tú.
—No me cabe la menor duda... —dije y puse los codos sobre la barra—. No sé, Rojo... Estos días fueron muy intensos para los dos.
—Os acostasteis juntos.
—¿Es una pregunta?
—Ahora ya no... —respondió y se rio de nuevo—. Manda huevos, mira que lo sabía.
—No estaba dentro de mis planes, pero una cosa llevó a la otra y...
—Caballero, ya eres un hombrecito, no me tienes por qué contar tu vida... —explicó con tono fraternal—. Ni que fuera la primera vez. Lo has hecho y ya está, no pasa nada. Soledad es como una sobrina lejana, de esas que ves de uvas a peras... así que no te voy a arrancar las pelotas.
Solté una risa nerviosa.
—Gracias, está bien saberlo... —dije—, aunque, en realidad, sí que pasa algo...
Rojo arqueó la ceja.

—¿Qué sucede?
—Es una tontería, da igual.
—Como quieras —dijo el policía—. Me lo vas a contar igualmente.
—Me dijiste que no me enamorara de ella...
—Y lo has hecho, te has enamorado de Soledad.
—No estoy seguro.
—Lo tomaré como un sí —dijo y sonrió—. Si estuvieras seguro, me hubieses dicho que no.
—¡Contesta a mi pregunta! —Exclamé—. Maldita sea...
—Pareces bobo, Caballero... —murmuró. Ahora parecía mi padre y no un amigo—. Muy simple... Porque es poli y tú no. Punto. A ver si te queda claro... Ella es metódica y tú eres un culo inquieto... Por eso te lo dije... Pero vamos, que no pasa nada... ¿Vas a hacer algo al respecto?
—Pues no... —contesté con actitud derrotista—. Ella conoció a otro antes que a mí, me lo ha dicho hoy mientras comíamos.
—Te lo ha dicho, así, sin medias tintas...
—Directa al grano —dije—. Eso... y que estaba confundida.
—Vaya por Dios... ¿Y qué le has dicho? —Preguntó el oficial intrigado.
—Que la vida era un cruce de caminos y los nuestros habían llegado hasta allí, o algo así... Yo qué sé. Voy a pedir otro whisky...
—Joder, Gabriel... —dijo ofendido—. Tú eres más tonto de lo que pensaba.
—¿Ahora qué pasa?
—¡Tú y tus mierdas literarias, hombre! —Exclamó y dio un puñetazo en la barra. El camarero, que escuchaba la conversación, no pudo contener la risa. Rojo me quitó el vaso de las manos y lo puso en la barra—. Sal ahora mismo de aquí, súbete al coche, busca a esa chica y dile lo que sientes.
—¡Olé! ¡Sí, señor! ¡Así se habla! —Gritó el camarero—. ¡Con dos cojones!

—Así, sin más… —contesté mirando a los dos—. Con dos cojones.

—Así, sin más —dijo Rojo y le dio un trago a su copa sin desviarme la mirada—. Con dos cojones.

Tenían razón. Negarme a ello sería un error. Qué idiota, después de todo. Pero todavía no era demasiado tarde. El camarero me aplaudió y me dijo que, si lo hacía, me invitaría a un trago, que hacían falta más hombres como yo y que así se conquistaba el mundo y a una mujer. En esto último no estuve de acuerdo, pero el tiempo corría en mi contra y no era el momento de ponerse a discutir. Cargado de valor como un gladiador y con el ego por las nubes, salí de allí valiente y bravo como el toro publicitario que decoraba las carreteras, dispuesto a encontrar a Soledad, dispuesto a ser, de una maldita vez, el hombre honesto que ella había conocido.

Cuando estaba a punto de salir, escuché un grito desde el interior.

—¡Caballero! —Exclamó Rojo—. No te acobardes y haz de hoy algo memorable.

22

El estómago centrifugaba como el tambor de una lavadora. Hubiese preferido propinarme un puñetazo en la boca de éste y terminar con ese sufrimiento. No me podía creer que regresaría a esa ciudad tan pronto. ¡La había abandonado dos horas antes! Pero era una ocasión de alto riesgo. Sin dejar pasar ni un minuto más, encontraría a Soledad, le declararía mi amor y me marcharía con dignidad en caso de ser rechazado. Debía quemar las naves, disparar mi última bala y lanzarme al vacío sin cuerda. Hacer todo lo que estuviese en mi poder esa tarde antes de arrepentirme para siempre. Soledad era la primera mujer, en mucho tiempo, que había conseguido despertar algo más que una atracción, como lograr que me olvidara de la innombrable cuando estaba a su lado.

No intentarlo, sería un error. No estaba dispuesto dejar al azar lo que todavía estaba en mi mano.

La ciudad parecía un horno crematorio a pesar de que el atardecer hubiese bajado la intensidad de la luz. Caminé nervioso hasta el aparcamiento y saqué el teléfono cuando me encontraba junto al vehículo que todavía permanecía caliente. Busqué su número y llamé.

Saltó el contestador y el brillo de mi realidad se desvaneció por completo.

Un doloroso relámpago frió mi corazón.

Sucesivas imágenes de Soledad con un hombre imaginario. Se besaban, se abrazaban e incluso se decían al oído todas esas cosas que guardaba para ella.

Me sentí como un imbécil.

—¿Ahora qué, Rojo? —Pregunté en voz alta. Vaya panda de insensatos. Nadie me había advertido de las desavenencias del fracaso. Podría haberse quedado sin batería o que, por una extraña razón, no tuviera cobertura. Era verano, agosto, había estado con ella unas horas antes. Soledad tenía el día libre y después de nuestro encuentro, quién sabía si se habría escondido en alguna parte. Esa reflexión me llevó a otra imagen mental más agradable. Era la playa de la foto, la instantánea tenía en su casa la noche del ataque en la calle. La intuición me decía que me dejara llevar por esa pista. No tenía sentido, pero había tantas cosas que carecían de sentido en esta vida que tenía que arriesgarlo todo y perder para saber que estaba en lo cierto, darme la razón a mí mismo y aceptar que, como le había dicho horas antes con mezquindad, nuestros caminos habían tomado diferentes rutas.

Eso o esperar al día siguiente.

Hombre de impulsos, un idiota romántico e idealista que estaba dispuesto a todo antes de que terminara el verano. Porque, si había que hacerlo, mejor que fuese en verano, la estación más bella del año, donde los recuerdos quedarían atrapados bajo la arena cuando las playas se encontraran vacías.

Aparqué y bajé del coche. Hacía años que no transitaba por allí. A mi vera, los empleados del Quesada, un restaurante de verano con mantel de papel y mesas de plástico, limpiaban y se preparaban para el turno de noche. Con todo el turismo que había en pleno agosto, ese día llenarían la caja registradora de billetes y monedas. Me descalcé y dejé los zapatos en el maletero. Luego caminé descalzo por una de las callecitas que llevaban a la playa. En primera línea se encontraban unas casas de dos plantas que no habían sido derribadas tras la Ley de Costas. A escasos metros, la orilla del mar. La playa se encontraba atestada de bañistas que aprovechaban las últimas horas de la tarde. Era el centro de las miradas, vestido y desorientado buscando a una mujer en un pedazo de tierra. A medida que me introducía en la jauría de gente semidesnuda, trajes de baño imposibles y barrigas de gran tamaño, el corazón me latía nervioso por la incertidumbre de no encontrar a Soledad. Contemplé en la mirada de los curiosos el reflejo del muerto viviente en el que me había convertido. Con el teléfono en la mano, llamé hasta que la línea regresó y la mirada se me iluminó con un halo de esperanza.

Después del cuarto tono, alguien atendió a la llamada.

—¿Sí? —Preguntó ella al otro lado del aparato. Podía escuchar el ruido molesto del aire contra el micrófono—. ¿Gabriel?

—¿Soledad? —Pregunté caminando hacia el oeste—. ¿Dónde estás?

Tardó en responder. Yo buscaba, entre las chicas que hablaban por teléfono, un rostro que me resultara conocido.

—Estoy en la playa, Gabriel... —dijo decaída—. ¿Qué quieres ahora?

—¡Sí! ¡Lo sabía! —Grité con un puño en alto. La mirada de muchos y la desaprobación de otros a quienes salpicaba de arena al caminar—. ¡No te muevas!

—¿Qué? No entiendo nada, Gabriel —respondió—. Si es

un juego, no tiene ninguna gracia.

Antes de colgar, encontré a Soledad de pie secándose la cabeza con una toalla y con el teléfono móvil en la mano. Llevaba un bikini negro y tenía la melena todavía mojada, recogida hacia atrás. Parecía una sirena mediterránea, y digo mediterránea, porque ese contraste de ojos y cabello de tonalidades preciosas pertenecía a esa playa. Nuestras miradas se encontraron bajo el sol del atardecer que brillaba sobre las pequeñas olas que rompían en el agua. Soledad estaba sola, sin compañía, pero no parecía feliz. Di dos zancadas y recorté la distancia. Observé a las gaviotas revolotear junto al espigón de rocas.

—Al fin, te encuentro… —dije—. Soledad, hay algo que debes saber…

—No entiendo nada, Gabriel —respondió ella—. Se supone que lo hemos dejado todo claro esta mañana.

Estuve a punto de arrepentirme, pero una fuerza interior me arrastró hacia ella. Me sentía cerca de hacer el ridículo más grande de la historia.

—No, todo no —respondí—. No he sido sincero contigo.

Sus ojos brillaban y una fina capa de líquido protegía su lagrimal. No supe si lloraría de tristeza o alegría, si la decisión ya había sido tomada o todavía estábamos a tiempo de darnos una oportunidad.

—Gabriel…

Me acerqué un poco más, agarré su cintura fría como un témpano y suave como una rosa. Sentí la parte baja del bikini mojada contra mi pierna. Después acaricié su rostro con mis dedos. La gente nos miraba expectante desde las sillas de playa a la espera de un bonito final. Las gaviotas cantaban sobre el agua y los niños chillaban de emoción. La fuerza que emergía entre los dos llevó mis labios hacia los suyos.

—Soledad… —dije y nos fundimos en un instante infinito, donde el atardecer nunca llegaría a ponerse y a nadie le importaría que fuese vestido como un idiota. Su cuerpo se entregó al mío y Soledad me correspondió con el beso, sin oponer más resistencia que la de permanecer allí toda la eternidad.

23

Lo que había nacido entre nosotros, no hizo más que crecer con el paso de los días. La mediatización del caso del asesino de Elche y la coincidencia con sus vacaciones de verano fueron la excusa perfecta para abandonar el país y escondernos bien lejos de reporteros, periodistas y todo aquello que se interpusiera entre los dos, una buena comida y un buen trago en un lugar tranquilo. Dejé el coche a buen recaudo y nos subimos en un avión que nos llevó a Praga, la capital de la República Checa. En la ciudad de Kafka, con temperaturas similares a las que sufríamos en el Levante, caminamos por las calles cogidos de la mano entre legiones de visitantes que seguían a los guías turísticos. Saboreé el codillo checo y las diferentes cervezas de medio litro que encontraba en cada uno de sus bares. Me enamoré de la belleza eslava, de la sutileza de su idioma y me sorprendí de lo lejos que había llegado el nuestro. Pero, lo más importante, pude conocer a Soledad en profundidad, como mujer y no como agente del orden. En Praga encontré a la chica ilicitana y con ironía que había conocido durante nuestra investigación. Una mujer relajada con visión de futuro, independiente y con ganas de formar una familia, a pesar de que los tiempos hubiesen cambiado y las necesidades que teníamos como personas modernas también. Varios días más tarde, alquilamos un coche y nos dejamos encantar por la Bohemia Central, sus llanuras llenas de vida y verde, los lagos que la atravesaban y el encanto de sus gentes, que no se sorprendían con nuestra presencia. Soledad era una buena acompañante de aventuras. Serena, divertida y comedida, todo lo contrario a mí. Una personalidad idónea para contrarrestar la balanza pesada en la que me había convertido. Una persona con la que pasar una vida. Durante años, las mujeres terminaban hartándose de mí. Era una cuestión de tiempo, de roces, de falta de compromiso y decisiones. A veces, podían transcurrir meses, en otras ocasiones, días. El el caso de ella, cada vez que miraba a sus ojos encontraba la incertidumbre que me devolvía al presente. Ni triste ni exaltada, vivía cada momento como si fuera único y eso era algo de ella que me derretía. A menudo me preguntaba si cambiaría en algún momento de la relación, al igual en esas curvas de crecimiento que se detienen en algún punto de la gráfica y caen en picado como el vagón de una montaña rusa. Pero el paso de las horas junto a mí no parecía afectarle de un modo negativo, ni tampoco los mensajes que ese hombre desconocido le seguía enviando. Eso me llevaba a reflexionar que siempre había un hombre solitario enviando mensajes a una mujer acompañada o viceversa. Hicimos el amor como dos adolescentes y dormimos a pierna suelta hasta el mediodía sin importar que nos cobrasen una noche más en el hotel. No sabría decir si éramos felices o jugábamos a serlo, pero no nos importaba, nos teníamos el uno al otro. Ella se sentía protegida a mi lado y yo tenía a alguien por quien desvivirme, a quien hacer reír y arropar cuando el fresco de la noche acariciara sus piernas.

Las dos semanas de vacaciones terminaban y los últimos días comprobábamos si la explosión informativa habría pasado a mejor vida, pero no era así. En internet encontramos decenas de artículos que jugaban con las diferentes teorías sobre el asesino. Hipótesis complejas conectadas con traumas freudianos que cojeaban todas por la misma pata. Era más simple que eso y, a medida que tomaba distancia del problema, lo veía más claro: a David se le dificultó una venganza con la que pretendía asustarme. Punto y final. Pero eso no generaba ventas, ni morbo, ni tampoco interesaba a la opinión pública en un verano reinado por los programas de chismes y los concursos donde chicos y chicas con ganas de ser famosos discutían mientras encontraban pareja. Con el fin de las vacaciones, todo el mundo regresaría a sus casas, volverían las depresiones posvacacionales, el paro aumentaría, las chiringuitos bajarían la persiana y las ciudades se llenarían de habitantes alegres con más horas de sueño acumuladas que ganas de trabajar. Ese fin también nos afectaba a los dos y nos abofetearía de nuevo para llevarnos a la cruda realidad: Soledad tendría que regresar a su puesto de trabajo y yo debería tomar una decisión respecto al mío. Propio de mí, lo atrasé hasta el último de los momentos para evitar una discusión que poco había sopesado. Para mi sorpresa, ella no mencionó palabra sobre el asunto, a sabiendas que yo comenzaba a sentirme algo preocupado por las noches. Lo que fuese, sería y siempre tendríamos tiempo para encontrar una solución cuando llegara la ocasión. Los hábitos, el cuidado por el otro, eran ejemplos suficientes para entender que estábamos invadiendo la intimidad de la pareja. Separados por apenas veinte kilómetros de distancia, me pregunté si sería posible llevar una relación así aunque, durante nuestras conversaciones, ella no parecía interesada en mudarse a mi apartamento ni había hecho mención de ello.

Dejando a un lado los inconvenientes que podría tener empezar una relación seria, disfruté de ella y de las vacaciones como un niño pequeño en un parque temático. El carisma de Soledad y su actitud llena de positivismo me ayudaron a olvidar que, en algún lugar del mapa, existían episodios de mi vida sin cerrar como, por ejemplo, escribir una siguiente novela. Reconozco que no tuve las agallas para preguntarle qué le parecería si, en caso de sentarme frente al teclado, la incluyera en mi historia. Por supuesto, para tener una opinión formada, Soledad debía leer algunos de mis libros primero. Mi estilo no se caracterizaba por el jardín de rosas al que muchos autores hacían

referencia cuando se disponían a escribir romances de doscientas páginas. Todo lo contrario. Algo en mi interior estaba podrido y mi estilo era capaz de convertir la belleza en una monstruosidad literaria. Temía ofender a Soledad, hacerle daño y mostrar una idea que no correspondía con lo que realmente sentía. Tenía unos principios y prefería renunciar a la historia antes que a ella. De lo contrario, sería incapaz de escribir algo que mereciera la pena.
Con los interrogantes en la maleta, nos despedimos hasta más ver de la bella Chequia y tomamos un avión de vuelta que nos llevó hasta el aeropuerto de Elche-Alicante. El viaje había sido largo y tenía un fuerte dolor de cuello por las cabezadas esporádicas que había dado.
En silencio, bajamos del avión y caminamos hasta las cintas de recogida de equipajes. Los pasajeros que venían en el avión se acercaron como locos, ansiosos por ser los primeros y evitar que nadie se llevara su maleta, como si hubiese algo de interés en ellas. Esperamos diez minutos hasta que el sistema mecánico comenzó a girar.

—No te lo he dicho —dijo ella tocándome el rostro con cuidado—, pero han sido las mejores vacaciones que he tenido en mucho tiempo.
Sonreí como el tonto enamorado que era en ese momento.

—Me alegro de que haya sido así —dije besándole en la cabeza—. El placer ha sido mío.

—Ay, Gabriel... —suspiró—. Esto se ha terminado.

—¿Lo nuestro?

—No, idiota... —dijo con voz cariñosa—. Las vacaciones.

—Tendrás que hacerlo mejor para deshacerte de mí.

—¿Ah sí? —Dijo coqueteando—. No te hacía yo, ya sabes...

—¿Qué? —Pregunté ofendido—. ¿En pareja?

—Bueno —dijo mostrándome una sonrisa en la que podía contemplar su brillante dentadura—. Como una persona normal... ¿Qué dirán tus lectoras?

—Los interrogatorios te los dejo a ti, que para eso eres poli...

Ella me dio un golpe en el brazo a modo de reprimenda amorosa y la conversación se interrumpió cuando salió nuestro equipaje por la cinta giratoria.

Agarramos las maletas y caminamos hacia la salida.

—¿Gabriel?

—¿Sí?

—¿Hacia dónde vamos ahora?

Buena pregunta.

—Duerme conmigo esta noche —contesté sin esperar demasiado—. Mañana te llevaré a casa y pensaremos en lo demás.

Cruzamos la puerta automática y vimos a un grupo de personas que esperaba a sus familiares entre los que no nos encontrábamos ninguno de los dos. Después subimos unas escaleras mecánicas y llegamos a un túnel que conectaba con el aparcamiento. Soledad se detuvo.

—Necesito ir al baño, están arriba —dijo girándose hacia mí entre el barullo de gente—. Espérame aquí, ¿quieres?

—Sin problema —dije y subí con ella por otras escaleras mecánicas hasta el área de salidas. Junto al control de embarque había un kiosco. Caminé hasta él, compré el periódico y lo ojeé mientras esperaba a Soledad. A mi alrededor, una marea humana de cuerpos enrojecidos se preparaba para regresar a sus países de origen y visitar otros que no fuesen éstos. Entonces, de pie y en medio de toda esa gente, sentí un olor fuerte que me desconcertó. Cientos de fotogramas de colores quemados pasaron a cámara rápida por mi mente. Conocía esa fragancia, me resultaba familiar.

Cerré el diario. Me estaba engañando a mí mismo. Me asustaba creer que fuese real.

Respiré hondo y giré el cuello ciento ochenta grados.

Allí, a lo lejos, encontré su cuerpo bronceado cubierto por un elegante vestido veraniego de color salmón. El cabello dorado, acusado por el sol, pero brillante y sano, le caía sobre los hombros a la perfección. Cuando pasó el escáner, caminó hacia sus cosas. La seguí con la mirada y entonces me vio. Era ella. Eme. Estaba allí, a metros de mí. Desde la distancia, me envió un beso con la mano, me regaló un guiño con el ojo derecho y caminó en dirección a su puerta de embarque.

No reaccioné, estaba paralizado.

—¿Gabriel? —Preguntó Soledad a mi lado—. Ya estoy aquí… ¿Estás bien?

—¿Eh? —Pregunté absorto en la escena—. Sí, sí…

—Estás pálido… —dijo tocándome la frente—. ¿Ha sucedido algo mientras estaba en el baño?

—No, creía haber reconocido a alguien… Sólo eso —respondí—. Será mejor que cojamos un taxi, estoy agotado.

Esa noche no pude dormir.

Ni la siguiente.

Eme seguía viva, no me había olvidado.

Y yo a ella tampoco.

SOBRE EL AUTOR

Pablo Poveda (España, 1989) es escritor, profesor y periodista. Autor de otras obras como El Profesor, La chica de las canciones o Motel Malibu. Tras cuatro años en Varsovia, ahora vive en Alicante donde escribe todas las mañanas. Cree en la cultura sin ataduras y en la simplicidad de las cosas.

Ha escrito otras obras como:

Saga Gabriel Caballero
Caballero
La Isla del Silencio
La Maldición del Cangrejo
La Noche del Fuego
Los Crímenes del Misteri

Trilogía El Profesor
El Profesor
El Aprendiz
El Maestro

Otros:
Motel Malibu
Sangre de Pepperoni
La Chica de las canciones
Don

Únete a la lista VIP de correo y llévate una de sus novelas en elescritorfantasma.com/book

Contacto: elescritorfant@gmx.com

Página web: elescritorfantasma.com

Printed in Poland
by Amazon Fulfillment
Poland Sp. z o.o., Wrocław